홍도

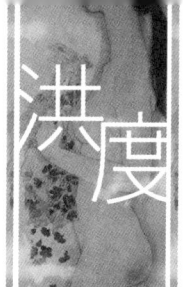

제3회 혼불문학상 수상작

홍도

김대현 장편소설

다산
책방

차례

사백서른세 살 … 7

여섯 살 … 21

한성 … 32

기축년 시월 초이틀 … 42

달빛에 드리운 그림자 … 51

변고 … 73

사정전 … 87

결론은… 아직 모른다 … 95

리진길 … 106

어딜 가시겠다는 건가? … 112

지금 이 순간 … 127

의문 … 147

이제 다 이루었다 … 151

오라버니 … 163

붉은 제비부리댕기 … 169

회령성 … 186

뒤바꾼 운명 … 197

오카야마 성 … 212

꽃잎은 하염없이 바람에 지고 … 225

정주 … 236

흉악무도한 도적떼 … 245

항아 … 254

그대로 죽어도 … 266

영영 … 277

바닷물이 깊다고들 하지만 … 285

김한빈 … 294

죄의 사하심을 믿으며 … 310

순교 … 323

현해환 … 339

얀 … 347

믿는다 … 368

이제 무슨 말이 필요하랴 … 377

심사평 … 384

작가의 말 … 395

사백서른세 살

비행기가 헬싱키 반타공항을 막 차고 오른다.

여자는 눈을 감는다. 이제는 무디어졌을 만도 하건만 비행기가 뜨고 내리는 순간만큼은 도무지 익숙해지지가 않는다. 팔걸이를 움켜쥔 손바닥이 땀에 젖어 축축하다. 곧추세운 목은 나무토막처럼 뻣뻣하고 짓눌린 어깨는 쇳덩이라도 짊어진 듯 무지근하다. 조금만 참으면, 조금만 견디면 곧 사라진다. 곧······.

여자가 눈을 뜬다. 자신을 부기장이라고 밝힌 목소리가 비행기 안에 퍼져 나간다. 부기장은, 반타공항을 이륙한 비행기가 인천공항까지 약 여덟 시간 이십 분 동안 비행을 할 예정이고 편안한 여행이 되길 바란다며, 한국어와 영어로 번갈아 말한다.

딸각, 허리를 죄던 안전벨트를 푼다. 비록 비행기 엔진 소음이 윙윙거리며 귓전을 맴돌지만 무기력하던 순간은 사라지고 없다. 그러나 자리에 파묻었던 엉덩이는 여전히 얼얼하다. 손을 씻으면 좀 나아질까?

화장실 두 곳 모두 사용 중이라는 불이 들어와 있다.

서른 좌석 남짓한 비즈니스 클래스는 승객들이 드문드문 앉아 있다. 통로로 나와 무심하게 승객들을 살피던 여자의 눈길이 붉고 파랗고 노란 종이들에 다가가 머문다. 비어 있는 창가 좌석 널찍한 팔걸이에 알록달록한 공책이 펼쳐져 있다.

공책에는 사진과 글자들이 깔끔하게 인쇄되어 있고, 중간중간 붙어 있는 붉고 파랗고 노란 종이들에는 손으로 쓴 글자들이 적혀 있다. 삐치고 올리삐친 직선과 동글게 말아올린 곡선이 겹치거나 엉키지 않은 또렷또렷한 글씨…….

글자는 객관화된 부호이지만 글씨는 쓰는 사람 마음이 고스란히 드러나는 주관화된 부호이다. 화장실 하나를 차지하고 있을 공책 주인은 분명, 자신을 드러내기를 좋아하는 사람이리라. 비록 서낭당 당산나무처럼 보이는 공책이지만 글자만은 까만색을 고집한 것은, 공책 주인이 나름 깔끔하고 반듯하다는 표현이다.

만져보고 싶다. 눈으로 반하면 손으로 만져보고 싶은 것이 사람 마음이다. 저도 모르게 손을 뻗어 공책을 만지려던 여자는 그제야 인쇄된 글자들이 눈에 들어온다.

천반산天盤山과 죽도서실竹島書室

전라북도 진안군 상전면 수동리, 동향면 성산리, 진안읍 가막리, 장수군 천천면 연평리를 경계로 하는 천반산天盤山(해발 647m) 발치에 죽도竹島가 있다.

죽도는 동쪽에서 흘러온 구량천九良川과 남쪽에서 흘러온 연평천蓮坪川이 감고 흐르다가 북서쪽에서 합쳐진다. 송편 모양을 한 죽도는 양쪽으로 병풍바위가 둘러쳐 있어, 드나들려면 배를 타고 강을 가로질러야 하는 두메산골의 섬이었다. 섬에는 산죽山竹이 많고, 솟아 있는 병풍바위가 삐죽삐죽 대나무로 울타리를 친 것처럼 보여서 죽도라고 불렸다.

〈24-1〉 천반산 휴양림 숲 해설사 이성식 할아버지 증언.
〈24-5〉 이성식 할아버지께 안부 전화 할 것!
〈24-6〉 Omit 혹은 Develop 가능성도 있음. 일단 Check!

※현재 병풍바위는 한가운데가 잘려나가 두 토막이 나 있다. 1970년대 농지를 개발한다는 명목으로 다이너마이트를 사용해

폭파했다. 그 바람에 죽도 바로 앞 구량천으로 물길이 나고 높이 4~5m짜리 폭포가 생겼는데, 이 폭포가 죽도폭포 혹은 이암二巖폭포이다.

〈24-2〉 병풍바위 복원, 죽도에 있는 인삼밭 지우는 문제 등 CG팀 확인 要.
〈24-3〉 CG팀— 블랙미디어 정수원 대표, 동래정씨, 현물 투자 의향 있음! 반드시 완전 성사! Check & Care 必!

죽도절벽에 죽도서실이 있었다. 정여립鄭汝立이 이 험준한 곳에 서실을 짓게 된 것은 아마도 죽도와 가까운 소리실에 정여립 누나가 살았기 때문인 것 같다.

소리실은 죽도에서 보자면 서북쪽으로 진안군 상전면 수동리 부근이다. 소리실은, 옥녀玉女가 거문고를 타는, 옥녀탄금玉女彈琴의 소리가 들리는 명당明堂이라는 뜻이다. 1791년, 전라도 관찰사觀察使 이서구李書九가 흠모하던 정여립의 발자취를 따라 죽도와 천반산을 방문하면서 소리실 앞 절벽에 성곡聲谷이라는 글자를 남기고 갔다고 한다. 그런데 이 소리실은 2001년 완공된 용담龍潭댐 때문에 수몰되어 사라졌다.

정여립은······.

정, 여, 립…… 선 채로 공책을 읽던 여자가 되뇐다. 문득 눈길을 느끼고 돌아보니 미소를 머금은 금발머리 여승무원이 식사 주문을 하라고 한다. 어쩌지…… 여자는 망설인다.

하필이면 왼뺨 한복판이다.
남자는 거울에 비친 왼뺨 광대뼈 바로 아래 발그레하니 막 도드라지기 시작한 뾰루지에 양손 검지를 대고는 꽉, 짠다. 순간 후회가 몰려온다. 아프다. 아파 죽을 것 같다. 비명을 질렀던가? 비명을 질렀는지 기억나지는 않지만 눈에 눈물은 맺혀 있다. 이놈의 뾰루지는 앞으로 사나흘 정도는 남자를 괴롭히고 신경을 건드릴 것이다.
손을 씻은 남자가 다시 거울을 본다. 짧게 깎은 머리는 거친 듯하면서도 깔끔하고, 얼굴은 어디 하나 모난 곳이 없으면서도 어디 하나 허투루 얼버무린 곳 또한 없이 산뜻하다. 뾰루지만 없다면 완벽한데, 어쩔 수 없다. 사나흘이면 저절로 없어질 놈을 이쭙잖게 달래거나 함부로 짓눌러 성을 나게 할 일은 아니다. 됐다. 이제 대략 여덟 시간 동안 멋지게 비행만 즐기면 된다.
남자가 화장실을 나서자마자 문 앞에서 기다렸다는 듯이 금발머리 여승무원이 식사 주문을 하라고 한다. 볼일을 봤을 테니까 일단 먹기부터 하라고? 그러지 뭐! 남자는 메뉴에서 미리 보아두었던 송어와 감자 요리 그리고 입맛을 돋울 포르투 와인을 주문한다. 그런데 금발머리 여승무원이, 즐거운 여행이 되길 바란다며 미소를 짓고는 간다. 새삼스럽게…….

 어디더라? 오른쪽 창가 두 번째 좌석, A2였는데…….
 남자 자리에 낯선 여자가 앉아 있다. 더구나 여자는 테이블까지 펼친 채 남자의 소중한 스크랩북을 올려놓고 읽고 있다. 누구지? 여자가 남자 눈에만 보이는 귀신이 아니라면 분명히 비행기 안 어딘가에 있던 여자이다. 남자는 비즈니스 클래스 안을 슥 훑는다. 화장실에 갈 때 얼핏 봤던, 가운데 열 중간쯤에 눈을 감고 혼자 앉아 있던 그 여자가 틀림없다.

 어깨를 덮은 까만 머리칼을 반만 잡아 댕기 같은 붉은 끈으로 질끈 동여맨 여자는 눈부신 하늘빛을 닮은 파란 천으로 된 운동화를 신고, 미끈한 종아리와 흐트러지지 않은 무릎과 탄력 있는 허벅지가 고스란히 드러나는 눈빛을 닮은 하얀 스키니팬츠를 입고, 눈빛과 하늘빛이 어우러진 파랗고 하얀 짧은 재킷을 걸쳤다. 낱장을 넘기는 기다란 손가락은, 글자를 읽는 치켜 올려진 속눈썹은, 늘어지지도 짧지도 않게 솟은 콧마루는…… 여자는, 남자가 살피는 것도 모르고 스크랩북 다음 쪽을 넘긴다.

　막 음식이 든 카트를 끌고 동료와 함께 갤리에서 나오는 금발머리 여승무원이 남자를 향해 환한 미소를 짓는다. 남자와 눈길이 마주친 동료는 엄지손가락까지 들어 보인다. 비로소 남자는, 금발머리 여승무원이 왜 즐거운 여행이 되길 바란다며 미소를 지었는지 알 것 같다. 지금 이 순간, 무단으로 자리를 차지한 여자와 느닷없이 자리를 빼앗긴 남자와 비즈니스 클래스 승무원들 사이에는 멋진 구경거리와 구경꾼이라는 관계가 만들어진 것이다.

　여자는 동양인이고 간혹 한자도 있지만 대부분이 한글로 쓰인 스크랩북을 읽고 있다. 그렇다면…….
　"한국분이시죠?"
　일단 생각만 해보자는 것이었는데, 가볍고 경망스러운 입이 어지간하게 호들갑스럽다.
　여자가 고개를 들어 남자를 본다. 아, 세상 모든 빛깔을 모조리 녹여낸 듯 까맣고 동그란 눈은, 세상 모든 벌과 나비들이 탐하고 아낄 만큼 불그스름하고 또렷한 입술은, 세상 어떤 티끌조차도 머무르지 못할 듯 희지도 검지도 그렇다고 붉지도 않은 살굿빛 피부는…… 여자가, 말도 한다.

"눈에 익은 휘자가 보이기에 저도 모르게 보게 되었습니다. 용서하십시오."

여자가 일어나 가버릴지도 모르는 지금, 남자는 용기가 필요하다. 남자는 얼른 여자 옆자리에 앉더니 테이블을 꺼내 펼치고 다리를 쭉 편다. 이제 여자는 남자를 일으켜 세우지 않고는 자리에서 빠져나갈 수가 없다. 용기를 발휘한 남자는, 여자가 했던 말들을 떠올린다. 눈에 익은, 휘자, 모르게, 용서…… 용서?

"함부로 보면 안 되는 내용이라, 용서하기가 힘들 것 같은데요."

이건 아닌데…… 하지만 멍멍해진 남자는, 버글버글 개미떼가 온몸을 기어다니는 것 같은 오글오글한 이 순간을 무마할 단어들이 떠오르지 않는다. 뾰루지, 왼뺨에 발그레하니 도드라진 빌어먹을 뾰루지! 여자에게는 바로 눈앞에 있는 것처럼 보일 텐데, 어쩔 수 없다. 이 순간을 헤쳐나갈 수 있는 것은 오직 미소뿐이다. 남자는 멍해진 입가의 근육을 살살 달래어 미소를 만든다.

"사실은, 시나리오를 쓰려고 모아둔 자료입니다."

난감해하던 여자가 비로소 어색한 미소를 머금는다.

"영화 만드는 분이시군요?"

"예, 아직은 단편영화 감독이지만 머지않아 장편영화로도 멋지게 데뷔할 것 같습니다. 혹시 탐페레라는 도시를 아십니까? 핀란드 수도인 헬싱키에서 기차 타고 두 시간 정도 가는 도시인데 탐페레 국제 단편영화제라고 거기서 상을 탔습니다. 뭐, 1등은 아니지만 Diplomas of merit라고 얼추 3등 정도, 거기 다녀오는 길이죠. 보통은 이코노미를 타는데 비즈니스를 탄 것은 제가 저에게 주는 상이라고나 할까, 뭐 그런 셈이죠."

차라리 아무 말도 하지 말 것을, 가볍고 경망스럽고 게다가 호들갑스럽기까지 한 입은 도대체 생각이 없다.

"감축드립니다."

감축, 남자는 감축이라는 단어가 무슨 뜻인지 영 떠오르지 않는다. 꽉 막힌 것처럼 답답한 순간, 카트를 끌고 온 금발머리 여승무원이 남자 테이블 위에 테이블보를 깔고 음식들을 내려놓으며 말을 건넨다. 뭐라는 거지? 영어가 아니라 핀란드어다. 헤이, 모이, 뀔라, 그리고 끼또스. 남자가 아는 핀란드어는 이게 진부다. 그런데 여자가 핀란드어로 대답을 한다. 금발머리 여승무원은 남자가 아니라 여자에게 말을 건넨 것이다. 남자는 눈앞에 밥상을 놔둔 채 자기들만 아는 언어로 수다를 떠는 여자들 사이에서 멍하니 앉아만 있다. 난감한 순간, 여자가 남자에게 한국말을 건넨다.

"청이 하나 있습니다. 제가 이 자리에 계속 앉을 수 있도록 허락해주시겠습니까?"

"그럼요. 그렇게 하세요. 전 괜찮습니다."

거부할 수가 없다. 이미 결론이 난 대답을 강요받았다. 여자는 다만, 윽박지르지만 않았을 뿐이다.

여자가 살짝 고개를 숙여 고맙다는 인사를 하고, 금발머리 여승무원은 코코아가 가득 든 머그잔을 여자에게 건네더니 마치 남자가 한 한국말을 모두 알아들은 듯 미소를 짓고는 간다.

화장실에서 뾰루지와 씨름하는 동안 남자는 알지 못하는 이야기들이 두 여자 사이에서 오고간 것이 분명하다. 기분 좋은 상황은 아니다. 하지만 용서한다. 그리고 침묵한다. 왜냐하면 지금, 스크랩북에 눈길을 둔 여자가 불그스름한 입술에 묻은 코코아 거품을 혀끝으로 살짝 핥고 있으니까……

여자는 코코아 한 잔으로 식사를 대신할 모양이다. 다이어트 중인가? 다이어트 중인 여자를 옆에다 두고 혼자만 먹는다는 게 부담스럽긴 하지만, 남자는 식사를 하기로 한다. 어떤 상황에서도 흔들리지 않는 모습이 매력적으로 보일 수도 있다. 그런가? 아니다. 대강 먹다가 그만두는 게 예의일 것 같다. 그런데 왜 여자는 이 자리에 앉겠다고 했을까? 이름은? 나이는? 뭘

하는 사람일까? 하지만 급할 일이 없다. 인천공항까지는 아직 여덟 시간이나 남았으니까……

정, 여, 립…… 슬쩍 제 스크랩북을 넘겨다본 남자가 입을 연다.

"천하비일인지천하天下非一人之天下 내천하지천하야乃天下之天下也, 천하는 임금 한 사람의 천하가 아니라 천하 모든 사람의 천하라고 했습니다. 임금이란 자리는 자자손손 핏줄로 이어지는 자리가 아니라 요순시대처럼 천하의 모든 사람이 스스로 뽑는 자리라고 했죠. 한마디로 모든 인간이 평등하다는 겁니다. 미친 거죠. 조선 시대였거든요. 상놈이고 양반이고 더구나 임금까지 다 똑같은 인간이라고 떠들어댔으니, 간악무도한 대역 죄인이 되는 건 순식간이었습니다. 정여립을 아십니까?"

잘난 척, 참 마음처럼 하지 못하는 것이 사람 말이다. 이 순간 정말, 잘난 척이 필요했을까? 한참 동안 물끄러미 바라만 보던 여자가 드디어 입을 연다

"저는…… 어렸기 때문에 여자 립자를 쓰시던 분이 하신 말씀을 잘 알지는 못합니다. 다만, 저는 그분을 죽도 할아버지라고 불렀습니다."

무슨 소리지? 남자는, 여자가 하는 말들이 얼른 이해가 되지

않는다. 여자가 스크랩북을 남자 쪽으로 향하더니 손가락으로 이진길이라는 이름을 찾아내 가리킨다.

"덕산 리가, 진자 길자를 쓰시던 분이 제 선친이십니다. 죽도 할아버지는, 선친께는 외숙부가 되시고 제게는 진외종조부가 되시는 분입니다."

선친이라면, 이진길이 여자의 돌아가신 아버지란 소리다. 그리고 진외종조부. 지금은 잘 쓰지도 않고 누구를 가리키는 호칭인지도 도통 알 수 없는 단어지만 여자가 하는 말들을 따라보자면 여자의 아버지의 외숙부 그러니까 여자의 할머니의 오빠나 남동생을 부르는 말이므로 여자의 할머니는, 정여립과 남매라는 소리다. 어처구니가 없다.

남자는 그저, 자신이 준비 중인 영화의 주인공이 될 정여립에 대해 이야기를 하고 싶었을 뿐이다. 그렇게 이야기를 시작해서 이름을 묻고, 행선지를 묻고, 가족관계나 사는 곳을 묻고, 그러다가 적당히 잘난 척을 하거나 괜스레 우울해하다가 술을 찾게 될 테고, 마침내는 웃으며 슬쩍 스킨십을 하게 됨으로써 그다음은 운명에 맡기게 되는…… 그런데 여자 입에서 나온 말들은 전혀 예상하지 못한 이야기이다. 이진길李震吉(1561~1589). 이름 옆 괄호 안에 써진 숫자를 확인한 남자가 여자를 바라본다.

"이진길은 1561년생인데, 실례지만 그쪽 분께서는 언제 태어나셨습니까?"

"숫자로는 잘 알지 못하지만, 경진년생입니다."

남자는 스크랩북 맨 뒤쪽에 표로 만들어 둔 연도별 간지를 펼친다.

"1561년은 신유년이고 경진년은 1580년. 1580년생이시면 올해로…… 사백서른세 살?"

여자가 남자에게 눈길을 맞춘다.

"그렇다면 저는, 1986년 병인년에 태어나 올해로 겨우 스물일곱 살인 김동현입니다."

여자가 남자에게, 동현에게 보일 듯 말 듯 미소를 짓는다.

"어릴 적 제 이름은 영이라고 합니다. 선자께서는 박가셨는데, 선친께서 선자의 휘자 중 한 자를 따서 저를 그리 부르셨답니다. 하나, 선자의 휘자를 모두 알지는 못합니다."

여자가 하는 말들은 마치 준비라도 된 듯 거침이 없다.

"이영…… 저랑은 겨우 사백여섯 살밖에 차이가 안 나고…… 반만 깎으실래요? 사백 살도 넘은 할머니치고는 완전 동안이시거든요. 아시죠? 반을 깎아도 제법 욕 많이 먹을 거라는 거. 아예 반에 반을 더 깎으실래요? 오십. 의학이 많이 발달했으니까, 어떠세요? 쉰?"

영…… 영이 웃는다. 영이 불그스름한 입술 너머로 하얀 이를 고스란히 드러내고 환하게 웃는다. 얼렁뚱땅 무단으로 자리를 차지하고 함부로 보면 안 되는 스크랩북을 맘대로 넘겨가며 읽었지만 모든 것을 용서하고 모든 것을 침묵시켰던 영이, 이젠 크지도 작지도 않은 웃음소리로 동현을 설레게 한다. 듣고 싶다. 알고 싶다. 느닷없이 나타나 곁을 차지하고 앉은 영이라는 이 여자의 모든 것을, 동현은 속속들이 알아내고 싶다.

여섯 살

 계집아이는 모래알같이 반짝이는 따스한 봄볕이 좋았다.

 봉우리 모양으로 우뚝우뚝 솟은 정자관을 쓰신 아버지 손을 잡고 노닐던 소리실 강가 언저리에 지천으로 뿌려진 노란 므은드레(민들레)가 좋았다. 머리에 돌돌 똬리를 튼 가체를 얹고 연봉 뒤꽂이, 화접 뒤꽂이를 꽂아 꽃 모양으로 화사하신 할머니 치맛자락을 붙잡고 산보하는 길에, 흐드러지게 꽃을 피운 붉은 잉도(앵두)나무가 좋았다. 하늘 같은 갓을 쓰고 구름 같은 말을 탄 죽도 할아버지가 누이, 누이 부르며 오시던 고샅길 돌 틈에, 보송보송하니 달라붙은 푸른 잇(이끼)이 좋았다.

 노란 빛깔에 지친 성질 급한 므은드레 무리가 하얗게 센 머리터럭(머리털)을 흩날리고, 산들바람에 들뜬 잉도나무가 잎

사귀 밑에 숨기고 숨기다 못해 나 몰라라 해버린 잉도알이 붉게 여물고, 고샅길 담장 위 기와마다 저도 꽃인 양 바위솔이 요리조리 피어나던 그즈음이었다.

계집아이는, 따스한 툇마루에 앉아 햇살 닮은 노란 므은드레 꽃잎 다섯 장, 푸른 물이 뚝뚝 흐르는 잇 한 줌, 동그란 씨를 발라낸 새콤달콤한 붉은 잉도 다섯 알을 자그마한 종지에 조르륵 담아놓았다. 그러고는 사발에 막자도 준비하고, 물도 한 대접 떠놓고, 까만 벼루에 까만 먹도 갈아놓았다. 할머니께 떼를 써 얻은 건포 한 장, 아버지가 옜다 하고 주신 하얀 조선지 한 장을 펼쳐놓고, 한 손으로는 턱을 괴고, 다른 손으로는 붓을 들고, 곰곰이 생각에 빠져들었다.

딱, 딱, 여간 거슬리는 게 아니었다.

할머니를 뵈러 오신 죽도 할아버지 곁에 먼지같이 달라붙어 온 사내놈이었다. 사내놈은 마당 저만치, 푸르고도 불그스름한 빛 한 방울을 톡 물들인 하얀 꽃송이들이 수수이삭 모양으로 활짝 피어난 수수꽃다리 밑에서 저 혼자 자치기를 하며 놀았다. 달짝지근한 향내에 취한 것일까? 흐벅진 꽃송이에 반해 오락가락하는 것일까? 땅바닥 여기저기 구메(구멍)를 파놓고, 자치기 알을 끼워 팅겨내고, 자치기 채로 쳐대고, 이리 뛰고 저리 뒹굴며, 풀풀 날리는 누런 먼지를 뒤집어쓴 채 요리 자빠지고 조리 굴러다녔다. 사내놈은 사람이 아닌 낮도깨비인 듯도 싶었다.

계집아이는 야단을 때려 저 멀리 대문 밖으로 내쫓고도 싶었지만 혹여, 동티라도 날까 저어되어 못 본 척했다. 게다가 여차하면 안방에서 말씀을 나누시는 아버지와 할머니와 죽도 할아버지를 부르면 될 일이 아닌가? 계집아이는 애써 낮도깨비 사내놈에게 눈길도 주지 않았다.

콩콩 찧은 붉은 잉도와 푸른 잇과 노란 므은드레에 물을 살짝 떨어뜨리고, 접어놓은 건포로 각각 싸매 조선지 위에 톡톡 두들겨, 불그스름하고 파르스름하고 노르스름한 빛깔을 들였다. 그리고 계집아이는 곱게 물이 든 조선지 아래편에 붓을 들어 정성스레 글자 한 자를 썼다.

↑⋯⋯ 養⋯⋯ 懹!

쨍그랑, 자치기 알이 날아와 물이 든 대접에 첨벙 빠졌다. 기겁한 계집아이는 자치기 알을 얼른 집어 들고는 벌떡 일어나 쏘아볼 참이었다. 하지만 사내놈은 참말로 낮도깨비인 양 어느새 사라지고 없었다. 때마침 안방에서 앞서거니 뒤서거니 아버지와 할머니와 죽도 할아버지가 나오셨다.

칡으로 실을 자아 지은 갈삼을 즐겨 입으시던 죽도 할아버지는 본디 구릿골이란 마을에 댁이 있으셨다. 하지만 계집아이가 살던 소리실에서 산길로 한가로이 걸어 채 한 시진도 걸리지 않는 죽도란 곳에 서실을 짓고 기거하셨기에, 계집아이는 죽도 할아버지라고 불렀고 뭇 사람들은 죽도 선생이라고 불렀다.

 죽도 할아버지는 할머니 손아래 동생이셨다. 유독 우애가 지극했던 두 분은 어려서부터 허물이 없으셨다. 할머니가 홀로 되신 후로는 죽도 할아버지가 달포에 한두 번씩 빠지지 않고 할머니를 찾아뵈러 오셨다고 했다.

 계집아이는 그 시절, 죽도 할아버지가 바다에 사신다는 용왕님 자제분인 줄로만 알았다. 죽도 할아버지가 말을 타고 동구 밖에 나타나실 즈음이면 계집아이는 가장 먼저 짭조름하고 비릿한 자반냄새부터 맡았다. 고도어(고등어), 석수어(조기), 민어에 청어 같은 비린 것들을 바다에서 막 잡아올려 뱃전에서 소곰(소금)을 쳐 만든 뱃자반들과 때로는 해의며 해채, 토육에 담채, 명포 같은 귀하디귀한 마른 것을 말 잔등에 대롱대롱 매달고 오셨기 때문이었다. 그 덕분에 계집아이는 비릿하고 짭조름한 맛에 길들었고, 그중 기름이 뚝뚝 떨어지는 고도어자반은 계집아이가 자다가도 벌떡 일어나는 세상에서 가장 맛있는 음식이었다.

"영이가 그림을 그린 게로구나?"

죽도 할아버지가 알록달록 물이 든 조선지를 보며 물으셨다.

"예, 할아버지. 봄을 그렸사옵니다."

계집아이는 쥐고 있던 자치기 알을 얼른 소매에 넣고는 커다란 아버지 손을 잡으며 대답했다.

"영락없는 봄이로다. 하면, 봄 춘자를 적을 일이지 어째서 바랄 양자를 적었을꼬?"

"양이란 자는 바라고 원한다는 뜻도 있지만 간지럽다는 뜻도 있사옵니다. 겨우내 바라고 원하던 봄볕이거늘 바람과 함께 와서는 코끝만 간질이고는 어느새 훌쩍 가버렸사옵니다."

"옳지! 봄이란 놈이 여간 잔망스럽지 않거늘, 어찌 그리 딱 보았을꼬?"

죽도 할아버지가 큰 소리로 웃으셨다. 아버지도 따라 웃으셨고 할머니는 미소만 지으셨다.

"진길아, 오늘부터 영이를 홍도라 부르면 어떻겠느냐?"

"무슨 말씀이십니까, 외숙부님?"

"종이에 꽃물을 들이고 마음이 동한 시를 적었으니, 영이가 당나라 시인 설도薛濤를 쏙 빼닮지 않았느냐? 설도의 자가 홍도洪度니라. 영이도 홍도 모양으로 시를 짓고, 도가의 도인이 되어 세상을 두루 살피는 아름다운 여인이 되면 좋을 것이야."

"자네도 참, 계집아이에게 글을 익히라 하더니 이젠 또, 무엇이 되라는 겐가?"

할머니가 하시는 지청구에 죽도 할아버지는 괜스레 너털웃음만 치셨다.

"영아, 네 생각은 어떠하냐?"

아버지가 다감하게 물으셨다.

"아버지, 저는…… 죽도 할아버지 말씀이 참으로 좋습니다."

죽도 할아버지가 환하게 웃으셨다.

"옳거니, 이제부터 영이는 영이가 아니라 홍도다. 알겠느냐?"

"예, 할아버지!"

"하여튼 자네들 생각은 도무지 알 수가 없으이."

할머니는 말씀은 그리하셨지만 애써 말리거나 나무라지는 않으셨다. 영이라고 불리던 여섯 살 계집아이는 이제 홍도가 되었다. 계집아이는 저도 모르게 제 이름을 불러보았다. 입 안 가득히 맴도는 홍, 이뿌리를 혀끝으로 톡 차는 도. 계집아이는 제 이름이 참으로 좋았다. 리, 홍, 도.

낮도깨비처럼 사라졌던 사내놈이 대문 밖 말뚝에 매어 두었던 말고삐를 끌고 마당으로 들어섰다. 홍도는, 사내놈이 슬쩍 곁눈질로 훔쳐보는 걸 느꼈다.

"할아버지, 저자는 뉜가요?"

"산중에서 만난 녀석인데 말잡이를 하겠다며 한사코 쫓아다니기에 그러라고 했단다. 어려서 부모를 잃은지라 난 곳도 모르고 이름도 없다는데 옳지, 우리 홍도가 이름을 한번 지어볼 테냐?"

가까이에서 보니 누런 먼지를 뒤집어쓴 얼굴에 마른버짐이 군데군데 피어난 사내놈은 열서넛은 족히 먹어 보였다. 허연 소곰기가 얼룩덜룩한 까만 끈으로 봉두난발한 머리터럭을 질끈 동여매고, 어디서 주워 입고 훔쳐 입었는지 겹치고 겹쳐 입은 입성은 땟국에 절어 꼬질꼬질했다. 걸레 모양으로 너절한 발싸개로 감발을 치고, 닳을 대로 닳아 땅바닥에 납작하게 달라붙은 제 발보다도 커다란 짚신을 꿰찬 사내놈은, 허리춤에 자치기 채를 칼인 양 차고 있었다.

사내놈이 홍도를 바라보았다. 홍도는 사내놈이 바라보는 눈길을 피하지 않았다. 이상한 일이었다. 분명히 몰골은 낮도깨비인데 홍도를 바라보는 눈동자는, 붉은 잉도알과 푸른 잇과 노란 므은드레 꽃잎을 섞어 콩콩 찧으면 만들어지던 먹빛 모양으로 까맣고 소리실 강가 물빛 모양으로 반짝거렸다. 고왔다.

"흙투성이가 되어 이리 뛰고 저리 뛰고, 자치기 놀이가 그리도 좋은 모양이니, 이름도 자치기라 하면 좋을 듯합니다."

죽도 할아버지가 큰 소리로 웃으시며 말 잔등에 올라타더니 사내놈 이름을 난생처음 부르셨다.

"자치기야, 가자!"

순간 홍도는 깜짝 놀랐다. 낮도깨비 사내놈이 미소를 지었기 때문이었다. 입가에 배시시 머무는 미소는 까맣고 반짝이는 눈동자 모양으로 고왔다. 고운 미소를 짓는 사내놈은 이제 자치기가 되었다.

"누이, 한성에 가서야 뵙겠습니다. 홍도도 무탈하게 올라오너라."

"한성에서 보세. 무탈하시게나!"

"살펴 가십시오, 외숙부님!"

이랴! 죽도 할아버지가 목소리도 우렁차게 말을 몰고 나서셨다. 그 바람에 말 옆에 서 있던 자치기가 말총에 얻어맞아 흠칫 놀라며 자빠졌다. 홍도는 하마터면 웃음이 터질 뻔했다. 왜 그랬을까? 홍도는 소매에 넣어둔 자치기 알을 꺼내 자빠진 자치기를 향해 획 던졌다. 하지만 알은 자치기에게 채 닿지도 못하고 맥없이 땅바닥에 툭 떨어졌다. 순간 자치기가 후다닥 두 손 두 발로 기어서 다가오더니 떨어진 알을 얼른 집어 들고는 벌떡 일어나 죽도 할아버지를 부리나케 쫓아나갔다.

홍도는 웃겼다. 두 손을 발인 양 후다닥 기는 모양이 웃겼고, 얼른 알을 집어 들고는 벌떡 일어나는 모양이 웃겼고, 죽도 할아버지를 부리나케 쫓아가는 동글동글한 뒤통수가 또한 웃겼다. 딱히 까닭을 찾을 수는 없었지만 홍도는 왠지 웃음소리를 저 낯도깨비 사내놈, 자치기에게 들키고 싶지는 않았다. 하지만 자꾸만 새어나오는 웃음을 참느라 두 눈은 반달 모양이 되어갔고, 잡고 있던 아버지 손을 더 세게 꼭 쥐어야만 했다. 영문을 모르는 아버지가, 홍도가 꼭 쥔 손을 들고 보셨다. 무안해진 홍도가 생뚱맞게 여쭸다.

"아버지, 한성이 어딘가요?"

봄날, 한성으로 올라가던 죽도 할아버지가 대과 준비를 하던 아버지께 할머니와 함께 한성으로 올라가 가까이 지내자고 하셨다. 소쩍새가 막 울어대던 그즈음 홍도는, 물안개 자욱한 새벽녘이면 옥녀가 타는 거문고 소리가 뚱땅뚱땅 들려오던 소리실을 떠나 오백 리 길 한성으로 올라갔다.

 정체가 뭘까?

 홍, 입 안 가득히 맴돌고…… 도, 이뿌리를 혀끝으로 톡 차고…… 이, 아니지 당시에는 두음법칙을 안 썼을 테니까 리, 홍, 도. 동현은 홍도라는 이름을 속으로 불러본다. 막 코코아를 마시려던 홍도가 예? 하는 얼굴로 동현을 바라본다. 들렸을까? 당황한 동현이 얼른 눈길을 피해 스크랩북을 살핀다. 굳이 피할 것까지는 없었는데, 정여립을 아느냐고 묻던 그 순간부터였을까? 어느 순간부터인지는 확실하지 않지만 홍도와 눈길이 스치면 왠지 모르게 쑥스러워진다. 동현은 쑥스런 기색을 들키지 않으려고 톡톡, 손가락으로 스크랩북을 두드린다.
 "아마도 이때 일을 말씀하신 것 같군요. 1585년 음력 4월, 고향에 머물던 정여립이 한성으로 올라갔습니다. 당시 임금인 선조가 소학과 사서를 한글로 풀이하려고 교정청을 만들고 학식 높은 선비들을 불러 모았는데, 정여립도 그들 중 한 명이었죠."
 "전, 세세한 사정까지는 잘 알지 못합니다."
 그렇지. 당시를 여섯 살배기라고 설정한 이상 세세한 사정까지 다 안다면 말이 안 되지! 그런데 이영, 아니 리홍도라고 자신을 다시 밝힌 이 여자는 정말로 자기가 사백서른세 살이라고 믿는 건가?

"리홍도…… 정여립의 손녀뻘 되시는 분을 눈앞에서 보게 되다니, 멋진데요."

동현은 홍도를 빤히 바라본다. 대답을 듣고자 한 것은 아니다. 단지 쑥스럽지 않다는 것을 보여주기 위한 것뿐이다. 그런데 홍도가 마치 속내를 꿰뚫어 보기라도 한 듯이 배시시 웃는다. 그리고 그게 다다. 동현은 홍도를 계속 바라보고 있어야 하는지, 아니면 어느 순간 어디로 눈길을 옮겨야 하는지 판단이 서질 않는다. 일단, 말을 하자. 아무 말이나!

"그럼, 홍도 씨는 한성 어디로 이사를 가셨습니까?"

"제가 도착한 곳은, 서부 소의문 밖 반석방 도전계 만리현이란 곳이었습니다."

세세한 사정까지는 잘 알지 못한다던 홍도가, 사백이십여 년 전 여섯 살배기 시절들을 거침없이 이야기한다. 가능한가? 동현도 여섯 살 적 어느 봄날을 떠올려본다. 떠올린다? 떠오르는 게 없다. 떠오르는 게 없는 것이 당연하다. 하지만 시금, 이야기를 이어가는 홍도는 거침이 없다.

한성

한성은 복대기었고 그래서 어지러웠다.

"눈앞으로는 만초천이 휘감아 돌고 저기 저, 목멱산이 어깨를 슬쩍 감싼 데다가 고개만 돌리면 인왕산이 척하고 한눈에 들어오니, 좌청룡하고도 우백호가 아니겠습니까?"

"무엇보다도 공부하는 집은 조용해야 하는 법이네."

"쉿! 날 좋은 날, 툇마루에 걸터앉으면 개야미(개미) 하외욤(하품)는 소리도 들릴 것입니다."

예끼, 할머니가 죽도 할아버지와 함께 교정청 낭관으로 계신다는 어른 어깨를 탁 소리 나게 치셨다. 어이쿠, 낭관 어른은 할머니가 머리에 이신 보퉁이를 얼른 받아 어깨에 들쳐메더니 서둘러 앞장을 서셨다. 이불보퉁이를 짊어진 아버지는 한성이 처음이신지라 두리번거리며 이곳저곳을 살피셨고, 홍도는 행여나 놓칠세라 아버지 손을 꼭 쥐었다. 슬쩍 돌아다본 저만치 뒤편에는 커다란 궤짝을 짊어진 자치기가 땀을 뻘뻘 흘리며 뒤쫓아 왔다.

손바닥만 했다. 마당이라고 부르기에도 민망한 집은 덜렁 초가집 한 채가 전부였다. 홍도는 실망했다. 하지만 아버지는 방문을 열어보시고 할머니는 정주 문도 열어보시고, 초라한 집 모양새에는 그다지 신경을 쓰지 않으셨다.

"이래 봬도 이 집에서 대과 급제자가 셋이나 나왔습니다. 명년이면 자수子脩(이진길의 자)까지 넷이 될 테니, 그때는 제게 술 한 잔 갖고는 아니 될 일입니다."

툇마루에 걸터앉은 낭관 어른은 말씀을 참 재밌게 하셨다.

"그리만 된다면야 술이 대수겠는가? 내, 자네 이름으로 잔치를 벌여줌세!"

"약조하셨습니다. 오늘부터 회초리를 들고 자수 자네를 훈육해야겠으니 각오하시게나!"

"하하하, 그리하십시오. 형님!"

탕탕, 허공을 울리며 웃으시는 아버지 때문이었을까? 비록 손바닥만 한 마당이 못내 아쉬웠지만 홍도는 왠지 이 집이 좋아질 듯도 싶었다.

"한데 형님, 예서 외숙부님 거처까지는 얼마나 됩니까?"

"부제학 영감 댁 사랑방을 떡하고 차지하셨다니 예서 한 오리나 될까? 말이 나왔으니 말인데 선생께서 한성에 올라온 지 달포도 안 되어 홍문관 수찬이 다시 되셨으니 조선 땅에 그런 돌올한 분이 어디 또 있을까 싶네!"

"제남이 수찬이 되었다니 무슨 소리인고?"

할머니도, 아버지도, 영문을 모른 채 낭관 어른만 바라보셨다.

"모르셨습니까? 자수 자네도? 내, 이래서 죽도 선생을 흠모하지 않을 수가 없다니까! 사실 당상관 자리나 되면 모를까, 따지고 들자면 선생께서는 미흡하기 짝이 없는 자리지요. 정육품 수찬 자리야 죽도 선생 전직이 아니었습니까? 그렇다고 그리도 자랑을 모르실꼬! 하기야 요즘같이 수상한 시절에 벼슬자리가 높아서 뭣에 쓴답니까? 옆집 바독이(바둑이)한테나 주라지요. 홍도야, 네 생각은 어떠하냐?"

무슨 뜻인지 알 수 없는 홍도는 눈만 끔벅거렸다. 마침 물벼락이라도 얻어맞은 듯 땀으로 범벅이 된 자치기가 커다란 궤짝을 짊어지고 사립문으로 들어섰다.

"아이고, 자치기 죽는다!"

자치기는 모두에게 들으라는 듯 큰 소리로 죽는시늉을 하며 털썩 주저앉았고, 그 바람에 짊어지고 있던 궤짝 옆구리가 우지끈 터지며 서책이 우르르 쏟아져 나왔다. 놀란 자치기는 터진 궤짝을 짊어지고는 벌떡 일어나 이리 뛰고 저리 뛰었고, 손바닥만 한 마당은 어느새 쏟아진 서책들로 가득해졌다.

"이놈아, 네놈이 말이냐? 제발 뛰지 좀 마라, 서책들 밟겠다!"

홍도는 깔깔깔 웃었다. 자치기를 말리며 소리치는 낭관 어른이 웃겼고, 허겁지겁 서책들을 주워 챙기는 아버지와 할머니가 웃겼고, 기겁한 얼굴로 서책을 밟지 않으려고 요리조리 까치발로 뛰어다니는 자치기 또한 웃겼다.

*

동현은 곰곰이 생각한다.

비행기가 이륙한 후 안전벨트 표시등이 꺼지자마자 스크랩북을 꺼내 테이블에 올려놓고 24, 25쪽을 펼쳤다. 그리고 만년필을 꺼내려다가 문득 왼뺨에서 이물감을 느꼈다. 뾰루지! 그래서 스크랩북을 팔걸이에 옮겨놓고 테이블을 접고 일어나 화장실로 갔다. 아무리 길게 잡아도 화장실에 있던 시간은 십 분이 안 된다. 그 사이 홍도가 자리를 차지했을 테고, 동현이 자리로 돌아왔을 때 홍도가 펼치던 곳은 26, 27쪽이었다. 따라서 홍도는 약 십 분간 최소 네 쪽은 볼 수 있었을 것이다.

그 부분에 들어 있는 내용은 천반산과 죽도서실, 정여립과 대동계 그리고 기축년 시월 초이튿날 경복궁에서 있었던 사건들 중 일부분이다. 물론 홍도가 살았다던 소리실과 할머니였다던 정여립 누나 그리고 아버지라고 한 정여립 생질 이진길 아니, 리진길에 대한 언급도 분명히 들어 있다.

그러므로 예스러운 말투와 지금은 쓰지 않는 옛 단어와 어려운 한자어를 능수능란하게 구사할 줄 아는 홍도는, 스크랩북에서 힌트를 얻고 자신을 주인공으로 삼아 이야기를 만들고 있는 것이다.

말의 고저와 강약과 장단을 조절할 줄 아는 또렷한 목소리와 어깨를 으쓱하거나 보일 듯 말 듯 고개를 살짝 젓는 추임새와 눈을 동그랗게 뜨고 입을 오종종하게 모으고 턱을 슬쩍 들어 올려 짓는 표정은, 홍도가 하는 이야기 속으로 빠져들게 하기에 충분하다. 게다가 홍도가 하는 이야기 속에는 불그스름하고 파르스름하고 노르스름한 빛깔들과 우당탕 뚱땅뚱땅 우지끈 우르르 들려오는 소리들과 비릿하고 새콤하고 달콤한 맛과 냄새들이 곳곳에 스며들어 있다.

홍도는, 타고난 이야기꾼이다.

"죽도 할아버지는 채 한 해가 안 되어 다시 고향으로 내려가셨습니다. 저희 집을 제 집인 양 들락거리던 자치기도 할아버지를 따라 내려갔지요. 할아버지께서 내려가신 이듬해, 집을 구해주신 낭관 어른 말씀처럼 아버지는 대과에서 급제를 하셨습니다."

동현이 손을 뻗어 스크랩북을 한 장 넘기고는 손가락으로 문장 하나를 찾는다.

"리진길은…… 홍도 씨 아버님이라고 해야겠군요. 홍도 씨 아버님은 1586년 별시에서 을과 1등으로 급제를 했는데, 당시 급제자 14명 중에 2등을 한 겁니다. 아쉽게 장원은 놓쳤지만 우수한 성적으로 예문관 검열이 됐습니다. 검열은 정9품으로 품계는 낮지만 임금 가까이에서 사초를 쓰고 교정을 하는 중요한 직책이었죠."

홍도가 마치 처음 듣는 이야기인 양 동현이 가리킨 문장을 뚫어지게 바라본다.

첫눈에, 남자가 여자에게 첫눈에 반하는 시간은 얼마나 될까? 허락도 없이 자리를 차지하고 앉아 소중한 스크랩북을 맘대로 넘겨가며 읽고 있던 홍도를 용서하는 데 걸린 시간은, 눈 깜박할 순간보다도 짧았다. 찰나, 손가락을 한 번 튕기는 동안 예순다섯 찰나가 지나간다고 했다. 0.013초! 동현이 홍도에게 반하는 순간은 한 찰나였다.

"아침이면 등청하시는 아버지 손을 잡고 문지기들이 지키던 소의문으로 들어가 정릉터를 지나고 황토마루를 넘어 혜정교 인근에서 헤어지고는 했습니다. 아버지는 육조거리로, 저는 종루로 향했지요. 아버지께서 나랏일을 보시는 동안 저는, 북적이는 운종가를 지나 개천을 따라 하루 종일 노닐다가 퇴청하시는 아버지 손을 잡고 만리현 집으로 돌아오고는 했습니다."

붉은 것은 사람 마음을 유혹한다. 아, 불그스름하고 촉촉한 입술이 슬쩍 벌어지고, 참, 입술 사이로 가지런한 하얀 이들이 보일락 말락 하더니, 정말, 어둠 속에 숨어 있던 볼그족족한 혀끝이 살짝 나와서는, 미치고, 윗입술을 스치듯 핥고, 미치고, 다시 입안으로 들어간다. 죽겠네…… 저도 모르게 제 입술을 자근거리던 동현은 불그스름하고 촉촉한 홍도 입술에 유혹당

한다.

"저는 하루 종일 보고 들은 것들을 아버지께 이야기해드렸고, 아버지께서는 제 이야기 듣기를 참으로 좋아하셨습니다."

 손을, 뻗는다. 촉촉하고, 만지고 싶다. 불그스름한, 만져보고 싶다. 입술을, 홍도 입술을, 만지러 간다. 촉촉하고 불그스름한 홍도 입술을 향해 동현도 모르게 제 손이 다가간다.
 멍, 하, 니, 다, 가, 간, 다…….
 느꼈을까? 홍도는, 분명히 정신이 나가버린 동현의 손이 다가오는 걸 느꼈다. 이야기를 하던 홍도가 왜? 하는 표정으로 동현을 바라본다. 순간 금발!
 만졌을까? 하마터면 만졌을지도 모른다. 금발머리 여승무원이 승객들의 빈 식기를 챙기러 카트를 끌고 나타나지 않았더라면, 동현은 난감하고 민망한 짓을 저지르고 말았을 것이다.
 금발머리 여승무원이 홍도에게 무언가를 묻는다. 홍도가 고개를 끄덕이며 괜찮다는 대답을 하는 듯하다. 뭐지? 홍도에게 무엇을 물었던 것일까? 내가 저지를 뻔한 짓을 본 건가?
 "자리가 불편하지 않느냐고 물었습니다."
 그래서 뭐라고 했죠? 뭐라고? 제가 실례를 한 건 압니다. 저도 모르게…… 그래도 전, 홍도 씨 이야기를 계속 듣고 싶습니다. 간절하다. 간절함이 통했을까? 홍도가 미소로 바라본다.

"물론 저는 괜찮다고 했습니다. 만약 불편하시다면…….."

"아뇨! 전혀요! 결코 불편할 리가 없죠!"

비행기 안 어디에 쥐구멍이라도 있다면 숨고 싶다! 너무나도 방정맞게 말을 가로채 대답을 해버렸다. 더구나 손까지 휘저으며, 고개는 왜 또 내저었을까? 뭐라도 해서 이 순간을 벗어나야만 한다. 그래, 말, 말을 하자!

"아까 하루 종일 노닐었다던 개천이 지금의 청계천이죠?"

"그곳에 큰 광통교가 있다면 맞을 겁니다. 물가에 당초무늬 구름무늬가 새겨진 커다란 돌들을 거꾸로 쌓고, 난간에는 돌로 꽃봉오리 모양을 죽 만들었으며, 맨 앞에 석수가 딱 버티고 선, 개천에 있는 여러 다리 중에서 제가 가장 좋아하는 커다란 돌다리였습니다."

지금 비행기 안에 있는 홍도와 사백이십여 년 전에도 살았다는 홍도는, 어쩌면 같은 사람일지도 모른다. 물론 물리적으로 도저히 가능한 일은 아니지만 홍도는 막힘이 없다. 어쩌면 막힘이 없다는 것이, 그저 잘 꾸며진 이야기일 수밖에 없다는 반증일지도 모른다. 하지만 동현은 일단 아무 생각 없이 홍도가 하는 이야기를 듣고 싶다.

홍도가 동현을 바라본다. 잠깐 동안 침묵이 흐른 탓이었을까? 이상한 일이다. 방금 전까지만 해도 쑥스럽던 눈길이, 분명히 홍도와 눈길이 스치면 쑥스러웠는데, 괜찮다. 어느 순간 홍도를 바라보는 눈길이 자연스러워졌다는 뜻이다.

"기축년 시월 초이튿날이었습니다. 시절이 초겨울로 들어서는 철이라 아침저녁으로는 삽삽하였는데, 그날따라 유난히 추웠던 것 같습니다."

타고난 이야기꾼인 홍도가 불그스름한 입술로, 하마터면 만져버릴 뻔했던 그 입술로 이야기를 이어간다. 아무튼 다행이다. 도망갈 곳도 마땅치 않은 비행기 안에서 동현은, 까딱하면 파렴치한 범죄를 저지를 뻔했다.

기축년 시월 초이틀

"어머니, 다녀오겠습니다."

홍도는 정주 문을 열고 쪼르르 달려 나갔다.
크다. 머리에는 하늘을 날 듯 날개를 단 까만 사모를 쓰고, 쪽물을 들인 하늘빛보다도 파란 단령을 입고, 가슴과 등에는 천년을 산다는 학이 구름 위를 훨훨 나는 흉배를 붙이고, 허리에는 헐렁하니 붉은 각대를 매고, 발에는 까만 목화를 신은 아버지가 마당 한가득 산 모양으로 서 계셨다.
"홍도는 고뿔들까 저어대니 오늘은 나서지 말거라."
머리에 썼던 건포를 풀며 정주에서 나오는 할머니는 단호하셨다.

"소의문까지만 배웅을 할 터입니다."

홍도는 얼른 아버지 손을 꼭 쥐었다.

"오늘은 홍도가 할머니 말씀을 따라야겠구나!"

아버지는 미소를 지으셨지만 말씀만은 홍도가 바라던 바가 영 아니었다. 도저하신 아버지는 한 번 하신 말씀은 거두는 법이 없으셨으니, 홍도는 터덜터덜 정주로 다시 들어가 스르륵 문을 닫아야만 했다.

"아비가, 자식을 아끼는데 어찌 흉이라 하겠는가? 하나, 아비 정과 어미 정은 서로 다른 것이니 홍도를 봐서라도 어미 자리를 오래 비워두면 안 되는 법이라네."

정주 문틈으로, 아버지가 할머니 말씀에 고개를 숙이시는 모습이 보였다.

할머니…… 의자 신자를 쓰시던 할아버지는 식년시 대과에서 병과로 급제를 하셨고, 호조정랑이라는 벼슬을 거쳐 소리실에서 한 백 리나 떨어진 금산이라는 고을 군수를 지내셨다고 했다. 하지만 홍도가 태어나기도 훨씬 전, 할아버지가 놀아가시고 홀로 되신 할머니는 아버지와 함께 비복들을 거느리고 소리실에 터를 잡으셨다고 했다.

홍도에게도 가뭇하지만 유모에 청지기에 동자아치며 반빗아

치며 해질녘이면 노복과 비자들이 북적거리던 기억이 있었다. 하지만 어찌 된 영문인지 언젠가부터 비복들이 하나둘씩 보이지 않더니, 한성에 자리를 잡은 뒤로는 할머니가 직접 머리에 건포를 두르시고 정주로 들어가셨다. 하지만 할머니는 한 번도 얼굴을 찡그리거나 큰 소리를 내지 않으셨고, 언제나 꼿꼿하고 정갈하셨다.

언젠가 홍도는 곁에서 주무시는 할머니에게 함자를 여쭌 적이 있었다. 죽도 할아버지 함자도 알고, 아버지 함자도 알고, 뵌 적은 없지만 할아버지 휘자도 아는데, 할머니 함자만은 알지 못했다.

"이름은 알아 뭣하게⋯⋯ 동래정가, 희자 증자를 쓰시는 분의 딸년이고, 지아비에게는 지어미였고, 이제는 제 아비 모양으로 대과에서 급제를 한 장한 아들놈의 어미일 뿐이란다. 옳지, 배꽃 모양으로 환한 우리 아가 할미로구나."

할머니는 두 손으로 홍도 두 볼을 어루만지며 빙긋이 웃으셨다. 홍도는 제게는 있는 이름이 할머니에게는 없는 줄로만 알았다. 몽글몽글한 할머니 젖을 만지작거리며 자장자장, 할머니가 불러주시는 자장가 장단에 설핏 잠들 참이었다.

"옥, 옥이란다. 곱디고운 옥⋯⋯."

꿈이었을까? 꿈이라고 하기에는 할머니 말씀이 너무나도 또렷했다. 옥…… 곱디고운 옥. 홍도는 잠든 척 뒤척이며 할머니 젖에서 슬며시 손을 빼냈다. 있는 듯 없는 듯하던 할머니 젖꼭지가 볼록하니 느껴졌던 탓이었으리라. 그날 밤 홍도는, 할머니가 곱디고운 옥 같은 여인이라는 사실을 처음으로 알았다.

"아침부터 괜한 소리를 한 듯싶네. 어서 등청하시게나."
아버지가 할머니께 두 손을 모으고 읍을 하셨다.
"예, 어머니. 다녀오겠습니다."
정주 문 틈으로, 아버지가 할머니 배웅을 받으며 막 사립문을 나서시는 모습이 보였다.
급했다. 홍도는 정주 뒷문을 열고 후다닥 장독대로 향했다. 장독대 뒤쪽 담벼락을 타고 가면 햇살 좋은 구석에 지난 봄 아버지가 심어놓으신 홍도 키만 한 대추나무가 있고, 대추나무 옆으로 낑낑 들어가 담벼락을 끼고 돌면 수채가 나가는 구메가 있었다. 하지만 수챗구메는 홍도가 기어들어가기에는 너무나 좁았다. 수챗구메에서 한 발 두 발, 불룩 튀어나온 돌덩이를 콱콱, 발로 차 옆으로 밀어내면 구메가 뻥 뚫렸다. 세상에서 오직, 홍도만이 아는 구메!
"홍도야, 인석이 어딜 간 게야. 홍도야!"
할머니가 부르셨다. 하지만 홍도는 치맛자락을 한 줌으로 모아 사타구니에 끼고는 뻥 뚫린 구메로 자그마한 몸뚱이를 구겨 넣었다. 이제 기어나가기만 하면 고샅길이고, 고샅길을 오른편으로 빠져나가 한길로 들어서면 등청하시는 아버지 옆모습을 바로 보게 될 테니…….

헉, 막 구메를 빠져나가려는데 시커먼 것이 눈앞을 가로막았다. 목화. 정강이까지 불쑥 올라온 까만 목화. 둥근 주둥이를 따라 금칠한 줄을 죽 긋고, 꿰맨 자리마다 붉은 실로 다시 한 번 감친 까만 목화. 아버지가 대과에 급제하시고 얼마 지나지 않아 관직을 제수 받으셨을 때, 죽도 할아버지가 잘 아는 갓바치를 시켜 태백산 사슴가죽으로 갓신을 삼고, 가벼운 오동나무 살로 목을 두르고, 밑창은 소가죽을 덧대어 부드럽게 만들어, 홍도가 좋아하는 고도어자반 꾸러미와 함께 보내주신, 바로 그 까만 목화가 눈앞을 가로막았다.

도대체 아버지는 이 구메를 어찌 아셨단 말인가? 야심한 시각이면 할머니께 혼이라도 날까봐 아버지도 이 구메로 몰래 들락거리신다는 건가? 사내대장부가? 두 손 두 발로? 기어서?

코가 닷 발이나 빠진 홍도가 구메를 빠져나와 머쓱하니 아버지를 올려다보았다. 홍도는 지청구를 각오한 참이었지만 아버지께서는 쉿! 집게손가락으로 입을 막더니 홍도에게 그 손을 내밀었다. 홍도는 환한 미소로 아버지 손을 잡았다. 따뜻했다.

 아버지…… 아버지는 소리실에서 만난 어머니와 혼인을 하셨다. 하지만 어머니는 홍도를 낳고 삼칠일이 못돼 돌아가셨다고 했다. 하혈을 많이 하셨다고 했다. 기억할 수는 없지만 홍도는 유모 손에서 자랐고, 젖을 뗄 무렵부터는 아버지가 포대기에 싸매고 다녔다고 했다. 할머니는 사내가 별일이라며 지청구를 많이 하셨다고 했다.

 아버지가 따로 말씀하신 적은 없었지만, 박가 집안 여인이셨던 어머니와 아버지는 어릴 적부터 동무 사이였던 듯싶었다. 간혹 졸음에 겨운 홍도가 길게 하외윰을 하며 눈물을 찍 흘릴 참이면 아버지는, 어릴 적 네 어머니와 하는 짓이 똑같다며 웃곤 하셨다. 아버지는 어릴 적 어머니를 어찌 보셨을꼬?

 아버지 손을 잡고 노란 므은드레가 만발한 소리실 강가를 거닐 때면, 아버지는 바람을 훅 불어 므은드레 씨앗들을 멀리 날리며 한동안 우두커니 서 계시곤 했다. 아마도 어머니를 그리워하셨으리라. 그럴 때면 홍도는 아버지 마음을 아프게 하신 얼굴도 모르는 어머니가 야속하기만 했다.

 "자네는 공부만 하시게……."

 아버지가 대과 준비를 하시는 동안 별 말씀이 없으셨던 할머니는 아버지가 급제하신 후로는 간혹 혼인 말씀을 하셨다. 그도 그럴 것이 아버지가 등청하시고 나면 사립문 앞으로 손에 꾸러미를 든 여인들이 중신을 서겠다며 줄을 서서 기다렸다고 했다.

사실 홍도는 그 무렵 일들이 무슨 뜻이었는지 잘 알지는 못했다. 그저 아침이면 등청하시는 아버지 손을 잡고 성안으로 들어가 하루 종일 놀다가, 또 저녁이면 퇴청하시는 아버지 손을 잡고 재잘재잘 하루 종일 있었던 일들을 이야기해 드리고, 밤이 되면 서책을 보시는 아버지 곁에서 저도 글을 읽거나 글씨를 끼적이다가 어느 사이에 잠이 들고는 했으니 말이다.

"오늘은 어디서 놀 테냐?"
"알려드리지 않을 것입니다."
"어쩐다? 홍도가 뭘 보고 들을지 벌써부터 궁금해서 어찌한다?"
"정녕 그러하시다면 퇴청하실 시각에 소의문 앞에서 기다릴 것입니다."

빙긋이 웃는 아버지는 홍도와 눈을 맞추며 허리를 굽히더니 커다란 두 손으로 홍도 두 볼을 꼭 감싸주셨다. 홍도는 스르르 눈을 감았다. 따뜻한 아버지 온기가 온몸을 사르르 녹였다.

"오늘은 번을 서는 날이니 명일 아침녘에 집에서 보자꾸나. 괜찮겠느냐?"

홍도는 고개를 끄덕였다. 아버지가 환한 미소를 지으며 소의문으로 향하셨다.

"아버지!"

성큼성큼 가던 아버지가 걸음을 멈추더니 고개만 돌려 입모양으로 왜? 하고 물으셨다.

"오늘 있었던 일은 할머니께 말씀하지 말아주시어요."

고개를 갸웃하는 아버지께 홍도는 입모양으로만 구, 메! 라고 했다. 구, 메? 아버지도 입모양으로만 말씀하시더니 집게손가락을 입에 대고는 쉿! 하셨다. 홍도도 아버지를 따라 집게손가락을 입에 대고는 쉿! 했다. 아버지가 다시 한 번 환한 미소를 지으며 손을 번쩍 들어 보이고는 가셨다.

높다란 성곽보다도 더 높이 커다란 돌들을 켜켜이 쌓고, 그 위로 불쑥 솟아오른 팔작지붕 문루를 우뚝 세우고, 장창을 치켜든 문지기들이 지키는 소의문 홍예 안으로 아버지가 들어가셨다. 하늘 모양으로 높고 산 모양으로 커다랗게만 보이던 아버지가 그날따라 한없이 작게만 느껴졌다.

"다녀오시어요!"

홍도는 아버지 모습이 눈길에서 사라질 때까지 그 자리에 서 있었다. 왠지 모를 눈물이 또르르 한 방울 흘렀다. 하외윰을 한 것도 아닐진대 찬바람 탓이었을까?

달빛에 드리운 그림자

 소의문을 등지고 나서면 밤이면 밤마다 횃불을 밝힌 사람들이 참게를 잡겠다며 북적이던, 넝쿨이 지천이라 넝쿨내라고도 불리던 만초천이 흘렀다. 흙다리를 건너 만초천을 지나고 올망졸망한 묏등이 다붓다붓 늘어선 애오개로 길을 잡으면 마포나루, 서강나루에서 올라온 갯것을 팔고 사는 어물전이 수시로 열리고는 했다. 성안 구경거리가 빤해진 홍도는 그날, 어물전에서 놀다가 갈 작정이었다.

 얼마나 먼 곳에서 온 것들일까? 한 번도 본 적은 없지만 한수보다도 넓고, 목멱산 인왕산 백악산 저 멀리 삼각산 인수봉보다도 깊으며, 한눈으로는 바라볼 수도 없을 만큼 아득하게 멀고 먼 바다에서 노닐다가 잡혀 온 물고기들이라고 했다.

짠 내가 물씬한 바닷물을 담아놓은 커다란 함지박에는 팔뚝만 한 물고기들이 살아 뛰쳐나올 듯 팔딱거렸고, 어미를 쫓아다니다가 얼결에 잡혀 온 조막만 한 새끼들도 덩달아 팔딱거렸다. 나무 판때기에 줄줄이 놓인 물고기들은 맥을 놓고 죽어 비린내를 풍겼고, 갯바닥을 기어 다니며 먹고 산다는 조개들은 입을 떡 벌리곤 거친 숨을 몰아쉬듯 뻐끔뻐끔 아우성을 쳤다. 만초천 참게하고는 견줄 수 없을 만큼 커다란 집게를 지닌 바닷게는 사각사각 저들끼리 속삭였고, 칠게 방게 농게 생김만큼이나 그 이름도 제각각인 자그마한 놈들은 바스락바스락, 서로 다리를 문 채 얽히고설켰다.

홍도는 문득 누군가 저를 지켜보고 있다는 느낌이 들었다. 하기야 꽃 같은 당혜를 신고, 붉은 치마 노란 저고리에, 솜을 넣어 누빈 도톰한 연분홍 배자를 걸치고, 화접으로 수를 놓은 남바위를 쓰고, 허리까지 오는 곱게 땋은 머리터럭에 붉은 제비부리댕기를 맨 계집아이 홍도는 도통 어물전과는 어울리지 않았기에 흙다리를 지나면서부터 장사치들이 힐끔거리긴 했다. 하지만 그런 힐끔거리는 눈길하고는 애초부터 느낌이 달랐다.

누굴까? 획 돌아다보았다. 딱히 눈길은 없었다. 괜한 생각이었나?

다시 어물전으로 막 걸음을 옮기던 참이었다. 저만치 담벼락 옆에서 시커먼 그림자 하나가 슬며시 빠져나갔다. 하지만 홍도는 느긋하게 북적거리는 사람들 사이를 헤치고 나아갔다. 한 걸음 두 걸음, 그러다가 휙 몸을 돌려 왼편으로 뛰기 시작했다.

맞았다. 후다닥, 웬 놈이 쫓아왔다. 집으로, 집으로, 할머니가 계시는 집으로 가야 한다. 소리라도 칠까? 하지만 헐레벌떡 뛰는 입에서는 단내만 날 뿐 소리가 나오질 않았다. 멀다. 집까지는 너무나 멀다. 숨자. 숨어야 한다. 숨어 놈이 사라질 때까지 기다리자. 홍도는 오른편으로 길을 잡고는 고샅길로 뛰어들어 갔다. 아뿔싸, 막다른 길이었다.

헉헉, 시커먼 사내놈이 고샅길로 막 뛰어들어왔다.

"누구냐? 네놈은!"

홍도는 고샅길에 떨어져 있던 싸리 빗자루를 집어 들고는 헉헉거리는 사내놈을 향해 겨눴다. 저놈이, 나를, 어리다고, 가볍게, 여기게, 해서는, 안, 될, 노릇이다. 홍도는, 이갈이를 하느라 앞니가 조르르 빠진 모양을 들키지 않으려고 입술을 앙다물었다. 사내놈이 목을 죽 빼고 홍도를 이리저리 살피더니 픽 웃었다. 흉악한 놈이다! 사내놈은 야비한 미소를 지으며 한 발짝 다가왔다. 하지만 홍도는 물러서지 않았다. 빗자루를 겨눈 홍도도 다가오는 사내놈을 향해 한 발짝을 내디뎠다.

아버지가 말씀하셨다. 마음만 먹으면 뭐든지 할 수가 있다고, 마음만 먹으면 뭐든지 될 수가 있다고! 하지만 빗자루를 움켜쥔 손은 부들부들 떨렸다.

할머니가 말씀하셨다. 사람은 누구나 스스로를 지킬 줄 알아야 한다고, 여인이라도 제 몸은 스스로 지킬 줄 알아야 한다고! 빗자루를 움켜쥔 손은 부들부들 떨렸지만 눈빛만은 저 흉악하고 야비하고 너절한 불한당을 당장이라고 해치울 기세였다.

"그걸로 날 팰 셈이냐?"

불한당이 하는 말은 흉악했다.

"패기만 할까? 쓸어버릴 테다! 싹싹 쓸어 네 놈을 마침내 지워버릴 것이야!"

불한당이 짓는 미소는 야비했다.

"아직도 내가 누군지 모르는 모양이구나?"

불한당이 한 몰골은 추레하고 너절했다.

"홍도야, 나다! 자치기! 자치기잖아!"

자치기? 자치기라니? 이놈은…… 결코 자치기가 아니다!

"코밑은 거뭇하니 수염이 나고, 얼굴은 곰보 모양으로 울퉁불퉁하고, 목소리는 걸걸하니 쉰 듯하며, 키 또한 껑충한데다가 당연히 허리춤에 차고 있어야 할 자치기 채가 보이질 않으니, 네 놈은 내가 아는 자치기가 아니다. 대관절 네놈이 뉘관데 내 이름을 아는 것이냐? 경을 치기 전에 당장 네놈이 누군지 밝혀라!"

"이런 참, 사내대장부가 칼은 못 찰지언정 옆구리에 자치기 채를 차고 다니란 말이냐? 어찌 그리 눈이 어두운 게야? 잘 좀 봐라!"

불한당이 또 한 발짝 다가서며 얼굴을 내밀었다. 얼핏 맞는 것 같기도 하고? 홍도도 고개를 빼고 불한당을 살폈다. 순간 불한당이 고개를 쑥 내밀어 홍도 눈앞으로 얼굴을 들이밀었다. 허, 놀란 홍도 입이 헤, 벌어졌다.

"어라, 앞니들은 다 어디로 간 게냐? 까치가 물어갔느냐?"

이런 방자한 놈을 봤나? 홍도는 두 눈을 질끈 감고는 들이닥친 불한당 얼굴을 향해 싸리 빗자루를 휘둘렀다. 이상하다. 빗자루가 움직이질 않았다. 홍도가 눈을 떴다. 불한당이 빗자루 끄트머리를 붙잡고 있었다. 홍도는 힘껏 빗자루를 당겼다. 하지만 빗자루는 꼼짝도 하지 않았다.

"밥 좀 많이 먹지 그랬느냐? 홍도 넌, 아직도 젖내기로구나!"

뭐라, 젖내기? 부아가 치민 홍도가 참말로 젖 먹던 힘까지 불러내어 빗자루를 휙, 잡아뺐다. 홍도는 빗자루로 불한당을 쳤다. 후려치고 쓸어버리고 마구 쑤셨다. 참말로 자치기라고 소리치는 불한당은 빗자루질을 피해 이리 뛰고 저리 뛰고 요리 뒹굴고 조리 자빠졌다. 맞다. 이렇게 폴짝거리며 자빠질 수 있는 이는, 이 세상에서 자치기뿐이리라.

그날, 죽도 할아버지를 따라 죽도로 내려갔던 자치기가 낮도깨비 모양으로 홍도 앞에 불쑥 나타났다. 자치기는 그간 못 본 몇 년 새 홍도가 알아보지도 못할 만큼 훌쩍 커 있었다. 하지만 까맣고 반짝이는 눈동자만은 그대로였다. 흉악하게 보이던 눈동자가 다시 보니 곱고 까만 자치기 눈, 그대로였다. 고왔다.

자치기는 참 말이 많았다. 그간 못 본 새 있었던 일들을 한순간에 모조리 털어놓고픈 모양이었다. 그런데 이제 보니 자치기 이놈이 얼렁뚱땅 홍도에게 하대를 했다.
"내 비록 어리달손 근본도 모르는 천한 놈이 어찌 양반인 내게 하대를 하는 것이냐?"
홍도는 목소리를 깔고 자치기를 노려보았다.
"어리석은 네놈이 반가운 탓에 저지른 일이니 이번만은 용서하겠으나 또다시 이럴진대 아버지께 고해 엄한 벌로써 다스리시라 아뢸 것이다."
하지만 자치기는 빙긋빙긋 웃기만 했다.

"아기씨…… 죽도 스승님께서 말씀하시길, 일월성신이 보시기에는 말 못하는 금수나 말 잘하는 사람이나 한 치 건너 두 치일뿐이라고 하셨습니다. 또한 왕후와 장상의 씨가 따로 있지 아니하고, 햇빛에 비치고 달빛에 드리운 그림자에는 차별이 없고 구별이 없으니, 귀하고 천함이란 사람이 제 욕심을 채우고자 터무니없이 나눠놓은 헛것에 불과하다고 가르치셨습니다. 하여 스승님께서 사람을 따르겠느냐? 일월성신을 따르겠느냐? 하고 하문하시기에 소인은 일월성신을 따르겠노라고 대답했습니다. 하오나 죽도 스승님 말씀에도 불구하시고 홍도 아기씨께서 제게 존대받기를 극구 원하신다면 소인은, 목숨이 끊어지더라도 아기씨 말씀을 받자와 모시겠나이다."

홍도는 난감했다. 자치기가 하는 말이 무슨 뜻인지 알아들을 수가 없었다. 다만 죽도 스승님, 아니 죽도 할아버지가 하신 말씀이며 얼핏 사람은 귀하고 천함이 없다는 말씀을 하셨다는 것만은 알아들을 수 있었다.

홍도는 자치기를 모른 척 내버려두고는 앞장서 걸었다. 죽도 할아버지 말씀이라면 따라야 하는 것 아닌가? 설마 한 발짝 뒤에서 고개를 푹 숙이고 터덜터덜 쫓아오는 요놈 자치기가 거짓을 고할 리는 없을 테고? 한데…….

"자치기야, 그간 유달리 유식해진 듯한데 어찌 된 일이냐?"

"내, 그동안 죽도 스승님 밑에서 글을 익혔거든……."

또 하대다! 자치기도 아차 싶은지 스르르 말꼬리를 잘랐다.

홍도는 제 입으로 죽도 할아버지 말씀이니 나이 많은 네놈이 나이 어린 내게 하대하도록 허락하겠다는 말은 참말로 하기 싫었다. 그래서 아무 대꾸도 하지 않았다. 하지만 대꾸가 없다는 것은 하대하도록 허락한다는 말이나 진배없었다. 자치기는 홍도 속내를 알아차리기라도 한 듯 배시시 웃었다. 한데…….

"자치기 네놈이 나이 어린 내게 하대를 한다손 치더라도, 내가 나이 많은 네놈에게 존대를 하는 일은 결단코 없을 테니, 행여 바라지도 말 것이며 혹여 생각지도 말 것이야."

"예, 자치기 이놈, 분부 받잡겠나이다."

못된 놈 자치기가 키득거리며 쫓아왔다. 낯도깨비 같은 놈 자치기가 슬그머니 홍도와 걸음을 나란히 했다. 하지만 어쩐 일인지 홍도는 나란히 걷는 자치기가 싫지만은 않았다.

주절주절, 자치기는 참으로 말이 많았다. 홍도는, 밑도 끝도 없는 말들 중에서 제 놈이 정해년(1587년) 봄에 왜구들을 무찔렀다는 말을 할 적에는, 자치기 이놈을 지나가는 포졸들에게 넘겨버리던지 아니면 어디 가까운 관아로 끌고 가 당장 발고라도 놓고 싶은 심정이었다.

"참말로 왜구들을 무찔렀단 말이냐? 네가? 자치기 네가?"

"어찌 그리 성정이 급할꼬? 자초지종을 말할 테니 잘 들어봐라. 그러니까 이태 전 춘삼월에 전라도 흥양 땅 손죽도며 녹도 인근에 왜구들이 열여덟 척이나 되는 배들을 이끌고 나타나, 민가들을 불태우고 노략질을 일삼았단다. 하지만 배 한 척으로 맞서 고군분투하시던 이대원이라는 장수 분과 우리 수군들이 죽자 그 뒤로 누구 하나 제대로 나서지 못하던 차에, 죽도 스승님께서 나서셨단다."

"어찌 죽도 할아버지까지 나서셨단 말이냐?"

"네가 어려, 스승님을 잘 모르는 모양이구나! 스승님이 누구시냐? 다름아닌 대동계의 수장이시지 않느냐? 스승님께서 말씀하시길, 사람이란 본디 모두가 하나 되어 함께 먹고 함께 살아야 한다 하셨으니, 그게 바로 대동이란다. 대동을 펴시는 스승님께서 나라를 구하는 일에 어찌 앞장을 서지 않으실까? 그 길로 소리실 너른 모래밭에서 말을 달리고 활을 쏘며 무술을 연마한 대동계원들을 총동원하시고, 전주 관군들을 직접 통솔하시어 왜구들과 가까운 낙안 땅으로 향하셨으니, 스승님을 따르는 무리가 일천을 넘었고, 소리 높여 칭송하던 길가 백성들까지 합세를 했으니, 그 수가 자그마치 일천하고도 사백쉰다섯이나 되었단다."

홍도는, 도대체 이 자치기가 소리실 마당에서 먼지를 뒤집어쓴 채 이리 뛰고 저리 뛰던 그 자치기가 맞는지, 손바닥만 한 마당에서 서책 궤짝을 짊어진 채 널브러졌다가 팔짝거리던 그 자치기가 맞는지, 물끄러미 바라보았다. 자치기는 분명히 예전 그 자치기였지만 사람이 달리 보였다.

"고도어자반 두 손에 소곰 한 되박이면 되시겠소?"
느닷없이 자치기가 광주리에 갖가지 자반들을 놓고 파는 사내에게로 다가갔다.
"예서 엎어지면 코 닿는 데가 염창인데, 어림없소이다."
"어찌 그리 후회막급할 말씀을 하실꼬? 소곰부터 보고 그런 소릴랑 하시지요."
홍도는 황망했다. 방금 전까지 이태 전 변고 이야기로 사람을 들썽거리게 만들어놓고는 뜬금없이 흥정을 하다니 뭐 이런 생급스러운 자치기가 다 있나 싶었다.
"그래서? 왜구들이랑 싸웠느냐? 죽도 할아버지는 무탈하신 게야?"
"싸움은 무슨, 왜구들도 대동계 기세에 놀랐는지 스승님이 도착하시기도 전에 모조리 도망을 해버렸단다. 내, 용맹스런 모습을 보이지 못한 게 원통하고 아쉬울 따름이지."

뭐라? 하면, 왜구들을 무찔렀다는 말은 뭐란 말인가? 하지만 아랑곳없는 자치기는 짊어진 괴나리봇짐 속에서 꽁꽁 싸맨 보퉁이 하나를 꺼내 풀더니, 눈같이 하얀 소곰을 자반 파는 사내 앞에 펼쳐 보였다.

"한 됫박이 안 될 성싶은데?"

"됫박이란 게 마을마다 다르고 고을마다 다를진대 요놈이 인심 좋기로 소문난 전라도 금구 땅 됫박이요. 게다가 오백 리 길을 달려오다 보니 간수까지 쫙 빠진데다가 빛깔은 서설이 내렸대도 믿겠구만…… 소곰이 한 홉이면 고도어 다섯 마리를 자반으로 만들 수 있으니, 소곰이 한 됫박이면 쉰 마리요. 딱딱 긁어모아 두 됫박이면 백 마리니……."

자치기가 주섬주섬 소곰 보퉁이를 챙기며 사내에게 들으라는 듯 중얼거렸다.

"에고, 머지않아 작달막한 노새라도 한 마리 바꿀 수 있을 건만, 생긴 건 멀쩡하신 분이 눈이 그리 어두워서야 어디 밥술이나……."

사내는 얼른 소곰을 빼앗아 함지박에 붓고는 새끼줄로 묶은 고도어자반을 건넸다.

"젊디젊은 사람이 성질머리하고는! 옜소, 자반 두 손!"

"헤헤, 밥술깨나 자시고 사시겠소이다."

자치기는 새끼줄을 들어 고도어자반을 요리조리 살피더니 홍도에게 건넸다.

"옜다, 홍도가 자다가도 벌떡 일어나는 고도어자반!"

신기했다. 흥정을 붙고 깜냥 물건을 사고파는 자치기가 신기해 보였다. 홍도는 자치기가 건네준 고도어자반을 치켜들고 이리 보고 저리 보았다. 비릿한 냄새에 군침이 돌았다.

어느새 자치기가 앞장을 섰다. 홍도는 땅에 질질 끌릴 것 같은 고도어자반을 높이 치켜들고 자치기 뒤를 쫓아갔다. 군침은 돌아도 물어야 할 것은 물어야만 했다.

"한데, 왜구들이 모조리 도망을 해버렸는데 자치기 넌, 어찌 왜구들을 무찔렀다는 게냐?"

자치기는, 홍도가 치켜들고 있던 고도어자반을 받아들더니 배시시 웃었다.

"그러니까 난…… 스승님께서는 이건 단순한 노략질이 아니라 정탐을 목적으로 한 변란이라시며 미구에 왜구들이 재침을 할 거라고 하셨지. 그리고 훗날을 위해 관군들을 재편하시고 무기를 살피시고 군부를 새로 적으셨는데…… 난, 그 옆에서 먹을 갈았단다!"

"먹을? 갈았다고? 글을 쓴 것도 아니고?"

자치기는 자랑스레 고개까지 끄덕이며 걸었다. 홍도는 어이가 없었다. 그렇다면 왜구들을 무찔렀다는 말은 모두 거짓이란 말인가? 하면, 지금까지 줄곧 어린 나를 희롱하며 놀았다는 것인가?

앞장서 걷던 자치기가 힐끗 돌아보았다.

따라오는 줄로만 알았던 홍도가 꼼짝도 않고 그 자리에 서서 물끄러미 바라만 보았다. 당황스러웠다. 동그랗고 커다란 홍도 눈에는 금방이라도 흘러내릴 듯 눈물이 그렁그렁했다. 자치기는 어찌할 바를 몰랐다. 비록 어리다지만 홍도는 엄연한 양반집 소저이다. 게다가 죽도 스승님이 아끼시는 손녀뻘이 아닌가? 아니, 아니! 그 모든 것을 떠나 홍도는 제 놈 이름을 지어준 세상에서 단 하나뿐인 은인이었다.

하지만 자치기는 근본도 없고 본대도 없고 당장 벼락을 맞아 널브러져 죽어도 누구 하나 슬퍼할 이 없는 천하디천한 천것이었다. 천것이 상전과, 더구나 여인과 허물없이 말을 섞었고, 나란히 걸었으며, 또한 앞장서 걸었고, 나이가 어리다는 까닭으로 하대를 했다. 당장 매를 맞고, 주리가 틀리고, 사지가 떨어져 죽어, 거적때기에 돌돌 말려 어느 개천가 언저리에 평편하게 묻혔다가, 큰물이 들 때 휩쓸려 내려가 흔적도 없이 사라진다 해도, 억울하다 박복하다 할 이가 없었다.

"네놈이 날, 희롱했느냐?"

홍도는 단호하고 무서웠다. 자치기는 저도 모르게 스르르 무릎을 꿇었다.

북적거리는 어물전 한복판, 새끼줄로 묶은 고도어자반 두 손을 움켜쥔 시커먼 천것 사내놈은 배꽃같이 곱디고운 양반 계집아이 앞에 털썩 무릎을 꿇은 채 연신 고개를 조아렸다.

"아기씨……."

자치기는 존대를 했다. 본능이었다. 딱딱한 뼛속 깊이 박히고, 뜨끈한 핏속을 흐르며, 저절로 몸속에 배여 결코 버려지지 않을 것 같은, 천것이 지닌 본능이었다. 자치기는 홍도를 희롱한 적이 없었다. 하지만 홍도에게는 분명히 희롱이었으리라. 자치기는 이 순간 모든 속내를 털어놓아야만 한다고 생각했다. 그 이후 판단은 오직 홍도 몫이며 자치기는 그저 따르는 길만이 있을 뿐이었다.

"소인 자치기, 돈수백배하옵고 감히 아기씨께 아뢰겠나이다. 죽도 스승님께서 추잡한 왜구들과 맞서기 위해 대동계원을 동원하시고, 관군을 이끄시어 재편하시고, 무기를 살피시고, 군부를 정리하신 것은, 미구에 있을지도 모를 왜구들의 재침을 대비코자 하신 일이었습니다. 하여, 전주부윤 남언경 어른께서는 결국 왜구들을 물리친 것이나 다를 바 없다 하시며 조정에 절절한 장계를 올리시었고, 스승님의 갸륵하신 충정에 마음이 동한 조정은 충분히 포상하라는 명을 내렸으니, 감읍할 따름이었습니다. 어리석은 이놈 또한 스승님 곁에서 그 시작과 끝을 함께했으니 이놈도 왜구들을 물리친 것과 다르지 않다고 스스로 위안을 삼았습니다. 하나, 미혹한 이놈이 거두절미하고 침소봉대했으며, 허황된 허세를 부리는 통에 아기씨께서는 희롱으로 받으시고, 허언으로 여기시어도 이놈은 입이 없사옵니다. 소인 자치기, 간절히 바라옵건대 제게 엄한 벌을 내리시어 화를 삭이시옵소서. 이놈은 단매에 고꾸라지고 주리가 틀리고 사지가 떨어져 어육이 돼도 오직 아기씨 간장이 상하지 않으실까 저어할 뿐이옵니다."

자치기 이놈은, 그동안 죽도 할아버지 밑에서 글을 배운 게 아니라 금강산 일만 이천 봉 팔만 구 암자를 떠돌아다니며 염불이라도 배운 모양이었다. 줄줄 쉬지도 막히지도 않는 청산유수였다. 자치기는 청산유수로 자초지종에 제 속내를 털어놓았고, 홍도는 그 말을 듣는 동안 슬그머니 화를 삭이는 듯도 했다. 웬일인지 홍도는 얼핏 안심찮다는 마음도 들었다.

"일어나……."

"자치기 이놈은 이 자리에서 백골이 진토되고, 넋이라도 있고 없고, 아기씨께옵서 엄한 벌을 내리시기 전에는 결단코 어리석고 미혹한 얼굴을 들 수가 없사옵니다."

"제발 좀, 그 입 좀 다물고 일어나라. 자치기야……."

자치기가 살며시 고개를 들고 홍도를 바라보았다. 홍도 얼굴이 벌겋게 물들어 있었다. 그제야 주위를 빙 둘러싸고 수군거리는 구경꾼들이 자치기 눈길에 들어왔다.

"열 없단 말이다……."

홍도 목소리는 점점 더 기어들어갔다.

"가시오! 뭔 구경났다고 천것 혼나는 꼴 처음 봤나? 저리들 가란 말이오!"

자치기가 벌떡 일어나 구경꾼들을 헤치며 홍도가 나갈 길을 텄다.

자치기 이놈, 갑작은 뭐하나 몰라? 흉한 놈 안 잡아먹고, 웅백은 뭐 하나 몰라? 낮도깨비 안 잡아먹고, 백기는 뭐 하나 몰라? 혼 빼먹는 자치기 안 잡아먹고! 하지만 웬일인지 자치기 이놈의 호위를 받으며 구경꾼들 사이를 헤쳐 나가는 홍도는 배시시 입가에 미소가 번졌다. 별일이었다.

다그닥 다그닥, 저 멀리 명命이란 깃발을 매단 말 두 마리가 연이어 달려오던 때는, 구경꾼들 사이를 헤치고 나온 홍도와 자치기가 얼결에 소의문 근처로 되돌아왔을 무렵이었다.

지나는 사람들은 무슨 일인가 싶어 이리저리 피했고, 홍도와 자치기는 피하는 사람들 틈에서 달려오는 말들을 구경했다. 철릭을 입은 자들이 모는 말 두 마리는 요란한 말방울을 울리며 앞서거니 뒤서거니 소의문 안으로 들어갔다.

"파발이네. 조선 땅에 심히 중한 문제가 생겼다는 뜻일 게야."

자치기 말에 홍도는 걱정스레 바라보았다.

"조선 땅에 난리가 나든 변고가 생기든 홍도는 걱정할 일이 없을 것이야."

"어째서?"

"내가 있잖느냐, 이 자치기 말이다!"

홍도가 물끄러미 바라보았다. 자치기는 또 아차 싶었다. 제가 내뱉은 말은 제게는 참일지언정 홍도에게는 허풍이고 허세이며 허언일 수도 있었다.

"아기씨…… 제가 또 실언을 했사옵……."

"시끄럽다. 다시는 아기씨라고 부르지 마라!"

"하면 어찌 부르오리까?"

"네놈은 머리가 없느냐?"

자치기는 어찌하란 소린지 도무지 알 수가 없었다. 언젠가 죽도 스승님을 따르던 변숭복 어른께서 그러셨다. 세상에는 아는 것보다 모르는 것이 더 많다지만 알 듯 알 듯하다가도 결국에는 모르는 게 바로 여인네 마음이라고 했다. 자치기는 홍도와 말을 섞는 동안 비로소 그 말뜻이 무엇인지 조금은 알 듯도 싶었다. 그렇구나, 비록 조그맣고 어릴지언정 홍도도 여인이었구나…….

"죽도 할아버지께서 지어주신 내 이름이 홍도다, 모르느냐?"
"어찌 모르겠습니까? 하면 존대를 하오리까 하대를 하오리까?"
"참, 쓸데없는 머리통이로다. 무겁게 달고 다닐 바에야 싹둑 베어내버리어라."

참말로 베어내버리란 소린가? 머리통을? 자치기는 제발 속 시원하게 한마디 말로 죽 해준다면 뭐든지 할 수 있을 것만 같았다. 업고 다니라면 늙어 고꾸라져 죽는 날까지 업고 다닐 수도 있을 것 같았고, 머리터럭을 뽑아 신을 삼으라면 머리터럭이 아니라 머리가죽이라도 통째로 벗어 신을 삼을 것만 같았다. 하지만 홍도는 답도 해주지 않고 앞장서 가버렸다. 자치기는 하는 수 없이 쪼르르 쫓아가 한 발짝 뒤에서 수긋한 채 터덜터덜 걸었다.

"홍도…… 씨……."

"뭐라? 잉도 씨, 대추 씨, 홍도, 씨? 내가 씨란 말이냐?"

"아니, 그게 아니옵고 홍도라고는 부르되 아기씨라고는 하지 말라 하시고 아기씨라고는 부르지 않고 홍도라 부르려 하니, 하대를 해야 하나 존대를 하올까 하여 말이 그리 나온 게 아니냐, 옵니까? 어찌 하냐, 오리까? 제발 좀 알려다오, 시지오!"

자치기는 금방이라도 울음이 터져 나올 것만 같았다. 하지만 피식피식, 홍도 코에서는 바람 빠지는 소리가 났다. 터지는 웃음을 참은 탓이었다. 붉으락푸르락 어찌할 바 모르던 자치기가 버럭 소리를 질러댔다.

"뜻대로 해라, 뜻대로! 내 뜻대로 그냥 막 해버릴 테니까! 홍도 너도 네 뜻대로 해! 고하든지 말든지 어차피 한 번 죽지 두 번 죽나? 에잇, 양반만 알아주는 더러운 세상!"

홍도는 참았던 웃음이 터져버렸다. 멈출 수가 없었다. 씩씩거리며 바라마 보던 자치기가 결국 휙 가버렸다. 뒷짐을 지고 고도어자반을 달랑달랑 매달고 저만치 성큼성큼 가버렸다. 홍도는 배를 붙잡고 터져버린 웃음을 추스르며 멀어져가는 자치기를 바라보았다.

저만치 걸어가던 자치기가 땅바닥에 굴러다니던 돌멩이를

퍽, 걷어차더니 갑자기 걷어찬 발을 움켜쥐고는 동동거렸다. 한 발은 땅에 디디고, 다른 한 발은 손에 쥐고, 고도어자반은 달랑달랑, 뱅글뱅글 맴을 돌며 동동거렸다. 으하하, 홍도는 그만 땅바닥에 주저앉고 말았다.

자치기는 힐끔 홍도를 쳐다보더니 아무 일도 없었다는 듯 다리를 절룩이며 훌훌 가버렸다. 참으로 별일이었다. 다리를 절룩이는 자치기가 늠름해 보였다. 뭔가 어수룩하고 뭔가 부족한 듯도 싶었지만 홍도에게 자치기는 왠지 모르게 늠름했다. 그동안 못 본 새 자치기는 어느덧 사내가 된 듯도 싶었다. 자치기 사내…….

*

밀고 당기고…….
동현은 곱디고운 계집아이와 시커먼 사내놈이 벌이는 밀고 당기기에 흠뻑 빠져 있다.

눈앞에 있는 홍도도 제 이야기 속 열 살배기 홍도와 많이 닮아 있겠지? 의심보다는 진심으로 믿으며, 스스로를 지키기 위해 싸리빗자루를 휘두를 줄도 알고, 어떤 경우라도 이치에 어긋나는 일에는 결코 물러설 줄 모르며, 때로는 머리통을 베어 내버리라고 험한 막말을 하지만, 언제나 웃음이 많고, 자반고등어라면 자다가도 벌떡 일어나는 그리고 불그스름하고 파르스름하고 노르스름한 빛깔들을 좋아하는 여자, 홍도…… 알록달록한 빛깔들을 좋아하는 건, 닮은 건가?

아마도 서소문을 가리키는 것 같다. 지금은 흔적도 없이 사라져버리고 이름만 남은 서소문을 옛날에는 소의문이라고 불렀고, 그 앞으로 참게가 많이 잡히는 만초천이라는 개천이 흘렀으며, 사백여 년 전 그 천변에 어물전이 열렸다는 것은, 홍도를 통해서 처음 안 사실이다. 멋진 이야기꾼 홍도. 과연 정체가 뭘까?

"그날을, 기축년 시월 초이틀, 날짜까지 또렷하게 기억하는 이유가 따로 있는 겁니까?"

"수많은 나날 중에 유독 잊히지 않는, 잊을 수 없는 그런 날이 있는 법이지요. 아마도 그날이 제게는 그런 날이었을 겁니다. 참으로 길고도 긴 그런 날……"

당연하다. 동현이 뽀루지와 씨름을 하다가 화장실에서 나왔을 때 홍도는 스크랩북 26, 27쪽을 넘기고 있었다. 26쪽 첫 번째 문장이 다름 아닌, 기축년 시월 초이틀 날이었다, 이다. 그러므로 당연히 홍도는 그날을 특정할 수 있었다.

홍도가 지난 기억들을 더듬어 꺼내오는 듯 살짝 눈을 감았다가 뜬다.

"그날, 자치기와 저는 마포나루까지 걸어가서는 포구에서 정신을 팔고 놀다가 해가 뉘엿뉘엿 질 무렵에서야 비로소 만리현 집으로 향했습니다."

궁금하다. 홍도는 과연 앞으로 어떤 상상을 펼칠 것인가?

변고

불그스름한 놀이 지고 시나브로 땅거미가 내려앉았다.

만리현이 저만치 보일 즈음에는 어느덧 사방이 어두워져 깜깜했다. 꼬르륵, 배가 고팠다. 그도 그럴 것이 아침에는 담벼락 구메를 빠져나오느라 주전부리 하나 챙기지 못한 채 집을 나섰고, 자치기를 만난 후로는 자치기 이야기를 듣느라 배고픈 줄도 몰랐다.

여차하면 자치기를 시켜 고도어자반이라도 구워먹으면 될 일이었지만 그럴 때가 아닌 듯싶었다. 집이 가까워질수록 걱정이 태산인 발걸음은 천 근이 되고 만 근이 되어갔지만 자치기는 발끝에 올빼미 눈이라도 달았는지 성큼성큼 잘도 걸었다.

"천천히 가자꾸나. 이 밤중까지 놀았으니 분명코 할머니께 혼쭐이 날 텐데……."

"난리는 조선 땅이 아니라 홍도에게 났구나?"

난리는 난리인 모양이었다. 부르르 치밀어 분명히 한마디쯤 했어야 할 홍도가 아무 말도 없었다. 안 되겠다. 자치기는 걸음을 멈추고 홍도를 바라보았다.

"홍도야. 내가 말이다, 내가 홍도네 할머니 앞에 나타나면 할머님께서는 참말로 반가운 탓에 홍도가 늦게 들어온 것쯤은 생각도 못하실 게야."

이건 또 웬 귀신 씨나락 까먹는 소리란 말인가? 제까짓 놈이 뭐라고? 하지만 홍도는 혹여 무슨 방도라도 있는가 싶어 자치기를 물끄러미 바라보았다.

"할머님께서 죽도 스승님하고 얼마나 각별하신지, 네가 잘 모르는 모양이구나?"

그렇구나! 할머니가 자치기를 보신다면 가장 먼저 죽도 할아버지 안부를 물으실 테고, 그러면 자치기 요놈은 청산유수로 지난 일들을 이야기할 테고, 그때 홍도는 정주에 들어가 식혜라도 떠오겠노라고 하면 오냐, 오냐 하실 테고, 그러다가 밥상이 차려질 테고, 어쩌고저쩌고하다 보면 잠자리에 들게 될 테니, 됐구나! 홍도는 자치기 소맷자락을 채뜨리며 앞장을 섰다.

"무얼 그리 꾸물거려, 가자, 자치기야! 할머니를 뵙자마자 죽도 할아버지 안부를 가져왔다고 큰절부터 하고! 난 먹은 바나 진배없으니 고도어자반부터 탁 내어놓고! 알겠느냐?"

"알겠다, 알겠다, 알겠다니까!"

마지못해 끌려가는 시늉을 하던 자치기가 느닷없이 홍도를 낚아채더니 커다란 느티나무 아래로 밀어붙이고는 두 팔로 감쌌다. 어안이 벙벙했다. 이놈이, 무슨 일을 저지르려고!

"무슨 짓이냐? 네놈이 미쳤구나?"

홍도가 작은 주먹으로 자치기 배를 힘껏 쳤다. 하지만 얻어맞은 자치기는 저만치 눈길을 두고는 꼼짝도 하지 않았다. 아무 소리도, 아무 말도 하지 않았다. 대체 무슨 일이기에? 홍도가 고개를 빼고 자치기 눈길을 따라 오십여 보나 떨어졌을 법한 저만치를 바라다보았다.

횃불을 밝힌 사내들이 줄줄이 늘어서 있었고, 주위로는 수군거리는 구경꾼들이 가득했다. 구경꾼들이 바라보는 초가집 마당에는 우두머리로 보이는 자가 등편을 휘두르며 사내들에게 샅샅이 뒤지라고 소리를 질렀다. 무슨 일일까? 대체 누구네 집이기에? 저, 곳, 은…… 홍도는 숨이 멎는 것 같았다.

할머니가, 머리에 건포를 두르신 할머니가 사내들에게 붙들린 채 사립문 밖으로 끌려나오셨다.

"이런 법은 없소이다. 대체 무슨 일이요, 내 자식놈을 불러주시오!"

휘둥그레진 홍도가 자치기를 밀치고 튀어 나갔다.

"할머니!"

하지만 홍도는 채 두 걸음도 벗어나지 못하고 자치기에게 낚아채이고 말았다.

"놔라, 이거 놓으란 말이다!"

자치기가 손으로 홍도 입을 틀어막았다.

"나서지 마라, 홍도야!"

홍도가 발버둥을 쳤다. 하지만 몸뚱이는 자치기를 벗어날 수가 없었다. 홍도가 소리를 쳤다. 하지만 목소리는 자치기 손에 틀어 막혀 웅얼거릴 뿐이었다.

할머니가, 횃불을 밝힌 사내들에게 끌려가는 할머니가 사방을 둘러보며 누군가를 찾고 계셨다. 할머니, 할머니! 할머니가 홍도 쪽을 바라보셨다. 눈길이 마주쳤다. 할머니! 할머니가 손짓을 하셨다. 오라고? 아니, 가라고! 가, 아가 어서! 아가, 아가, 저 멀리 가! 할머니가 홍도를 바라보며 저 멀리 가라고 손짓을 하셨다.

눈물이 흘렀다. 주체할 수 없는 눈물이 줄줄 흘러 얼굴을 뒤덮었다. 멀어져가는 할머니가 보이질 않았다. 흐르는 눈물에 세상은 부옇고 깜깜해져만 갔다.
"홍도야, 나리는? 검열 나리는 어디 계시지? 어디 계시냔 말이다!"
자치기가 자그마한 홍도 어깨를 붙잡고 소리쳤다. 하지만 홍도 귓전에서는 윙윙거릴 뿐이었다.
"따를 거지? 홍도야, 나를 믿고 따를 거지?"
홍도는 아무 생각도 나질 않았다. 부옇고 깜깜한, 아무것도 보이지 않는 세상에서 그저 자치기 얼굴만이 희미하게 눈앞에 어른거렸다.
자치기가 멍멍한 홍도를 들쳐업고 뛰었다.
커다란 느티나무 밑에는 새끼줄로 묶은 고도어자반 두 손이 떨어져 있었고, 저편 등 뒤로는 만리현 집이 아득하게 멀어지고 있었다.

자치기는 한 식경을 달려 약현계 중동 커다란 홰나무가 자리 잡은 솟을대문 앞에 다다랐다. 그때, 만리현 집을 구해주셨던 낭관 어른이 한 손에는 갓을 들고 다른 손에는 목침을 들고 도포자락을 휘날리며 막 대문을 열고 나오고 계셨다. 어이쿠, 놀라 자빠질 뻔한 낭관 어른은 자치기 등에 업힌 홍도를 보고는 반색하셨다.

"홍도야! 안 그래도 막 가려는 참인데 어서 들어오너라. 어서!"

마당에 선 채로 안채로 갈까 사랑채로 갈까 망설이던 낭관 어른은, 대체 이걸 왜 들었을꼬? 하며 손에 든 목침을 휙 던지더니 결국 행랑채로 향했다.

행랑방문을 불쑥 열고 들어간 낭관 어른은, 이놈아 망 좀 보거라! 널브러져 자던 사내종을 걷어차 내쫓고는 홍도와 자치기를 들어오게 했다.

"안사람이 놀랄까 저어되니 일단 여기로 들자꾸나!"

행랑방은 무릎을 맞댈 만큼 좁았고, 서로 옷자락을 깔고 앉아도 모를 만큼 어두웠다. 자치기는 구석에 놓여 있던 질화로를 끌고 와 무릎들이 맞대진 한가운데 놓더니 후후, 재가 날리지 않게 조심스레 바람을 불어넣었다. 재에 덮여 사그라졌던 불씨들이 자치기가 불어대는 바람을 맞고 피어났다. 피어나는 불씨 덕에 얼룩덜룩 눈물이 말라붙은 홍도 얼굴이 발그스름하니 드러났다. 물끄러미 홍도를 바라보던 낭관 어른이 긴 한숨을 쉬셨다.

"홍도가 많이 놀란 모양이구나?"

눈물이 마른 줄 알았던 눈에서는 또다시 눈물이 흘렀다.

"할머니가, 할머니가 끌려가셨습니다."

"심려 말거라…… 설마 아녀자인 할머니께 무슨 일이야 있겠느냐?"

하지만 낭관 어른 말씀은, 홍도에게는 그저 스쳐가는 바람소리 같았다. 여전히 질화로를 끌어안은 자치기는 방바닥에 굴러다니던 관솔개비를 주워 발그스름한 불씨 사이에 넣고는 불을 붙이고 있었다. 자글자글, 관솔개비가 그을음을 내며 타오르자 솔향기가 피어오르고, 어둡던 행랑방은 어느덧 서로 깔고 앉은 옷자락을 챙겨줄 만큼 환해졌다.

"한데, 네놈은 누구냐?"

그제야 자치기가 무릎을 꿇고는 홍도 곁에 앉았다.

"죽도 스승님 밑에 있는…… 검열 나리네 서책 궤짝을 때려부쉈던 바로 그 자치깁니다."

"오호라, 죽도 선생 곁에 묻어 다니던 그 막대기로구나! 언제 이렇게 컸느냐, 언제?"

"막대기가 아니라 자치기온데……."

반색하던 낭관 어른은 머리를 툭툭 치며 어이없어 하셨다.

"미친 게로구나, 막대기 네놈이 뭣이 궁금하다고! 그래, 죽도 선생은 어디 계시느냐?"

"스승님께서는 천제를 올리러 천반산에 드셨습니다."

낭관 어른이 느닷없이 소리를 치셨다.

"천반산이면 대동계가 있다는 그 골짝이 아니냐? 대동계, 대동계, 그놈의 대동계가 사달이로구나! 빌어먹을, 용감무쌍하다는 대동계원들은 대관절 다 어디에 있는 것이냐?"

"모두들, 고향으로 돌아갔습니다."

"그건 또 웬 해괴한 소리냐?"

왜 이러시지? 의아하게 바라보던 자치기가 입을 열었다.

"닷새 전, 지난 달포간 하루도 빠짐없이 천체를 살피시던 스승님께서 갑작스레 대동계원을 모두 불러 모으시고는, 오늘부터 천반산 대동계는 더 이상 없으니 제가끔 고향으로 돌아가 스스로 수장이 되어 새로이 대동계를 만들고 이끌라, 하는 명을 내리셨습니다. 느닷없는 명이시라 계원들 사이에서는 다소간에 소요가 있었으나 결국 스승님 말씀을 따르겠노라며 모두들 예를 갖추고 물러갔습니다. 그리고 이튿날, 스승님께서는 영식인 옥남과 대동계원 두 분만 따르게 하시고는 천제를 올리러 천반산에 드신 겁니다."

한동안 말씀이 없던 낭관 어른이 조심스레 입을 여셨다.

"이 일을 어쩐다. 죽도 선생은, 오늘 일을 미리 보셨던 모양이구나……."

초조하게 낭관 어른만 바라보던 자치기가 여쭸다.

"오늘 일이라 하심은…… 낮에, 의주에서 오는 길로 말방울을 셋씩이나 단 파발마들을 보았사온데 혹여 오늘 일이 파발과 연관이 있다는 말씀이신지요? 홍도네 할마님을 끌고 가던 자들의 복색이 순라꾼이나 포청포졸들이 아닌, 깔때기를 쓰고 까치 등거리를 입고 붉은 막대기를 쥔 것이 금부나장들로 보였습니다."

"안 그래도 방금 나서기 전에 연통을 받았다만, 파발 장계 때문에 당저當宁께서 패초牌招를 발령했다니 북궐北闕이 아주 난리가 났을 것이야."

"도대체 무슨 내용이기에…… 파발이 의주에서 오는 길을 달렸다 함은 호남 땅이 아닌 해서나 관서 땅에서 온 파발일 테고 하면, 죽도 스승님과는 무관한 일일 텐데 어찌하여 이런 일이 생겼는지 도무지 알 길이 없사옵니다. 아, 변숭복, 박춘룡 두 분이…… 스승님과 함께 천반산에 드신 대동계원 두 분이, 해서 분이기는 하온데……."

낭관 어른이 물끄러미 자치기를 바라보셨다.

"이제 보니 막대기 네놈이 한낱 천것인 줄로만 알았더니 머리가 달렸구나?"

"막대기가 아니라 자치기이옵니다."

"아무튼…… 아무래도 전후 사정을 소상히 살펴봐야 할 것 같으니 당분간 너희 둘은 꼼짝 말고 내 집에 머물도록 해라. 하면 방을 어쩐다. 이리 하자꾸나. 막대기는 이 방을 쓰도록 하고, 홍도는 명일 안사람과 상의하여 무슨 수를 내더라도 안채를 내어줄 테니 오늘은 사랑채에서 머물자꾸나. 어이쿠, 세상에서 가장 중요한 일을 잊을 뻔했네! 홍도야, 요기는 하였느냐?"

홍도는 무슨 말씀을 하시는가 싶었다. 자치기란 놈은, 믿고 따르라 하던 자치기란 놈은 어째서 쾌쾌한 홀아비 냄새가 진동하는 행랑방으로 나를 업고 왔으며, 도대체 낭관 어른께서는 무슨 까닭으로 어른 댁에 머물고 요기를 하라 하시는 건가? 당장 아버지께 험한 소식을 알리고, 끌려가신 할머니 행방을 수소문하여야 마땅할 일이었다.

"소녀는 요기를 하지 않을 것입니다. 지금 당장, 북궐에서 번을 서시는 가친께로 가겠습니다. 가친께서 말씀하시길, 북궐 서편 영추문으로 들어서면 영추문을 지키는 서소와 초가

몇 채가 보일 것이고, 전각들 사이로 앞만 보며 걷다보면 대간청이 보일 것이며, 대간청 행랑 사이로 난 중문을 열고 들어가면, 금천이라는 작은 천이 흐르는데 금천에 놓인 돌다리를 지나면, 왼편으로 주상전하 의복을 짓고 각종 재화들을 보관하는 상의원이 보일 것이고, 그 오른편으로 걷다가 금란문이 나타나면 팔작지붕에 옥당이라는 현판이 걸린 홍문관이 있고, 그 오른편으로 난 중문을 열고 들어가면, 예문관이 보일 것이라고 하셨습니다. 가친께서는 예문관에 계실 테니 그곳으로 찾아가겠습니다. 만약 칼을 치켜든 영추문 문지기가 저어되어 가지 않으시겠다면 소녀라도 소리 죽여 울며 홀로 가겠습니다. 문지기가 막아선다면 눈물로 애원을 할 것이며 그도 아니 된다면 북궐 담장이라도 넘을 것입니다. 그도, 그도 아니 된다면 북궐 담장 밑 수챗구메라도 찾아내어 기어들어갈 것입니다. 가친을 뵈어야지요. 하늘 모양으로 높고 산 모양으로 크신 가친께 창졸간에 할머니를 잡아간 흉하디흉한 놈들을 고르시어 세상에서 가장 엄한 벌을 주리 이릴 깃입니다. 할머니를 쏙 찾을 것입니다. 곱디고운 옥 같은 할머니를 찾기 전에는, 소녀는 물도 한 모금 마시지 않을 작정이니 요기를 하란 말씀은 거두어주시지요!"

앙다문 입술에 주름이 진 홍도는 단호했다. 하지만 자치기와 낭관 어른은 그저 우두망찰했다.

*

 한동안 말이 없던 홍도가 머그잔을 만지작거리며 아렴풋한 미소를 짓는다.
 "그날 밤 저는, 밥을 먹었습니다. 낭관 어른 댁 사랑채에서 배불리 먹고 숭늉도 마시고 숟가락을 놓자마자 잠이 들었던 것 같습니다. 어렸겠지요? 물색없어 그랬을 겁니다."
 홍도 얼굴에는 자책하는 표정이 역력하다. 동현은 왠지 손이라도 잡아주고 싶다. 다른 뜻은 없다. 그저 위로를 하고 싶을 뿐이다. 어려서, 겨우 열 살, 어려서 그랬을 것이라고, 더구나 배가 고파서 먹는 것은 본능이라고, 자는 것 또한 본능이라고……
 동현은 미소가 번진다. 홍도를 위로하고 싶다는 것은 그만큼 홍도가 하는 이야기가 대단하다는 소리가 아닌가? 사백서른세 살 먹은 여자, 홍도는 정말 대단한 이야기꾼이다.

 "그날 북궐에서 있었던 일은 기억하십니까?"

홍도가 물끄러미 바라본다.

"저는 그날, 아버지께 무슨 일이 있었는지 알지 못합니다."

혹시나 했다. 동현은 홍도를 슬쩍 떠보고 싶었다. 만약 홍도가 그날 밤 북궐이라고 불리던 경복궁에서 있었던 일들을 이야기한다면, 홍도가 하는 이야기는 모두 꾸며낸 이야기라는 말이 된다. 당연히 당시의 어린 홍도는 아버지라고 설정한 리진길에게 벌어진 일들을 볼 수 없어야 하니까! 하지만 홍도는 넘어오지 않았다.

아직까지는 빈틈없는 완벽한 구성이다. 물론 자치기와 있었던 일들을 이야기하면서, 자치기 속내를 들여다보는 듯 묘사를 하기도 했다. 마치 전지적인 삼인칭작가 시점으로…… 하지만 그건 자치기로부터 들었습니다, 하면 그만이다. 홍도와 자치기에 대한 이야기가 아닌 다른 부분에서 꾸며낸 이야기라는 단서를 잡아야만 한다.

쉽지는 않을 것 같다. 그러나 분명히 빈틈은 있다. 그 순간을 포착해야 한다. 아차! 하는 그 순간, 동현은 큰 소리로 웃을 것이다. 박수도 할까? 정말 멋지고 대단한 이야기였습니다! 우리 한 번 안아볼까요? 하하하…… 안아보는 건 좀 이상한가? 그냥 그 순간 느낌 그대로, 대단하고 멋진 이야기에 찬사를 아끼지 않을 것이다.

물끄러미 바라만 보던 홍도가 어렵게 입을 연다.
"그날 밤, 북궐에서 무슨 일이 있었는지 들려주시겠습니까?"
고개를 끄덕인 동현이 제 테이블로 옮겨온 스크랩북을 넘긴다.

사정전

그날 밤 경복궁 사정전에는 찬바람이 불었다.

용상에 올라앉은 임금은 재령군수 박충간, 안악군수 이축, 신천군수 한응인이 수결하고 황해도관찰사 한준이 올린 장계를 펼쳐들었다. 패초를 받아들고 허겁지겁 명초命招에 응한 신하들은 까치발을 하고 앞서거니 뒤서거니 반열에 따라 제자리를 찾아들어가 누가 먼저랄 것도 없이 마룻바닥에 부복했다. 일성一聲을 기다리는 사정전 안에는 파르르 떠는 문풍지 사이로 차가운 삭풍이 비집고 들어왔다. 온돌을 깔지 않은 마룻바닥에서는 초겨울 냉기가 올라와 납작 부복한 신하들 몸뚱이를 스멀스멀 기어 다녔다.

사정전…… 맑은 정신으로 깊은 생각을 하여 정치에 임한다는 편전은 벽체를 세우지 않고, 커다란 기둥에 창호 문만 달았으며, 바닥은 온돌을 깔지 않은 맨 마룻바닥이었다. 아마도 맑은 정신으로 깊은 생각을 하려면 사방에는 벽이 없어야 하고 바닥에서는 온기가 올라오지 않아야 한다고 믿은 모양이었다. 하지만 그것은 상징적인 의미였을 뿐 사정전 좌우로 회랑을 잇고 온돌이 깔린 편전을 두 개 더 두었다. 봄에는 사정전 왼편 만춘전滿春殿에서 가을과 겨울에는 오른편 천추전千秋殿에서 임금이 정사를 보았다.

초겨울이었다. 유난히 춥던 그 밤, 임금이 온돌이 깔린 천추전이 아닌 춥디추운 사정전으로 신하들을 불러들인 것은, 더구나 칼을 찬 겸사복장兼司僕將 셋을 모조리 불러다가 당가唐家 좌우와 앞을 에워싼 채 장승처럼 시립하게 한 것은, 말 많은 신하들을 향한 일종의 겁박이었다.

신하들은 말만 많은 게 아니었다. 눈치도 빨랐다. 그리고 기어올라도 될 때와 반드시 숙여야만 할 때를 정확히 알았다. 그것은 눈치 빠른 종놈이 불호령이 떨어지기 전 주인 앞에 털썩 무릎을 꿇고 고개부터 조아리는 것처럼, 편전을 들락거리며 임금과 얼굴을 마주할 수 있을 정도의 신하라면 누구나 몸속 깊이 배어 있는 타고난 본능이었다.

딱, 임금이 장계를 내려놓자 신하들은 누구랄 것도 없이 마른 침을 삼켰다. 그러나 고대하던 일성은 들려오지 않았다. 임금은 서안에 올려 있던 다른 장계를 펼쳐들었다. 재령군수 박충간이 황해도관찰사와는 별도로 올린 장계였다. 장계를 읽는 임금의 액상額像이 점점 더 일그러졌다.

차가운 사정전을 채운 공기가 날카로운 비수처럼 얼어갔다.

간이 콩알만 해진 말석에 있던 늙은 신하 하나가 부복한 채로 오줌을 지리며 축 늘어졌다. 하지만 그 누구도 나서 아뢰거나 늙은 신하를 부축하지 않았다. 다만 시립하고 있던 내관들이, 널브러진 늙은 신하를 서둘러 끌고 나갔고, 마룻바닥에 지린 오줌자국을 소맷부리로 닦아냈다.

임금이 고개를 들어 탑하榻下를 노려보았다. 삼정승과 육조판서, 도총관에 육승지와 옥당, 금부당상들이 마룻바닥에 이마를 대고 부복하고 있었다. 잠자코 누르기에는 한없이 가볍고, 떠받들어 띄우기에는 너무나도 무거운 자들이었다. 헐렁하게 풀어놓으면 떼거리를 지어 떠들며 기어올랐고, 단단하게 조여놓으면 입을 닫고 향촌으로 기어들어갔다. 임금은 지금이야말로 저들에게 천하의 주인이 누구인지 드러내 보일 때라고 생각했다.

등잔 밑이 어둡다고 했던가? 등촉을 밝힌 당가 바로 앞, 서안

에 지묵과 필연을 정돈하고 일성을 기다리는 사관 둘이 천안天
眼에 들어왔다.

"저놈을 당장 끌어내라!"
 드디어 터져 나온 일성이 사정전을 울렸다. 부복하던 신하들이 겨우 머리를 들어 용상을 올려다보았다. 장계를 움켜쥔 임금이 가리키는 자는 입직 사관이었던 예문관 검열 리진길이었다.
 "금부에 일렀거늘 어찌하여 역적의 피붙이가 아직도 여기 있단 말이냐!"
 사명이 떨어지기가 무섭게 당가 앞에 버티고 섰던 겸사복장이 시퍼런 칼을 뽑아들고는 리진길의 목울대를 향해 겨누었다. 놀란 리진길은 마룻바닥을 짚으며 털썩 주저앉았다. 당가 좌우에 섰던 겸사복장 둘이 주저앉은 리진길을 일으켜 세웠다. 하지만 영문이라도 물어야 했던 리진길은 겸사복장들이 붙잡은 손을 뿌리치고는 단단하게 버티고 서서 임금을 올려다보았다.
 "주상, 연유라도 알려주십시오, 역적이라뇨? 역적의 피붙이라뇨? 이는 군신간의 예도 아니고 법도 아닙니다. 어찌하여 이리도 참담한 처결이 있단 말입니까?"
 "저런 악독한 놈을 봤나? 감히 예와 법을 운운하다니! 신하

된 자가 눈을 부릅뜨고 짐을 올려다보는 것은 군신의 예이더냐? 저놈을 당장 끌고 나가 하옥하라!"

"고금에 이런 법은 없소이다. 주상!"

순간 칼을 겨누던 겸사복장이 휙, 칼 손잡이 끝으로 리진길의 인중을 강타했다. 헉, 리진길은 코피를 쏟으며 마룻바닥에 널브러졌다. 다른 겸사복장들이 축 늘어진 리진길을 질질 끌고 사정전을 빠져나갔다. 칼을 빼든 겸사복장은 다시 당가 앞에 버티어 섰고, 내관들은 이번에도 넓은 소맷부리로 마룻바닥에 떨어진 리진길의 핏방울들을 닦아냈다.

침묵이 흘렀다. 오랜 침묵은 공포를 수반한다. 신하들은 마룻바닥에 이마를 처박고 숨도 쉬지 않았다. 덜덜, 가끔씩 겁에 질린 신하들의 이 부딪치는 소리만이 사정전에 깔린 침묵 사이를 비집고 들었다.

"정여립은 어떤 인사더냐?"

신하들은 제발 누구라도 입을 열어 이 순간이 비켜가주길 간절히 바랐다.

"어떤 자인지 잘 모르옵니다."

영의정 유전이었다.

"소신도 어떤 자인지는 상세히 알지 못하옵니다."

좌의정 이산해가 마른 침을 삼켰다.

고개를 떨어뜨린 유전과 이산해가 맞은편에 부복한 우의정 정언신을 간절하게 바라보았다. 정언신은 난감했다. 정언신은 정여립과는 전주 동향이었고 동래정씨로 동종이었으며, 오대조를 지나 고조대에서 갈라진 구촌지간이었다. 정언신은 함부로 속단하거나 앞서 지레짐작할 일이 아닌 듯싶었다. 하지만 이 순간만은 모면해야 한다고 생각했다.

"촌에서 글이나 읽는 자인 줄로만 아옵니다. 그 밖에는 아는 것이 없사옵니다."

"뭐라? 글이나 읽는 자의 소행이 이러하더냐?"

임금이 버럭 소리를 지르더니 들고 있던 장계를 마룻바닥으로 내던졌다. 던져진 장계는 납작 부복한 도승지의 머리를 때리고는 대그르르 굴렀다.

"읽어라!"

아연실색한 도승지를 대신해 좌승지가 무릎으로 기어가 떨리는 손으로 장계를 집어 들고는 다시 뒷걸음질쳐 자리로 돌아왔다. 부복한 신하들 모두가 좌승지 입이 열리기만을 고대했다. 도대체 무슨 장계란 말인가? 도대체 정여립이 무슨 짓을 저질렀기에 이 밤중에, 이 엄동에, 이 난리가 났단 말인가?

"전주에 사는 전 수찬 정여립이 재령, 안악, 신천 등 해서에 있는 불온세력과 결탁하여 모반을 획책하고 있습니다. 정여립은 금년 섣달, 강에 얼음이 어는 시기를 기다렸다가 한성을 장악하기로 계책을 모의했습니다……."

떨리는 목소리로 좌승지가 읽어내려가는 장계는 눈앞에서 보는 듯 상세했다.

*

스크랩북을 보며 이야기를 이어가던 동현이 문득 홍도를 본다.

한동안 말이 없던 홍도는, 홍도 눈에, 까맣고 깊고 반짝이는 홍도 눈 속에, 바람이라도 스치면 금방이라도 주르륵 흘러내릴 것 같은 눈물이 그렁그렁 고여 있다.

"할머니가, 금부에 끌려가신 할머니가 돌아가셨다고 했습니다. 하지만 역적의 핏줄이라 하여 산기슭에 버려졌는지 개천에 내던져졌는지 시신조차 찾을 수가 없었습니다."

주르륵 한줄기 눈물이 뺨을 타고 흐른다.

어쩌라고…… 동현은 이 모든 것이 홍도의 연기라고 해도 좋고, 눈앞에 있는 홍도가 정말로 사백서른세 살 먹은 여자라고

우겨도 믿을 수 있을 것만 같다. 어쩌지? 어떡하면 좋지? 여자가 흘리는 눈물은 남자를 순간적으로 얼게 만든다. 동현은, 홍도가 흘리는 눈물에 어찌할 바를 몰라 얼어붙는다.

결론은… 아직 모른다

　날이 저물었다. 홍도는 낭관 어른 댁 사랑채에 있었다. 불그스레한 놀이 창을 비추는가 싶더니 어느새 어둑어둑해져갔다. 홍도는 사랑아랫방 방바닥에 요도 깔지 않고 이불도 덮지 않은 채 모로 누워 있었다.

　폭, 폭, 허공을 날아다니던 먼지가 소리를 내며 방바닥에 스르르 내려앉는 게 보였다. 한 시진 전쯤이었을까? 또래쯤으로 보이는 계집종이 소반에 흰 미음과 간장종지를 들고 왔었다. 하지만 홍도가 이내 욕지기를 하는 바람에 계집종은 소반을 내려놓지도 못하고 쫓겨나듯이 물러갔다. 방안에는 비릿한 미음 냄새와 짭조름한 간장 냄새와 계집종이 풍기던 누린 머리 냄새가 여전히 배어 있었다. 문이라도 활짝 열어 냄새들을 내쫓고 싶었지만 홍도는 일어날 수가 없었다. 제발 냄새 좀 쫓아달라고 누군가를 소리쳐 부르고도 싶었지만 입에서는 소리가 나오지 않았다.

홍도는 할머니가 돌아가셨다는 소식을 들은 후로 아무것도 먹질 못했다. 먹으면 토했고, 맑은 물이 나올 때까지 토하다보면 몸뚱이는 젖은 솜 모양으로 가라앉았다. 그렇게 지치다 보면 저절로 잠이 들만도 하건만 눈을 감으면 오히려 정신은 말똥말똥해져만 갔다. 그런데 이상한 건 말똥말똥한 정신에 아무것도 깃들지 않는다는 것이었다. 할머니도 아버지도 죽도 할아버지도 그 누구도 떠오르질 않았다. 그리고 제가 왜 이곳에 있는지 왜 소복을 입고 있는지 도무지 생각조차 나지 않을 때가 많았다. 다만 말똥말똥해진 정신은, 그 누구도 들을 수 없을 아득한 소리와 도저히 사람이 맡을 수 없을 감감한 냄새와 살갗에 솟은 보송한 솜털만이 느끼는 소소한 촉감을 모조리 받아들였다.

쿵, 쿵, 뒤꼍쯤에서 들려왔다. 놀이 질 무렵 시작된 소리였으니 자치기이리라. 자치기가 뒤꼍에서 장작을 패는 소리이리라. 자치기는 줄곧 밖으로만 내돌았다. 하루 종일 어디를 싸돌아다니는지 감감하다가 해질 무렵이면 장작을 패대고 어둔 밤에만 단내 나는 목소리로 내 다녀왔다, 하고는 그만이었다.

"끼니는 챙겨야지. 오늘 먹지 못한 밥은 평생 다시는 먹을 수 없는 법이니 꼭 먹어두어라."

유독 끼니를 챙기시던 낭관 어른도 해가 떨어지고 나면 퇴청하는 길에 살짝 들르실 뿐 달리 뵐 수가 없었다.

삐걱, 대문 여는 소리가 나고 땅바닥을 질질 끄는 여러 발자국 소리들이 들리더니 이내 발자국 하나만 남아 서성거렸다. 낭관 어른이구나…… 어른께서는 푹, 푹, 걸었다. 발자국이 쿵, 쿵, 자치기가 장작을 패는 뒤껼으로 향하는 듯싶었다. 그리고 땅바닥을 울리며 허공을 가르며 작고 여리고 아득한 목소리들이 사랑채 대청을 지나 홍도에게 들려왔다.

"이 일을, 이 일을 어쩐다. 죽도 선생이…… 돌아가셨다는구나……."

젖은 솜 모양으로 널브러졌던 홍도가 저도 모르게 몸뚱이를 일으켰다.

"방금, 무어라 하셨습니까?"
자치기는 도끼자루를 떨어뜨렸다.
"죽도 선생께서 말이다. 천반산에서 자결을 하셨단다……."

자치기는 고개를 저었다. 아니다. 잘못 아시거나 잘못 들으셨으리라!

"나리…… 어찌 그리 황망한 말씀을 하십니까? 사람 목숨은 하늘에서 내린 것이라고 하셨습니다. 설령 제 목숨이라도 결코 함부로 해서는 아니 된다고 가르치셨는데, 그런 스승님이 자결을 하시다뇨? 나리께서 분명코 잘못 들으신 겁니다!"

물끄러미 자치기를 바라보던 낭관 어른이 푹 한숨을 쉬셨다.

"반상 간에 법도가 엄연하거늘 잘하면 막대기 네놈이 양반 멱살을 잡고 치겠구나! 어쩌겠느냐, 젊고 팔팔한 놈이 치면 맞는 수밖에……."

"막대기가 아니라 자치기이옵니다."

"에잇, 빌어먹을……."

낭관 어른이 나무토막에 털썩 주저앉더니 땅이 꺼질 듯이 또 한숨을 쉬셨다.

"죽도 선생이 자결을 하시다니…… 내 귀가 잘못 들은 것이라면 오죽이나 좋겠느냐? 하나, 세상이 미쳤느니라. 미쳐도 단단히 미쳐 돌아가니…… 이 일을 어찌할꼬?"

망연자실, 낭관 어른을 바라만 보던 자치기 눈에서 눈물이 흘렀다. 어른께서 허언을 하실 리는 만무하니 스승님 소식은 사실일 터였다. 하면, 어찌 해야 한단 말인가? 정신을 차려야 한다. 자치기는 흐르는 눈물을 훔치고는 허리춤 깊숙한 곳에서 봉투를 꺼내 낭관 어른께 건넸다.

"스승님께서 검열 나리께 전하라 하신 서찰입니다."

"자수를 말하는 게냐? 죽도 선생이 자수에게 서찰을 보냈다고?"

"예, 소인이 한성에 올라온 것은 이 때문이었습니다. 스승님께서 하늘이 무너지고 땅이 솟구쳐도 서찰만은 반드시 전하라 하셨으나 올라온 첫날 변고가 터지는 바람에 전하지 못하였습니다. 하여, 지난 보름간 검열 나리께 서찰을 전하고자 백방으로 수소문을 하였으나 헐렁하기 짝이 없던 견평방 금부 벽은 산 모양으로 높아지고, 숭숭 뚫려 있던 서린방 전옥서 담은 왜 그리도 두터워졌는지, 목하 소인에게는 도무지 방도가 서질 않습니다. 하오니 나리께서 살펴보아주십시오."

"막대기 네놈이 요 서찰 때문에 그리도 전전긍긍했구나? 덕분에 우리집 장작이 산더미를 이루었으니 이를 복이라고 해야 할지 흉이라고 해야 할지…… 어디 보자."

必生禁大同필생금대동.

낭관 어른이 펼쳐든 서찰에는 단지 다섯 글자만 적혀 있었다.

"진정 이 글이 선생께서 적으신 글이 맞더냐?"

"어찌 거짓을 아뢰겠나이까? 스승님께서 천반산으로 드시던 날, 저를 비롯한 몇몇에게 같은 글이 적힌 서찰을 전하라 하셨습니다. 세세히 알지는 못하오나 나머지 서찰들은 대동계를 지원하던 각지의 수령들에게 전해진 것으로 아옵니다."

"앞뒤가 맞지를 않는구나. 필생금대동이라 함은 반드시 대동을 금하라는 소리가 아니냐? 대동계를 세우고 백성들에게 대동을 설파하시던 분이 자수와 수령들에게 이런 글을 내리다니, 선생께서 반어를 쓰셨다는 말인가?"

"검열 나리께서는 아시지 않겠습니까?"

낭관 어른은, 숨은 글자라도 있나 싶은지 이지러진 달빛에 서찰을 비추고 이리저리 살피다가 버럭 소리를 지르셨다.

"막대기 네 이놈! 대관절 무슨 연유로, 도대체 어찌하여, 왜 이 난리가 나고서야 비로소 내게 서찰을 보이는 것이냐? 엄동에 물볼기 맛을 봐야 사실대로 말하겠느냐?"

낭관 어른이 벌떡 일어나 자치기를 노려보셨다. 까짓 물볼기가 대수겠는가? 하지만 따로 방도가 있는 것도 아니었다. 자치기는 하는 수 없이 사실대로 고했다.

"스승님께서는 검열 나리께 직접 전하라 하셨습니다. 게다가 낭관 나리께서는 대동계원이 아니시질 않습니까? 하니, 스승님께서 내리신 서찰을 함부로 보여드릴 수는 없었사옵니다."

"이런 호랑말코에 똥친 막대기 같은 놈을 봤나? 내 비록 조상님이 두렵고 안사람이 저어되어 대동계에 나서지는 못했으나, 빌어먹을! 나 또한 누구보다도 죽도 선생이 펴신 학문을 따르고 그 용맹을 흠모하는 선비니라, 무슨 뜻인지 알아는 먹겠느냐, 이놈의 막대기야!"

자치기는 낭관 어른께서 막대기라고 부르든 작대기라고 부르든 더 이상 상관하지 않기로 했다. 이 순간, 스승님께서 내리신 마지막 유훈이 되어버린 이 서찰을 어찌 전해야 하나, 온통 그 생각뿐이었다.

"검열 나리께서 이 글을 꼭 보셔야 합니다. 나리, 방도가 있겠습니까?"

"어쩐다…… 자수에게, 홍도 아비에게 반역죄에 임금을 능멸했다는 강상죄가 더해졌다 하는데, 이 일을 어찌한단 말이냐……."

자치기가 얼음 모양으로 굳어졌다. 낭관 어른 말씀 때문이 아니었다. 낭관 어른 뒤편 어둑한 달그림지 속에 홍도가 있었다. 하얀 소복을 입은 홍도가 넋을 놓은 듯 우두커니 서 있었다.

"아버지……."

금방이라도 쓰러질 것 같은 홍도 입에서 울음 섞인 소리가 새어나왔다.

홍도

*

눈물은 한 줄기뿐이었다.

홍도 눈에서는 더는 눈물이 흐르지 않는다. 홍도가 흘리는 눈물에 얼어붙었던 동현도 어느새 녹아 있다. 너무 늦지 않았을까? 동현이 주머니에서 손수건을 꺼내 건넨다.

"고맙습니다."

홍도 목소리가 젖은 눈동자처럼 촉촉하다.

"괜찮으세요?"

손수건을 만지작거리던 홍도가 살짝 고개만 끄덕인다.

필생금대동. 정여립이 보냈다는 편지는 홍도가 꾸며낸 이야기이다. 동현이 정리한 스크랩북은, 조선 제14대 임금인 선조가 죽고 적자가 아닌 서자이면서 또한 장자도 아닌 차자로서 왕위를 계승한 광해군 2년 11월에 편찬한 『선조실록』과 쿠데타로 광해군을 내쫓고 즉위한 인조가 수정 작업을 지시하고 다음 대인 효종 8년 9월에서야 비로소 우여곡절 끝에 편찬을 마친 『선조수정실록』 그리고 기축록 혼정록 일월록 괘일록 조야기문 등 기축옥사라고 불리는 정여립 모반 사건에 관한 모든 야사들이 총망라된 『연려실기술』 제14권 「선조조 고사본말」 중에서 기축년 정여립 옥사 편을, 한 자 한 자 원본과 국역본을 대조하며 정리를 한 것이다.

따라서 영화적인 상상력을 더해 이야기를 덧붙인 경우는 있지만, 기록된 역사적인 사실을 빠뜨린 경우는 결코 없다고 자신한다. 그러므로 자치기가 들고 왔다는 필생금대동이라는 편지나 정여립이 대동계를 해산했다는 이야기는 모두 홍도가 꾸며낸 이야기들임에 틀림없다.

그런데 만에 하나라도 사실이라면? 정말 홍도가, 정여립이 이름을 지어준 사백서른세 살 먹은 여자라면? 정말 리진길 딸이라면? 하지만 결코 가능할 수 없다. 1589년 사망한 리진길이 2013년을 살고 있는 홍도 아버지일 수는 없지 않은가? 생로병사의 법칙에서는 결단코 있을 수 없는 일이다.

인간 수명은 유한했고 유한하고 앞으로도 또 유한할 것이다. 비록 살아 있는 동안 인간은 백 년 이백 년 아니 천 년이라도 살듯이 생각하고 행동하며 믿으려고 하지만 그 누구도 유한한 수명 앞에서는 보잘것없는 미물에 불과했고 불과하고 또 불과할 것이다. 그것은 단 한 건이라도 예외가 있을 수 없는 사실이며 만고불변하는 법칙이다.

그런데 단 한순간도 거짓말을 할 것 같지 않은 까맣고 깊고 반짝이는 홍도 눈동자가 있지 않은가? 더구나 홍도는 그 어디 하나 늘어지거나 처지지 않은 젊은 여자다. 따라서 홍도가 만고불변하는 법칙에서 어긋나는 유일무이한 존재라고 하더라도 태곳적부터 있어온 중력이라는 법칙을 벗어난 여전히 탄력 있고 단단한 홍도의 피부는 도대체 설명이 되지를 않는다. 그러므로 까맣고 깊고 반짝이는 촉촉한 홍도 두 눈은, 결국 거짓말을 했다.

물론 이유가 있겠지? 처음 만나는 남자와 즐기는 언어유희거나 혹은 일종의 과대망상증? 하지만 홍도가 직접 사실을 말하기 전까지는 그 어떤 것도 단정할 수가 없다. 아니면 동현이 직접 홍도가 하는 이야기들 속에서 논리적 비약이나 모순을 찾아내 결론을 내리는 방법이 있다. 그러나 이미 홍도라는 존재 자체가 논리적 비약이며 모순덩어리 아닌가?

에포케epoche! 동현은 모든 판단을 중지하기로 마음먹는다. 참이냐 거짓이냐를 따지기에는 홍도가 하는 이야기가 너무나 궁금했고, 그 모든 것에 앞서 홍도는 더할 나위가 없이 아름다웠다.

홍도가 동현을 물끄러미 바라본다. 동현도 홍도를 물끄러미 바라본다. 그리고 침묵…… 침묵은, 서로 바라보는 남자와 여자 사이에서 새로운 관계를 형성한다. 결론이 무엇이 될지는 아직 모른다. 홍도가 스크랩북으로 눈길을 옮기며 입을 연다.

"아버지 이야기를 더 들려주시겠습니까?"

동현이 고개를 끄덕인다.

리진길

　리진길은 이궁離宮인 창덕궁 숙장문 앞마당에 차려진 국청에서 국문을 받았다.

　주리가 틀려 정강이뼈는 틀어지고, 압슬을 당해 무릎뼈는 바스러지고, 봉두난발에 초주검이 된 리진길이 땅바닥으로 내팽개쳐졌다. 컥, 결코 모반을 모의한 적이 없노라 강변하며 모질고 잔혹한 고신을 견뎌내던 리진길의 입에서는 짐승 같은 신음이 쏟아졌.

　"죄인 리진길은 공초供招에 수결하라."

　리진길이 가까스로 고개를 들어 바닥에 펼쳐진 공초를 쳐다보았다. 그 사이 형리 둘이 어깨를 붙잡고 오른손에 붓을 쥐어주었다. 공초를 읽는 리진길의 입가에는 싸늘한 미소가 번져갔다. 리진길은 버릇처럼 엄지와 검지로 붓을 쥐고 중지로 붓을 감쌌다. 평생 글을 읽고 글을 짓고 글을 쓰며 붓과 함께했다. 리진길은, 아마 이 순간이 붓을 쥐는 마지막 순간이 될 것이라는 생각이 들었다. 먹물을 묻힌 붓끝이 공초 한 귀퉁이 텅 빈 자리를 찾아갔다. 그곳에 수결을 하면 이제 리진길은 모반을 꾀한 만고역적이 되는 것이었다.

리진길은 고개를 쳐들어 저 멀리 일산日傘 아래 호랑이 가죽을 깐 어좌에 걸터앉아 턱을 괴고 있는 임금을 노려보았다. 리진길의 얼굴에는 입가에서 번져간 싸늘한 미소가 가득했다. 저런 쳐죽일 놈을 봤나? 눈길이 마주친 임금이 턱을 괸 손을 내리며 천천히 몸을 일으켰다. 리진길이 웃었다. 피식피식 새어나오던 웃음은 마침내 허허허, 소리가 되어 터져 나왔다.

"이런 미치광이를 봤나! 그 입 다물지 못할까?"

추관이 두 눈을 부릅떴다.

"너절하고 비열한 놈, 오락가락 줏대 없는 임금을 부추겨 정신을 쏙 빼놓더니 이제 천하에 둘도 없는 병신 짓꺼지 시키는구나! 이깟 허접쓰레기에 내 이름을 적을 듯싶더냐?"

리진길은 형리들을 뿌리치더니 추관을 향해 붓을 내던졌다. 붓은 추관의 얼굴에 검은 먹물을 흩뿌리고는 바닥으로 떨어졌다. 허허허, 리진길이 공초를 갈가리 찢으며 웃었다. 붉으락푸르락, 먹물범벅이 된 추관이 벌떡 일어선 임금 앞에 무릎을 꿇고 부복했다.

"주상전하! 자고로 조선은 삼강과 오상이 다스리는 나라이옵니다. 간악하고 악독한 저자는 지엄하신 주상전하의 명을 받은 추관에게 행패를 부렸음은 물론이거니와 차마 입에 담기도 부끄러운 요설과 허언으로 주상전하의 심기를 어지럽히고 능멸한 역적이오니 강상죄로 다스리심이 마땅하고 옳은 일일 것이옵니다."

임금이 용포자락을 휘두르며 말했다.

"그대로 행하라!"

"분부 받자와 행하겠나이다."

추관은 임금을 향해 삼배를 올리고는 형리들에게 명을 내렸다.

"흉측한 역적을 난타하라!"

명이 떨어지기가 무섭게 늘어선 형리들이 태와 장을 들고 리진길을 난타했다. 회초리보다는 굵고 몽둥이보다는 가는 태와 장이 등짝에, 다리에, 머리에, 얼굴에, 무수히 쏟아졌다. 하지만 리진길은 웃었다. 먹물을 뒤집어 쓴 추관은 분이 가시질 않았다. 추관은 줄줄이 세워져 있던 중곤들을 땅바닥에 내팽개치며 형리들에게 소리를 질렀다.

"곤으로 쳐라! 중곤으로 치란 말이다!"

버드나무를 깎아 노 모양으로 만든 중곤은 그 길이가 다섯 자 여덟 치며 폭은 여덟 치고 두께는 여덟 푼이었다. 중곤은 그 모양만으로도 까무러치고도 남을 만큼 두려운 놈이었다. 중곤을 집어든 형리들이 번갈아가며 리진길의 몸뚱이에 곤을 쳤다. 피가 튀고 살점이 떨어져나가고 뼈가 드러났다.

예를 알고 법을 행하는 조선에서는 매질을 하고 곤장을 치는 데도 법도가 있었다. 비록 죄인일지라도 곤장을 칠 때는 볼기짝과 넓적다리를 번갈아 치는 것이 법도였고, 서른 대를 넘겨 치지는 않았다. 또한 아무리 험한 죄인일지라도 마구잡이로 난타를 하는 법은 더더욱 없었다. 그러나 임금이 지켜보고 있는 국청은 무법천지였다. 아니 임금이 곧 법이었으니 무법이 곧 법이었다.

리진길은 채 열 대를 채우지 못하고 널브러졌다.

숨이 끊어졌다.

*

동현이 걱정스레 홍도를 바라본다. 말이 되지 않는 건 알지만 홍도가 걱정스럽다. 마음이 아플까봐, 눈물이 흐를까봐……

하지만 홍도 눈에서는 더 이상 눈물이 흐르지 않는다.

"아닙니다…… 잘못 알고 계신 것 같습니다."

잘못 알았다? 무엇을?

"시월 스무이렛날 저는, 황화방 군기섯다리 근처에서 아버지를 뵈었습니다."

아버지를, 리진길을 뵈었다? 그렇다면 리진길이 장살을 당한 게 아니란 말인가? 아니다! 동현이 확인한 모든 기록들에는 끝까지 모반 혐의를 부인하던 리진길이 국문 중에 장살을 당했다고 쓰여 있었다. 하지만 홍도는 단호하다. 일단 생각을 해보자.

황화방은 서울 무교동, 정동, 태평로와 서소문로 인근을 부르던 당시 동네 이름이고, 군기섯다리는 병기를 만들던 군기시 바로 앞에 있던 다리 이름으로 한자로는 무교武橋라고 썼고, 군섯다리, 군기싯다리 등으로 불리던 곳이다.

기록에 따르면 1589년 기축년 음력 10월 27일 군기시 앞에서는, 천반산 인근 다복동이라는 곳에서 진안현감 민인백이 이끄는 토포대 이백여 명과 마주한 가운데 스스로 목숨을 끊었다고 알려진 정여립과 정여립이 죽였다고 알려진 대동계원 변숭복 그리고 그 자리에서 살아남은 정여립 큰아들 정옥남과 대동계원 박춘룡이, 책형을 당했다.

역사란, 기록하는 자가 전하고 싶은 사실事實만을 간추리고 얼버무려 제 입맛에 맞게 기록하는 법이다. 따라서 수많은 진실은 사실이라는 말로 짓이겨지고 탈탈 털려 몇 자에 불과한 글자와 몇 줄로 채워진 문장으로만 남는다. 진실은 모두 사실이 되지 못하고 사실은 모두 역사가 되지 못한 채 지워지고 잊히거나 곰팡내 나는 책장 한 귀퉁이에서 나뒹굴고 있을지도 모른다.

역사는 배우고 익히는 것이 아니라 끝없이 찾아내고 새롭게 쓰는 것이라고 했다. 지금 동현이 알고 있는 역사는 그저 기록한 자가 쓴 역사일 뿐 지나온 과거에 있었던 진실 그 자체는 아닐지도 모른다.

만약 그날 홍도가 군기섯다리 근처에서 리진길을 보았다면 그 길은, 리진길이 죽으러 가는 길이었을 것이다. 홍도는 정말 리진길을, 아버지라고 설정한 리진길을 봤다는 것일까?

어딜 가시겠다는 건가?

홍도는 낭관 어른 댁 사랑아랫방에 있었다.

동틀 무렵, 홍도는 담장 너머에서 들려오는 말소리를 들었다. 군기시 앞에 역적들을 다스리는 형장이 차려진다고 했다. 홍도는 그 길로 낭관 어른 댁 대문을 열고 군기시 앞으로 향했다.

아침부터 길거리마다 사람들로 넘쳐났다. 사람들은 더럽고 추레했고 거지떼 같았다. 엄동에 씻지 못한 낯바닥은 땟국으로 얼룩덜룩했다. 삭풍에 걸치고 걸친 입성에서는 걸레 썩는 냄새가 났다. 한설에 감지도 못한데다가 피죽조차 못 먹어 기름기 하나 없이 푸슬푸슬한 머리터럭은 서캐가 슬어 허옜다. 거지떼 같고 추레하고 더러운 사람들은 백성들이었다.

메마르다 못해 불티라도 한 방울 튀었다가는 온 세상이 화르륵 타버릴 것 같던 그날, 한성은 길거리마다 백성들로 들끓었다.

홍도는 백성들을 따라 문지기들도 지키지 않는 활짝 열린 소의문을 지나 군기시 앞으로 향했다. 하지만 길은 얼마 지나지 않아 장창을 치켜든 군사들로 가로막혔다. 목적지를 잃어버린 백성들은 목멱산 자락으로 올라가자고도 했고, 숭례문을 기어오르자고도 했으며, 제대로 된 구경을 하려면 금부 앞으로 가야 한다고도 했다. 아버지가 계신 금부로 가야 한다. 아버지를 봬야 한다. 무슨 수를 써서라도 아버지가 군기시 앞으로 향하시기 전에 구해드려야 한다. 홍도는 금부로 향하는 백성들을 따라갔다.

퇴기라고도 하고 창부라고도 했다. 어디서부터였는지 기억나지는 않지만 열두 폭 치마를 둘둘 감아올려 엉덩이는 불룩하고, 허리는 잘록하고, 떨잠에 뒤꽂이에 꽃바구니 모양으로 꾸민 커다란 가채를 쓴 여인이 쓰개치마도 쓰지 않은 채 앞장을 섰다. 어디서 났는지 깽깽, 쇠를 치기도 했고 어느 순간에는 툭닥툭닥, 장구를 치며 춤도 췄다. 백성들은 이년아, 저년아 함부로 불러댔지만 여인은 아랑곳없이 신명이 나 잘도 길을 열었다. 여인은 백성들을 이끌고 명례방 쪽으로 길을 잡더니 구리개를 넘어 개천으로 향했다. 홍도는 백성들과 함께 여인 뒤를 따랐다.

개천이 눈길에 들어올 무렵 홍도는 백성들 사이에서 이리저리 떠밀리다가 여인을 놓쳤다. 광통교 인근이었던 것 같다. 와! 백성들 함성이 파도 모양으로 밀려왔다. 죽여라! 육시할 놈들! 갈가리 찢어 죽여라! 누군가의 선창으로 시작된 저주를 품은 합창은 죽어야 할 자가, 갈가리 찢겨야 할 자가 누군지도 모른 채 이어져갔다.

분명히 저 앞에 무슨 일이 있었다. 하지만 백성들에 가로막혀 오도 가도 못 하는 홍도 눈에는 아무것도 보이질 않았다. 홍도는 아예 주저앉아 백성들 다리 사이를 기기 시작했다.

얼마쯤 기었을까? 눈앞으로 얼룩빼기 칡소가 끄는 수레가 지나갔다. 짐승 우리 모양으로 생긴 수레 위에는 희끄무레한 것이 뉘어 있었다. 그 뒤로 수레가 이어 갔고 그 위에도 희끄무레한 것이 실려 있었다. 백성들은 수레를 향해 침을 뱉었다. 희끄무레한 것이 도대체 무엇인지 눈으로 보고 싶었지만 홍도 눈길에는 닿지 않았다.

大逆不道玉男.

대역부도옥남. 옥남? 숙부? 죽도 할아버지 큰아드님이고 진외종숙부가 되시는 옥남 숙부? 소리실에 살 적 몇 번 뵌 적은 있지만 옥남 숙부가 저리 생기셨단 말인가? 어찌 저리 흉측하고 참담한 몰골로…….

무서웠다.

손목에는 나무로 만든 수갑을 차고 발목에는 차꼬를 차고 가슴팍에는 이름이 적힌 천을 단 옥남 숙부는, 불에 달군 인두로 지졌는지 눈은 짓이겨지고 코는 주저앉았고 입술은 뭉개져 있었다. 커다란 목소리로 껄껄껄 잘도 웃던 옥남 숙부, 숙부는 나장이 휘두르는 막대기를 맞으며 터덜터덜 걸어갔다.

무서워 덜덜 떨렸다.

옥남 숙부가 지나고 포승줄로 이어진 다른 어른이 나타났다. 가슴팍에 달린 이름이 적힌 천은 피투성이가 돼 읽을 수가 없었다. 수갑을 차고 차꼬를 찬 어른은 연신 붉은 피를 토해냈고, 욱욱, 피를 토할 적마다 무릎이 꺾여 주저앉았다. 어른이 주저앉을 적마다 나장이 휘두르는 막대기가 등짝에 떨어졌고, 결국 엎어서 심승 모양으로 바동거리자 나장들이 팔짱을 끼고는 질질 끌고 갔다.

무서워 덜덜 떨렸고 눈물이 흘렀다.

大逆不道震吉.

대역부도진길. 홍도는 진길이라는 이름을 보고도 봉두난발에 피투성이가 된 사내가 누군지 알아채지 못했다. 금부로 가야 한다. 금부로 가서 아버지를 구해야 한다. 무서워서 덜덜 떠는 홍도는 눈물을 훔치며 백성들이 지나가기를 기다렸다.

"술이요, 술! 술이라도 한 잔 드리리다!"
퇴기라고도 불리고 창부라고도 불리던 여인이 다시 나타난 것은 그 참이었다. 술병과 대접을 치켜든 여인이 백성들 사이를 비집고 나섰다. 붉은 막대기를 든 나장들도, 칼을 치켜든 금부도사도, 여인을 막아서지는 않았다.
"북망산 가는 길, 이년이 주는 술 한 잔에 목이라도 축이시오!"
여인은 대접에 술을 따라 사내 입에 대주는가 싶더니 얼굴에 대고는 냅다 뿌려버렸다.
"옜다, 역적놈아, 술이다! 술!"
술이 흘렀다. 술이 붉은 핏물이 되어 뚝뚝 떨어졌.
얼씨구, 여인은 깔깔거리며 술병으로 나발을 불었고 절씨구, 사내 얼굴 앞에다가 빈 대접을 요리조리 흔들어대며 덩실덩실 춤까지 춰댔다. 백성들은 박수를 했고 잘 한다, 좋을시고, 를 연발하며 깔깔거렸다. 찰싹, 나장이 휘두른 막대기가 사내 등짝에 떨어지며 가는 길을 재촉했다.

홍도는 핏물이 흐르면서 드러나는 사내 얼굴을 물끄러미 바라보았다.

누구지…… 누구, 지…… 누, 구, 지…… 아, 버, 지?

"아버지!"

한눈에 알아보셨다. 아버지가 백성들 다리 사이에서 손짓하는 홍도를 한눈에 알아보셨다.

아버지, 아버지, 아버지…… 눈물이 쏟아졌다. 주체할 수 없는 눈물이 흘러 발그레한 홍도 얼굴을 덮었다. 가야 한다. 아버지께 가야 한다. 손목에 찬 수갑을 풀어드리고, 발목에 찬 차꼬를 풀어드리고, 커다란 아버지 손을 잡으러 가야 한다. 하지만 앞으로 나아갈 수가 없었다. 백성들 다리 사이에서 이리 차이고 저리 차이고, 홍도는 아버지를 향해 안타까운 손만 흔들 뿐이었다. 핏물이 뚝뚝 흐르는 아버지 입가에 미소가 번졌다. 환한 미소였다. 분명히…….

'가거라! 홍도야, 멀리멀리 가거라!'

홍도는 아버지 말씀이 들려오는 듯했다. 하지만 그 말씀을 따를 수는 없었다. 어찌 홀로 가시려고…… 하늘을 날 듯 날개를 단 사모도 안 쓰시고, 쪽물을 곱게 들인 하늘빛보다도 파란 단령은 어찌하시고, 뭉게뭉게 구름 위를 나는 하얀 학이 수 놓인 흉배는 보이질 않고, 헐렁하니 허리에 매셨던 붉은 각대에,

죽도 할아버지가 보내주신 천 리도 만 리도 걸을 듯 가벼운 까만 목화는 어디다 두시고, 차디찬 맨발로 저리도 흉한 몰골로 어디를 가시겠다는 건가? 하지만 아버지는 자꾸만 멀어져 가셨다. 주춤주춤, 뒤돌아보시는 아버지 등짝에 나장이 휘두르는 붉은 막대기가 떨어졌다.

"네, 이놈! 감히 내 아버지께 무슨 짓이냐!"
튀어나갔다. 홍도가 튀어나갔다. 무슨 힘이 남아 있었는지 백성들 다리 사이를 헤치고 멀어져가는 아버지를 향해 홍도가 튀어나갔다. 흐르는 눈물 탓이었을까? 순간 까무룩, 아버지 뒷모습이 눈길에서 사라지고, 홍도는 풀썩 고꾸라졌다. 아마도 아버지께 나서는 순간 나장이 휘두른 붉은 막대기가 홍도 뒤통수를 후려친 듯했다. 아버지, 아버지께 가야 한다. 홍도는 다시 일어나 걸었다. 하지만 걸음은 자꾸만 허공을 디뎠다. 휘척휘척, 걷는 홍도 뺨으로 뜨끈한 무언가가 흘렀다. 피였다. 나장이 휘두른 막대기질에 머리가 깨진 모양이었다. 하나도 아프지 않았다. 우와, 우와, 웡웡거리는 아우성이 귓전을 맴돌았다.

눈앞을 가로막은 아귀 모양으로 일그러진 백성들은 피범벅이 된 홍도를 보며 슬금슬금 길을 비켜섰다. 아버지께 가야 하는데…… 까물까물했다. 홍도는 허공에 발을 내딛다가 모로 쓰러졌다.

"이년이 미친년이네! 미친년이 사람 잡네!"
얼핏 정신이 들었을 때 홍도는 무언가를 물어뜯고 있었다. 퇴기라고, 창부라고 불리던 여인이 홍도 머리채를 잡고 흔들었다. 아랑곳없는 홍도는 여인 다리에 찰싹 매달려 허벅지를 물고는 질겅질겅 씹었다.

내 아버지에게 수모를 주다니, 죽어라, 이년! 내, 네년을 오독오독 씹어 먹을 테다! 여인은 죽는다고 소리를 쳤고 백성들은 깔깔거렸다.

얼마쯤 지났을까? 홍도는 백성들 사이에서 이리 밀리고 저리 차이고 있었다. 어찌된 영문인지 퇴기라던, 창부라던 여인은 보이질 않았다. 오독오독 씹어서 모두 먹어치워버린 것이었을까? 누군가가 홍도를 여인 다리에서 떼어낸 것 같기도 했다. 까물까물 아득했다.

"홍도야, 정신 차려! 정신 차려라, 홍도야!"
부연 눈앞으로 자치기가 불쑥 나타났다.
"나리, 홍도를 보아주십시오!"
곧이어 낭관 어른이 불쑥 눈앞으로 들어왔다.

"무슨 짓이냐? 어딜 가려는 게야?"

"스승님을 뵈야지요. 검열 나리도요. 결단코 이대로 보내드릴 수는 없습니다!"

"네놈이 제대로 미친 게로구나! 홍도를 데리고 당장 떠나거라! 다시는 돌아와서는 안 된다. 눈도 감고 귀도 막고 입은 열지 말아야 하느니라!"

"하지만 나리, 어찌 그냥 떠나라 하십니까?"

"피바람이다. 피바람이 불 것이야! 선생과 자수는 내가 무슨 수를 내서라도 시신만은 지켜낼 테니 어서 가거라!"

낭관 어른이 소맷부리에서 두루주머니를 꺼내 홍도 손에 쥐어주었다.

"홍도야…… 급한 대로 우리 안사람 시집 올 때 가져온 패물들을 빼내왔으니 당분간 끼니는 챙길 수 있을 것이야. 안사람한테 들키는 날엔 나도 경을 칠 테지만. 빌어먹을! 설마 안사람이 지아비를 패기야 하겠느냐? 에잇, 가거라! 어서!"

"나리, 이 은혜는 절대 잊지 않겠습니다!"

"시끄럽다! 잊어라! 무슨 뜻인지 알아먹겠느냐, 이놈의 자치기야!"

낭관 어른이 자치기 어깨를 후려치더니 백성들 사이로 이내 사라져버렸다.

"고맙습니다, 나리! 제 이름은 자치기, 막대기가 아니라 자치기였사옵니다."

자치기가, 눈물을 흘리는 자치기가 먹먹한 홍도 어깨를 부여잡으며 눈을 맞추었다.

"가자…… 홍도야……."

까물까물 아득한 홍도 눈 속에는 자치기만이 가득 들어차 있었다.

*

눈물이 흐른다. 손수건으로 눈자위를 훔쳐보지만 주르륵주르륵 소리 없는 눈물이 홍도 뺨을 타고 흐른다. 동현은 저도 모르게 홍도 손을 살며시 잡는다. 따뜻하다. 손안에 쏙 들어온 홍도 손은 따뜻하고 부드러우며 촉촉하다. 비록 홍도가 하는 이야기일 뿐이지만 이야기 속 열 살배기 홍도는 이제 온 가족을 잃고 세상에 덜렁 홀로 남겨진 외톨이가 아닌가? 다른 뜻은, 전혀 없다. 그저 위로를 하고 싶을 뿐이다.

"고맙습니다…… 이제는 무디어졌을 만도 하건만 실없이 눈물이 나는군요."

손을 잡은 남자와 여자 사이에는 말하지 않아도 내밀한 속내들이 솟아나기 마련이다. 하지만 지금은, 눈물을 흘리는 홍도를 위로하고 싶을 뿐이었으므로 슬며시 손을 놓는다.

잘한 일이다. 비를 맞는 여자를 보며 우산을 씌워주지 않는 남자는 인간에 대한 예의가 없거나 음흉한 생각이 있기 때문이며, 눈물을 흘리는 여자를 보며 아무것도 하지 않는 남자는 그건 완전히 나쁜 놈이다. 그래, 말보다 행동이 앞선 건 잘한 일이다. 예전처럼…….

"저와 자치기를 도와주셨던 낭관 어른 휘자가 영 기억나질 않습니다. 종종 우스갯소리를 잘하는 분이셨는데, 기억하려 애를 써도 도시 떠오르질 않는군요."

멋진 표현이다. 기억하려 애를 써도 도시, 도무지 떠오르질 않는군요. 이 말은 홍도 스스로 사백서른세 살 먹은 여자라는 사실을 선포하는 것과 같다. 어렴풋이 홍도의 정체를 알 것 같기도 하다. 지금 정체를 밝히면? 아니다. 조금만 더 기다리자. 확신이 서는 결정적인 그 순간을!

"한백겸이라는 분일 겁니다. 당시 교정청 낭관을 지내던 한백겸은 문음^{門蔭}으로 전주에 있는 경기전 참봉을 지낸 적이 있었는데, 그때부터 죽도 할아버지와 가까이 지낸 것 같습니다."

동현이 스크랩북에서 이름을 찾아내 손가락으로 가리킨다. 한백겸韓百謙(1552~1615). 이름을 본 홍도가 걱정스레 묻는다.

　"하면, 한백겸 어른께서는 무탈하셨습니까?"

　"그게…… 홍도 씨 아버님 시신을 수습하고 장례를 치렀다는 죄목으로 곤장을 맞고, 겨우 목숨만 건지고서 함경도로 유배를 갔습니다."

　홍도가 긴 한숨을 쉰다.

　"한백겸 어른께서 아버지 장례를 치르셨다면 묘소를 쓴 기록도 있을까요?"

　"그건, 어떤 기록에서도 보지 못했습니다."

　"예…… 어른께서는 죽도 할아버지 시신도 수습하셨습니까?"

　"죽도 할아버지 시신은 군기시 앞에서…… 능지처참을 당했는데…… 머리는 나중에 철물교라고 불리던 통운교 네거리에 효수됐고, 몸뚱이는…… 여러 조각으로 찢긴 후에 조선팔도로 보내져 성문마다 내걸렸다고 합니다. 아마도 한백겸 어른이 죽도 할아버지 시신을 수습하거나 장례를 치르지는 못했을 겁니다."

　아…… 홍도가 내쉬는 숨 속에는 깊은 슬픔이 물씬 묻어 있다.

　"어른께서는, 한백겸 어른께서는 그 뒤로 어찌 되셨습니까?"

"함경도 유배 중에 사면이 되긴 했는데, 곧바로 임진왜란이 터지면서 고향으로 돌아오지 못하고 있다가 유배지에서 왜군들과 내통한 자들의 목을 베고 여러 명을 사로잡는 등 공을 세웁니다. 그 덕분에 왕실 먹을거리와 옷가지들을 관리하는 내자시 직장이라는 관직에 오르게 되는데, 전쟁 중에 공을 세운 사람에게 왜 내자시에서 일을 하라고 했는지 도통 알 수는 없지만 아무튼 그랬습니다. 임진왜란이 끝난 후에는 호조좌랑, 형조좌랑, 청주목사, 파주목사 등을 지냈지만 아마도 벼슬길에 오르기보다는 학문적인 관심이 더 많았던 것 같습니다. 한백겸은 특히 실용적인 학문에 관심이 많았는데 기전도, 기전유제설 등 토지를 효율적으로 이용하는 방법에 관한 연구를 했고, 말년에는 『동국지리지』라는 책을 편찬했습니다. 이 『동국지리지』라는 책을 계기로 역사지리학이라는 새로운 학문이 만들어졌고, 조선 후기 수많은 실학자에게 커다란 영향을 미쳤습니다. 뿐만 아니라 한백겸 자신은 실사구시를 천명한 실학의 효시라는 평가를 받고 있죠. 참, 『동국지리지』라는 책은 요즘도 시험 볼 때 자주 나오기 때문에 학생들이 꼭 외워야 하는 중요한 책이기도 합니다."

동현이 스크랩북에서 영의정이라는 단어를 찾아내 손가락으로 톡톡, 두드린다.

"1615년 광해군 7년 죽은, 돌아가신 한백겸…… 어른은 1651년 효종 2년, 아드님인 한흥일이 우의정에 제수되면서 어른이 세운 학문적 업적도 높이 평가받아 영의정에 추증 됐습니다."

"다행입니다. 참으로 다행입니다. 비록 생전의 일은 아닐지언정 어른께서 일인지상 만인지하의 자리에까지 오르셨으니 어찌 광영이 아니겠습니까? 감읍하고 또 감읍할 따름입니다."

감읍, 정말로 감격한 눈물이 흘러내릴 것만 같은 홍도가 스크랩북을 넘겨다본다.

"혹여, 한백겸 어른께서 부인 몰래 패물에 손대시는 바람에 경을 쳤다는 내용도 있는지요?"

"글쎄요. 저도 아까 궁금하긴 했는데……."

스크랩북을 뒤적이던 동현은 하마터면 터질 뻔한 웃음을 가까스로 참아낸다. 사백서른세 살이라고 직접 말한 적은 없지만 스스로 믿어 의심치 않는 여자와 이제 갓 스물일곱 살 먹은 남자가 지금 이 순간 나란히 앉아 지나온 시절들을 이야기한다? 웃긴 일이다. 하지만 지금 웃어서는 안 된다. 기다려라! 정체를 밝힐 그 순간, 한꺼번에 모조리 웃어젖힐 테니까.

"동현…… 제가 동현에게 무척이나 궁금한 것이 있습니다."

느닷없다. 뭘까? 홍도가 궁금한 것은? 그것도 무척이나 궁금한 것은?

"어째서, 하필이면 죽도 할아버지에 관한 영화를 만들려고 하시는 건가요?"

아…… 그건, 그러니까…… 어쩌지, 참…… 홍도가 정말로 궁금하다는 듯 바라본다. 남자와 여자 사이에서 궁금한 것이 생겼다는 것은, 그것도 무척이나 궁금한 것이 생겼다는 것은 앞으로 두 사람의 관계가 변화 발전할 가능성이 열려 있다는 징표이다. 그런데 하필이면…… 맨 처음부터 이야기하자면 정말 창피한 일인데…… 그래도…… 말을 할까? 어차피 이제는 지난 일이니까 떠올린다고 한들 쓰리고 아릴 이유는 없지……. 한참을 망설이던 동현이 입을 연다.

"시작은, 여자 때문이었습니다……."

홍도가 동그래진 눈으로 동현을 바라본다.

지금 이 순간

우연이었다.

하루 종일 지짐대던 장마철 어느 날이었다.

여자는 아무도 없는 학생회관 앞에서 비를 맞고 있었다. 누구를 기다리나? 동현은 여자에게 우산을 씌워줬다. 다른 생각은 없었다. 그저 비를 맞는 여자가 처량해 보였기 때문이었다.

최유정…… 나쁜 년! 물론 지금도 나쁜 년이라고 생각하는 건 결코 아니다. 그저 지난 일들을 떠올리다보니 버릇처럼 나온 것뿐이다. 씁쓸하지만 동현에게 유정은, 첫 번째 사랑이었다.

동현이 우산을 씌워준 후 조금 있다가 비가 그쳤다. 비가 그치자 유정은 젖은 채로 터덜터덜 걸어갔다. 동현은 고맙다는 소리 하나 듣지 못한 채 가는 유정을 바라만 보았다. 그리고 또

비가 내리던 다음날, 동현은 똑같은 자리에서 똑같은 모습으로 역시나 비를 맞고 서 있는 유정을 다시 만났다. 마치 동영상을 리플레이라도 한 것처럼 동현은 우산을 다시 씌워줬고, 어제와 다르면 큰일이라도 나는 듯 비가 그치자 유정은 역시나 말 한 마디 없이 가버렸다. 세 번째 날도 비가 내렸다. 동현은 혹시나 싶어 그 자리로 향했고, 역시나 유정은 똑같은 모습으로 서 있었다. 그쯤 되면 우연은 필연을 수반한다는 변증법의 명제를 떠올리지 않아도 될 만큼 명확한 순간이었고, 더 이상 흔하지 않은 인연이라고 믿었다.

세 번째 날도 거짓말처럼 비가 그쳤다. 유정은 그냥 가려고 했다. 동현은 유정을 불렀고, 유정은 동현을 바라보며 눈물을 흘렸다. 어이없는 일이었다. 동현은, 이봐요? 라는 한마디에 눈물을 흘리는 유정을 보며 왠지 모르게 커다란 죄라도 지은 기분이었다. 하지만 그대로 울게 내버려두었다. 지금 생각해보면 동현이, 유정이 흘리는 눈물 때문에 얼어붙었던 것 같지는 않다. 그냥 내버려 두는 게 유정을 위로하는 방법이라고 생각했던 것 같다. 동현은 눈물이 그쳐갈 즈음 손수건을 건넸고, 유정을 안고 어깨를 토닥거렸다. 그 사이 지나는 눈길이 있었고 지켜보는 눈길도 있었다. 어느새 날은 어두워졌다.

동현은 유정에게 묻지 않았다. 왜 그렇게 비를 맞고 있었는지, 왜 사흘 동안이나, 아니 그 이상일 수도 있었겠구나, 그렇게 비를 맞고 있었는지, 왜 동현을 보며 눈물을 흘렸는지. 아무것도 묻지 않았다. 궁금해하지도 않으려고 했다. 그게 쿨하고, 터프하고, 프리한 남자라고 생각했다. 어리석게도…… 그런데 어처구니가 없는 것은 유정도 사흘 동안 있었던 일들을 단 한 번도 이야기하지 않았다는 것이다. 아니, 마지막에는 했구나…….

아무튼 그렇게 동현은 유정과 사랑에 빠졌다.

하루 종일 붙어 다녔다. 하루 종일 낄낄거렸고, 하루 종일 화를 냈고, 하루 종일 용서를 빌었으며, 하루 종일 눈물을 흘렸으며, 하루 종일 물고 빨고 헐떡거렸고, 하루 종일 함께 널브러진 채 빈둥거리다가 한 해가 지나갔다.

처음 만났던 날처럼 하루 종일 지짐대던 장마철의 어느 날이었다. 유정은 뉴욕에 있는 패션스쿨로 유학을 갈 거라고 했다. 유정은 의상 전공 4학년이었고, 동현은 영화 전공 2학년이었다. 느닷없긴 했지만 동현도 뉴욕에 있는 영화학교를 알아보겠다며 함께 가자고 했다. 그냥 한번 저질러보자며 밑도 끝도 없는 호기를 부리던 동현에게 유정은 오빠랑 같이 갈 거라고 했다.

친오빠? 무남독녀였다! 친척 오빠? 아니라고 했다! 그럼 아는 오빠? 교회 오빠? 성당 오빠? 법당 오빠? 어디 오빠? 미안해! 미안 오빠? 미안 오빠는 누군데? 아니, 동현이 너한테 미안해!

유정은 학생회관 건물 앞에서 며칠이고 비를 맞은 채 기다리게 했던 바로 그 오빠라고 했다. 그 오빠가 다시 돌아왔다고…… 헐, 나는? 우리는? 엔조이야? 동현은 화를 냈고, 화를 내고 내다가 그저 말없이 눈물만 흘리는 유정을 놔둔 채 자리를 박차고 나와버렸다. 아마도 그것이 유정이 바라던 바였을 것이다. 나쁜 년…….

미웠다. 저주했다. 지쳐버렸다. 복수를 계획했다. 먹먹해졌다. 쓸쓸했다. 미웠다.

지난 일 년 동안 동현은 진실했고 유정 또한 진실했다. 그것은 의심할 나위가 없었으며 틀림없는 사실이었다. 그러나 스무 살과 스물두 살, 영원히 변치 말자고 이야기하기에는 너무나 어렸고, 어린 만큼 변덕스럽고, 변덕스러운 만큼 흔들리기 쉬웠다. 흔들리기 쉽다는 말은 결국 뻔뻔하다는 것이었다. 동현은 그 뻔뻔한 순간이 그저 유정에게 먼저 찾아온 것뿐이라고 믿었다. 동현은 쿨하게 터프하게 그리고 프리하게 정리하고 싶었다. 아직은 어려서, 지금은 서툴러서, 그리고 유정이 넌 소중한 것을 알지 못해서! 하지만 마음속 밑바닥, 차마 용기가 없어서 열지 못한 아니, 어느 순간 부글부글 끓어오르다가 마침내는 아무런 예고도 없이 펑 하고 터져버릴 것만 같은, 분명히 다른 무언가가 더 있었다. 분노…….

동현은 치유가 필요했다.

비가 갠 날 아침, 동현은 고속버스터미널에서 출발하는 버스에 무작정 올라탔다.

무작정 탄 버스에는 칠십대로 보이는 노부부 한 쌍과 동현 그리고 운전기사가 전부였다. 동현은, 버스가 고속도로 휴게소에 도착해서야 비로소 버스 종착지가 전주라는 사실을 알았다.

휴게소 화장실을 나와 어슬렁거리던 동현, 전망 좋은 원두막에 앉아 큰 소리로 다투고 있는 버스를 함께 탄 노부부를 발견했다. 아마도 노부부도 동시에 동현을 발견한 모양이었다. 할아버지는 누구 말이 맞는지 봐달라며 동현에게 손짓을 했고, 할머니는 왕배덕배 할 일도 아니라며 남우세스럽다고 손사래를 쳤다. 궁금했다. 도대체 무슨 사연이기에 아직도 서로에게 말을 낮추지 않고 높임말을 쓰는 황혼의 두 사람을 이렇게 열뜨게 만들었는지…… 하지만 할아버지 이야기를 듣는 순간 동현은 땅바닥을 데굴데굴 구를 뻔했다.

"가에당을 내려갈 때…….'"

"가에당이 아니지요. 계단이라고 해야지요."

"옛날에는 다 그랬당께요! 암튼 계단을 내려갈 때 말이요. 남자랑 여자랑 요렇게 나란히 내려갈 수 없을 때 말이요. 남자가 먼저 내려가는 게 에티켓요, 여자가 먼저 내려가는 게 에티켓요?"

할아버지는 남자가 먼저라고 했고 할머니는 여자가 먼저라고 했다. 정작 물어보기는 동현에게 물어놓고 두 사람은 서로 자기가 옳다고 우기고 있었다. 뭐 이런 경우가 다 있나 싶었다. 사실 궁금하기도 했다. 할머니는 레이디 퍼스트라고 했고 할아버지는 위험하기 때문에 남자가 먼저 내려가봐야 한다고 했다.

아마도 실랑이를 하는 동안 휴식 시간이 모두 지난 모양이었다. 헐레벌떡 운전기사가 달려와 여기서 이러실 거면 그냥 가버리겠다고 엄포를 놓는 바람에 서울에서 전주로 향하는 고속버스 승객 세 명은 울레줄레 버스에 올라탈 수밖에 없었다. 참, 할아버지는 버스에 오를 때는 분명히 남자가 먼저 오르는 게 에티켓, 이라고 하셨다.

버스에 올라탄 노부부는 언제 큰 소리를 쳤냐 싶게 서로 손을 꼭 잡고 무언가를 속닥거리다가 나란히 잠이 들었다. 두 사람에게 누가 먼저 계단을 내려가는가는 애초부터 문제가 아니었다.

저들은 영원히 변하지 말자고 약속을 했던 것일까? 약속을 했다면 언제 한 것일까? 죽는 그 순간까지, 누군가 먼저 죽게 되더라도, 영원히 변하지 않을 수 있을까?

"나 좀 앉을라요."

할머니였다. 얼핏 잠이 들었던 모양이었다. 무슨 소린가 싶었지만 동현은 할머니에게 비어 있는 옆자리를 내드렸다. 버스는 저만치 전주 고속버스터미널을 앞에 두고 교통신호에 멈춰서 있었다. 그러고 보니 할아버지는 버스가 도착하자마자 금방이라도 튀어나갈 듯이 출입구 바로 앞까지 나가 문이 열리길 기다리고 계셨다. 또 다퉜나? 이번에는 뭘까? 궁금해 하는 동안 버스가 도착했고, 문이 열리자마자 할아버지는 마중 나와 있던 부부처럼 보이는 중년 남녀와 반갑게 만났다.

"갔구만…… 갔으면 가야제라……."

뭐지? 드디어 영원히 변하지 말자던 약속이 산산조각 나는 순간인가? 할아버지는 중년 남녀와 함께 뒤도 돌아보지 않고 사라졌다. 할머니는 동현 팔에 기대어 아니, 동현 팔을 끌고는 택시에 올라탔다. 같이 가자는 말이 없었음에도 불구하고 동현과 할머니는 누가 먼저랄 것도 없이 동행이 됐다. 동현은 할머니 속사정이 궁금했다.

"다 좋은디 요럴 때는 폭폭하지라……."

뭐가?

불륜이었다.

할머니는 동현을 후려쳤다. 무방비 상태였던 뒤통수를 예고도 없이 힘껏 후려친 것 같았다. 할머니는 남편이 따로 있었고, 할아버지 또한 부인이 두 눈 시퍼렇게 뜨고 있다고 했다. 할머니와 할아버지는 불륜이었고, 사십사 년째 그 관계가 지속되고 있다고 했다. 한 달에 한 번 혹은 두 번씩 만나오면서 자그마치 사십사 년, 그동안 할머니 남편이나 자식들 그리고 할아버지 부인이나 자식들 그 누구도 두 사람 관계를 눈치 채지 못했다고 했다.

"우와, 달인이네. 불륜의 달인…… 존경합니다."

어깨너머로 듣고 있던 택시기사의 감상평은 정확했다.

절대 서로에게 간섭하거나 얽매이지 않았고, 만나는 순간만큼은 이 세상 끝날처럼 애틋하고 절절했으며, 각자는 결혼생활에 그 누구보다도 헌신적이었다. 할머니와 할아버지는 지금 이 순간 행복하며, 죽는 그 순간까지 가족 누구도 모르게 할 것이라고 선언했다. 예술이었다. 할머니와 할아버지는 지탄받고 비난받아야 할 불륜을 아름답고 빛나는 예술의 경지로까지 끌어올린 진정한 불륜의 달인들이었다.

"말이란 게 돌고 돌아서 말이제."

할머니는 아마도 택시기사가 마음에 걸렸던 모양이었다. 택시기사가 뜨내기가 아닌 한 전주에 사는 사람일 테고, 전주에 사는 사람인 이상 발 없는 말은 돌아다니기 마련이라고 생각한 모양이었다. 할머니는 행선지를 두 번이나 고쳐 말하더니 시외버스터미널 앞에서 내렸다. 동현도 따라 내렸다. 할머니는 인사를 하고 가려는 동현에게 이대로는 안 되고 밥이라도 한 끼 먹여 보내야 한다고 했다. 딱히 갈 곳이 정해져 있지 않던 동현은 할머니를 따라나섰다. 하지만 사실은 할머니의 모든 것이 궁금했기 때문이라고 하는 게 더 맞을 것 같았다.

주도면밀하고 순간 판단이 뛰어난 칠십대 늙은 여자, 할머니는 다시 택시를 탔다. 바꿔 탄 택시 안에서 할머니는 불륜의 상대에 대한 언급 대신 지금의 법적 남편인 할아버지에 대한 이야기만 했다.

젊고 잘생기고 멋진 양반, 퍼주기 좋아하고 법 없이도 살 양반……

이미옥이라고 이름을 밝힌 할머니는 집이 가까워질수록 다른 여자가 되어갔다. 더불어 살아온 가족들을 철저히 속인, 추잡하고 너절한 불륜에 빠진, 이중인격인 늙은 여자에서 한평생 일부종사를 다한 정숙한 조강지처 모드로 서서히 변화했다. 마치 셋업을 마친 새로운 시작.

택시는 불륜의 상대와 헤어졌던 고속버스터미널을 다시 지나 채 십여 분도 걸리지 않는 전주천이 내려다보이는 자만동이라는 동네에서 멈췄다.

이성식 할아버지…… 이미옥 할머니 남편인 할아버지는 초등학교 교사로 살았고, 교감 선생님으로 십 년쯤 전에 정년을 맞았다고 했다. 할머니 말씀처럼 이성식 할아버지는 나이를 가늠할 수 없을 만큼 젊어 보였고, 늙는 것도 제법 멋진 일일 수 있다는 생각이 들 만큼 멋쟁이였다. 할머니는, 정체를 궁금해하는 할아버지에게 버스에서 만난 고마운 청년이라며 동현을 소개했다. 멀미가 났는데 도와줬다고…….

"난 또, 서울에 계 하러 갔다가 씨 다른 자식이라도 델고 온 줄 알았당께……."

허허허, 할아버지는 사람 좋은 웃음을 터뜨렸다. 그러나 동현은 우스갯소리만으로 넘길 수는 없었다. 난감했다. 하지만 할머니는 역시나 달인답게 모든 상황을 한마디로 정리해버렸다.

"젊은 양반 부모님이 들으면 무슨 날벼락을 맞을라고, 시끄럽소잉!"

노부부…… 이번엔 진짜 노부부와 함께 점심을 먹게 된 동현은 그 짧은 시간 동안 식탁을 가득 채운 반찬 가짓수에 놀라기도 했지만 그보다도 더 놀라운 것은 도저히 상상할 수 없을 만큼 완벽하게 변신한 할머니였다.

버스에서 봤던 할머니는 호호호, 웃었지만 집에서는 하하하, 웃었다. 버스에서는 뭐뭐 했어요, 했지만 집에는 뭐뭐 했당께, 했다. 변신한 것은 말투와 웃음소리뿐이 아니었다. 할머니는 무슨 일이든지 할아버지를 불렀다. 옷을 갈아입을 때도, 음식을 만들 때도, 식탁을 차릴 때도, 할머니는 할아버지를 쉴 새 없이 불러댔고, 할아버지는 아이고 아이고, 하면서도 단 한 번도 딴청을 부리지 않았다. 버스에서는 감히 상상도 못 한 일이었다. 호칭부터가 달랐다. 이녁, 이녁…… 참 고풍스런 단어로 불륜의 상대를 불렀다.

"이녁이 먼저 주무시오. 이녁이 잠들고 나면 나도 잘라요……."

동현은 버스 안에서 들었던 할머니 말소리에, 아마도 세상에서 가장 곱게 말하는 늙은 여자일 거라고 생각했었다. 그런데 집에서는, 거시기 아부지, 누구를 부르는지도 명확하지 않은 거시기 아부지! 였다. 도대체 거시기는 누구였을까?

식사가 한창일 무렵 완벽하게 변신한 할머니가 동현을 보며 환하게 웃었다. 당황스러웠다. 생각해보니 동현은 그 집에 들어간 이후로 의식적으로든 무의식적으로든 할머니 눈길을 피하고 있었다.

'내 인생은 내 것잉께 함부로 입을 놀렸다가는 살아남지 못할 것이여!'

'물론이죠! 그런데 혹시 밥에 독을 타거나, 뭐 그런 건 아니죠?'

'지랄하네! 닥치고 맛나게 묵기나 혀!'

맛있었다.

할머니는 행복해 보였다.

할아버지 또한 행복해 보였다.

유정이도 저랬을까? 유정이도 자기 인생은 자기 것이니까 건드리지 말라고 했을까? 유정은 동현에게 들키지 않았다. 할머니도 할아버지에게 들키지 않았다. 하지만 유정이는 자기 마음이 편해지고자 전혀 예상도 못하던 동현에게 사실을 토해냈다. 그러나 할머니는 결코 먼저 실토를 하거나 설령 꼬투리가 잡힌다 하더라도 결단코 사실을 말할 것 같지는 않았다. 유정이와 할머니의 차이는 결국 동현과 할아버지의 차이였다. 동현은 불행했고, 할아버지는 행복했다.

그때 알았다. 때로는 거짓말이 사람을 행복하게 할 수도 있다는 것을, 때로는 참말이 모두를 불행하게 만들 수도 있다는 것을, 그리고 자기 마음 편해지자고 무턱대고 사실을 털어놓는 사람은 결코 사랑받을 자격이 없다는 것을…….

식사가 끝나갈 무렵 이성식 할아버지는 동현에게 동행을 청했다. 식사를 마치고 나면 어느 순간 어떻게 이 집을 빠져나가야 하나 고민하던 동현은 할아버지 제안이 반가웠다.

두두둥, 머리에 파란 두건을 두르고 까만 가죽 재킷에 반짝이는 황금색 고글을 낀 할아버지가 빨간 할리데이비슨 오토바이를 타고 나타났다. 맞다. 할아버지는 지금 행복하며 행복해야만 하고 그래서 행복할 것이다. 할아버지가 던져준 노란 헬멧을 쓰고 할아버지 등 뒤에 올라탄 동현은 할머니에게 인사를 했고, 할머니는 환한 미소로 손을 흔들어주었다. 할머니는 당신 남편과 동행하는, 당신의 은밀한 비밀을 알고 있는 동현을 한마디 말도 없이 그저 미소로만 배웅했다. 어쩌면 그것은, 불륜을 찬란한 예술의 경지로까지 끌어올린 장인의 본능에서 나오는 자신감이었다. 동현은 그들 인생에 끼어들고 싶지 않았다. 입을 다물어야 하며, 입을 다무는 것이 그들 인생에 대한 예의라는 걸 분명히 알고 있었으니까.

인간이 오직 한 사람하고만 부부관계를 유지해야 한다는 것은, 애초부터 인간본능에 어긋나는 잘못된 규범일지도 모른다.

따라서 이미옥 할머니는 오로지 인간본능에 충실하고자 잘못된 규범을 스스로 변화 발전시켜온 선구자가 되는 것이다. 그렇다면 이성식 할아버지는? 잘못된 사회적 규범과 인간본능에 충실한 한 여자에게 고스란히 당하기만 한 억울한 피해자가 되는 것인가? 사회적 규범을 믿고 따라온 이성식 할아버지의 억울함은 도대체 누가 풀어준단 말인가?

뭇 사람들의 시선을 즐기며 한 시간쯤 달려 도착한 곳은 천반산 휴양림이라는 곳이었다. 할아버지는 제자가 운영하는 사설 휴양림에서 숲 해설사라는 명찰을 달고 소일을 한다고 했다. 할아버지는 사무실에서 알록달록한 등산복으로 갈아입고 동현을 천반산으로 인도했다.

천반산…… 우스꽝스럽게도 동현은 그렇게 정여립과 처음 만났다.

숲 해설사는 숲을 해설하는 임무를 방기하고는 정여립에 대한 이야기만 했다.

양반과 상놈을 막론하고, 적자와 서자와 얼자의 구별이 없으며, 쓸모없는 땡추에 사람도 아닌 노비들과 재인백정에 유랑천인들을 마다하지 않고, 함께 모여 밥을 먹고 함께 모여 활을 쏘며 함께 말을 달리는 정여립……. 말을 타고 이 봉우리에서 저

봉우리로 뜀을 뛰고, 활을 쏘면 십 리 밖 과녁에 관중하고, 한 손으로 바위를 뽑아 몰려드는 왜구들 머리 위에 벼락을 치고, 시시와 비비를 가려내어 참과 거짓의 표준을 세우는 정여립은 역발산기개세力拔山氣蓋世에 영웅호걸이 따로 없었다.

조선의 반역자 정여립은 당대 최고의 슈퍼스타였고, 반역의 섬 죽도는 영웅들의 기개가 어울려 놀던 천하의 아지트였으며, 할아버지와 함께 오른 녹음으로 우거진 천반산은 임금이 다스리던 조선에서 하나밖에 둘도 없는 유토피아였다.

동현은 할아버지 이야기에 빠져들었다. 동현은 갈삼을 휘날리며 말을 달리는 정여립의 뒤를 쫓아 울끈불끈 초록으로 물든 천반산을 내달렸다. 대동이라고 쓴 깃발을 꽂아두었다는 우뚝한 깃대봉 정상에 다다르자, 언젠가 장편영화를 만들게 된다면 그 첫 번째 주인공은 정여립이 될 수밖에 없으며, 반드시 되어야만 한다고 굳게 믿었다.

정여립이 바둑을 두고 놀았다던 말바위에 앉아 물을 마실 때였다.

"하늘도 퍼렇고 땅도 퍼렇고 온 천지가 다 퍼런디 지금 하늘로 딱 올라가믄, 우리 대보大輔(정여립의 자) 선생이라도 만날랑가 말랑가…… 절실하제. 암, 절실하니게 살아야제. 어쩌겠는가?"

할아버지가 뜬금없는 말씀을 했다. 그때 동현은 할아버지 말씀을 오랜 세월을 살아온 늙은이의 밑도 끝도 없는 선문답 같은 것이라고 치부했었다. 하지만 어둔 밤 서울로 올라가는 버스 안에서 동현은 문득 스치는 생각이 있었다.

이제 더는 비가 와서는 안 된다는 이야기며, 동네 강아지 집 나갔다가 온 이야기며, 누군지 확실하지는 않지만 거시기 살 빠진 이야기며, 고춧금이 오를까말까 하는 이야기며, 다음번에 마트 갈 때 밀가루를 꼭 사야 한다는 이야기며, 그 집에 있는 동안 할아버지와 할머니는 잠시도 쉬지 않고 수많은 이야기를 나눴다. 그런데 정작 한마디도 나누지 않은 이야기가 있었다.

할아버지는 분명히 할머니가 서울에 계를 하러 다녀왔다고 했다. 할머니는 부정하지 않았고 할아버지는 그렇게 알았다. 그렇다면 서울에 다녀온 이야기는 그 순간 화젯거리여야 마땅하고 미주알고주알 이야기가 나왔어야 옳았다. 그러나 할아버지는 한마디도 묻지 않았고 할머니도 오는 길에 멀미가 심했다는 이야기 말고는, 그래서 동현이 도와줬다는 그럴듯한 거짓말 한마디 말고는 아무 말도 하지 않았다. 도대체 할머니가 서울에 가서 하는 계는 무슨 계인지, 누구누구랑 갔는지, 어디를 갔는지, 뭘 먹고, 뭘 구경하고, 무슨 일이 있었으며, 어디에서 잤는지,

잠깐만 생각해봐도 수많은 이야깃거리가 쏟아져 나와야 마땅할 소재였다. 그러나 할아버지는 단 한마디도 묻지 않았다. 또한 할머니도 그 이야기만큼은 다른 이야기 속에서 입을 닫았다.

할아버지는 알았다. 할머니의 비밀을 알았다. 절실하니까, 할아버지는 할머니가 절실하니까, 할아버지는 사실을 까발려 모든 것을 끝내기보다는 지금 이대로 할아버지와 함께하는 할머니 모습을 영원히 보고 싶었다. 절실했으므로 할아버지는 입을 다물었다. 잘못된 사회적 규범과 인간본능에 충실한 한 여자로부터 억울한 피해를 당해온 할아버지는 결국, 행복해졌다. 절실함은 모든 것을 견뎌냈다. 그게 다였다.

동현은 할머니의 비밀을 알았고, 할아버지의 비밀을 알았으며, 때로는 모든 것을 침묵하는 것이 행복할 수도 있다는, 세상의 은밀한 비밀 한 조각을 알게 됐다. 비밀을 알아버린 그날 밤, 치유가 필요했던 동현은 서울로 향하는 버스 안에서 스스로 치유됐다.

전주에 다녀온 다음날, 동현은 유정에게 만나자는 전화를 했다.

알았다고 대답하는 유정의 목소리는 가벼웠다. 그랬겠지, 얹힌 것처럼 부담스럽고 답답했던 순간들을 모조리 토해버렸으니 마음은 가볍고 또한 미래에 대한 계획으로 들떠 있지 않았겠는가? 물론 동현 앞에서는 가볍다는 사실을 가까스로 억눌러야만 했을 테고, 순간순간 인간적으로 미안한 마음이 드는 것도 사실이었을 것이다. 빌어먹을, 사실······.

동현은 유정과 처음 만났던 학생회관 앞에서 그녀를 만났다. 유정은 환한 미소에 미안한 미소를 절묘하게 섞으며 다가왔다. 동현은 어떤 감정도 꾸미지 않았다. 느끼는 대로, 느껴지는 대로 표정을 내버려두었다. 유정은 괜찮아? 라며 물었지만 동현은 대답 대신 손을 내밀어 악수를 청했다. 느닷없었는지 잠시 당황하던 유정이 손을 내밀어 동현 손을 잡았다.

여름날이었다. 하지만 유정 손은 차갑고 거칠고 건조했다. 그 어떤 느낌도 전해지지 않는, 무심하게 맞잡은 두 손. 한 번 그리고 두 번, 손을 흔든 동현은 유정 손을 놓고는 아무 말 없이 돌아서 갔다. 유정이 불렀다.

"동현아! 동현아, 잠깐만!"

동현은 걸음을 멈추고 유정을 돌아보았다. 금방이라도 눈물이 흘러내릴 것 같은 유정이 막 입을 떼려는 순간 동현이 먼저 입을 열었다.

"닥치고 그만 꺼져줄래?"

정확한 기억은 아니지만 그 순간 느끼는 그대로 표정을 내버려두었으니까, 동현은 아마도 웃었던 것 같다. 동현이 내뱉은 한마디에 유정이 스르르 무너져 내리는 것을 보았으니까. 분명한 것은, 그때 동현은 유정이 절실하지 않았다.

동현의 첫 번째 사랑은 그렇게 끝났다. 그날 이후 동현은, 실속 없이 쿨하거나 쓸데없이 터프하거나 아무도 행복하지 못할 프리는, 더 이상 하지 않기로 마음먹었다.

*

홍도가 미소를 머금는다.
"계단을 내려갈 때는 아마도 여자가 먼저 내려가는 것이 에티켓일 겁니다."
그렇구나…… 뜬금없는 홍도의 한마디에 동현도 미소가 번진다.

홍도는 이야기를 듣는 동안 단 한 번도 동현에게서 눈길을 멀리 하지 않았다. 고개를 끄덕였고, 입술을 앙다물었으며, 안타까운 미소를 지었고, 오직 동현만의 편이 되어주었다. 동현은 한마디 말도 없이 그저 온전히 들어주기만 하는 홍도가 좋았다.

말은 하느니보다도 듣느니 더욱더 힘이 세고 커 보였다. 홍도가 들어주기만 한다면 은밀하고, 추잡하고, 부끄럽고, 더러운, 차마 부모에게도, 그 누구에게도 말하지 못한 이야기일지라도 홍도에게는, 홍도에게만큼은 모조리 털어놓을 수 있을 것만 같았다. 그리고 털어놓고 싶다. 오롯이 내 편이 되어줄, 세상에 하나 뿐인 오직 한 사람…… 그러나 만난 지 이제 겨우 네 시간…….

하지만 홍도가 동현에게 세상의 오직 한 사람이 되지 말라는 법도 없지 않는가? 어쩌면 동현과 홍도는 전생에서 얽히고설켜 버린 실타래 같은 인연을 풀고 지금 이 순간 나란히 함께 앉아 있는 것일지도 모르는 일이니까!

그렇지만 혹시 홍도는, 지금 동현의 이야기를 들어주듯이 세상 그 누구의 이야기라도 이렇게 들어줄 수 있는 사람은 아닐까? 동현이 특별한 경우가 아니라 홍도라는 여자가, 특별한 사람인 것은 아닐까? 뜬금없지만 혹시 홍도는, 정말로 사백서른 세 살 먹은 여자가 아닐까? 동현은 서둘러 제 이야기를 마무리해야겠다고 생각한다. 홍도가 하는 이야기를 듣고 싶으니까, 인천공항까지는 이제 네 시간밖에 남지 않았으니까…….

의문

 동현은 정여립에 관한 모든 것들을 읽고 찾고 보고 쓰고 수집했다. 이성식 할아버지에게 천반산이 치유의 장소였듯이 동현에게는 정여립이 치유의 선물이었다. 그런데 동현은 정여립을 알면 알수록 도무지 이해를 할 수 없는 사실이 하나 있었다.
 인간의 자유와 평등을 주장하고, 선거에 의한 직접 민주주의의 가능성을 설파했으며, 국가의 위기를 미리 예견하고 스스로 군사를 길러냈던, 조선 역사상 가장 뛰어난 정치가였고 혁명적 사상가였던 정여립은, 도대체 왜 스스로 목숨을 끊었던 것일까?

 1589년 음력 10월 27일, 군기시 앞에서 펼쳐졌던 정여립을 비롯한 역적들의 책형은 한마디로 이벤트였다. 지치고 굶주리고 칭얼거리는 백성들을 달래기 위해 주상전하이신 임금이 베푸는 일종의 스트레스 해소용 빅 이벤트였고 페스티벌이었던 것이다. 그러나 역적들이 갈가리 찢기고, 태평성대가 올 줄로만 알았던 조선에서는 피바람이 불었다. 천여 명이 죽었다고 했다.

정여립과 편지를 주고받았다고 목을 베어 죽이고, 편지를 주고받은 사람은 안다고 곤장을 쳐 죽이고, 구촌지간이라고 한 나라의 정승을 고문해 골병이 들게 해 죽이고, 팔순노모에 처자식은 물론이거니와 하인들에 동네에 안면 있는 사람들까지 모조리 때려죽이고, 눈병이 나서 눈물을 흘렸다가 죽고, 기생이랑 헤어지며 울었다가 능지처참을 당하고, 이제 그만 죽이자고 했다가 죽고, 저놈은 본래 죽어야 하는 놈이라 죽고, 이놈은 저놈을 아는 놈이라 죽고, 요놈은 이놈을 모르는 놈이라 죽고, 사명대사와 서산대사도 관아에 끌려가 고초를 당하고, 기생 때문에 죽은 벗의 주검 앞에 진설을 하고 곡을 했던 당시의 정읍현감 이순신도 하마터면 금부에 끌려가 목이 날아갈 뻔했고, 나라의 곳간은 쥐떼가 들끓고, 무기고의 창칼은 녹이 슬어 부서지고, 백성들 태반이 거지떼가 되어 산천을 유랑하는데, 정여립이 죽고 그 후로도 스무 달이 넘도록 주상전하이신 선조는 윤허를 내리고 윤허를 내리며 윤허만 내렸다.

악하기는 어미를 잡아먹고 아비를 잡아먹는 효경보다도 심하고 독하기는 뱀과 살무사보다도 더한 역적 정여립은, 오백 년 조선 역사를 통틀어 가장 흉포하고 악독한 반역자로 낙인찍혔다. 조선이 망하고 식민지 시대를 거쳐 한반도에 국가 권력이 국민으로부터 나오는 공화국이 들어선 이후에도 정여립이라는 이름은 반역의 대명사였고, 정여립이 살던 고향은 반역의 땅이었으며, 정여립이 했던 생각은 어처구니없게도 불온한 사상이라고 불렸다.

정여립은 망했다. 망해도 쫄딱 망해버렸다. 그런데 도대체 왜, 정여립은 스스로 목숨을 끊었던 것일까?

기축옥사라고 불리는 정여립 모반 사건은 후대에 크게 두 가지 견해로 갈라졌다. 하나는 모반 자체가 없었는데 사건 전체가 조작되었다는 견해와 모반 자체는 있었지만 동인과 서인으로 나뉜 당파 싸움 때문에 사건이 너무 확대되어버렸다는 견해이다. 그러나 사실이 무엇이든지 간에 동현은 아무리 생각해도 정여립의 죽음 자체는 이해가 되질 않았다.

만약 모반 자체가 사실이었다면, 1589년 음력 10월 2일 역모에 대한 장계가 임금에게 전해진 이후 자결했다고 알려진 10

월 14일까지 13일 동안, 정여립은 왜 잘 훈련되고 언제든지 실전투입이 가능한 천여 명에 이른다는 용맹한 대동계원들에게 총동원령을 내리지 않았을까? 만약 상황이 여의치 않아 후일을 도모할 작정이었다면 조선 방방곡곡 수많은 심심유곡을 마다하고 하필이면 누구든지 알 만한 천반산에서 항상 타던 말도 타지 않은 채 아들과 대동계원 두 명만 달랑 데리고 어슬렁거리다가 죽는단 말인가?

만약 모반 자체가 아예 없었다면, 장계가 올라왔다는 소식을 듣자마자 당장 한성으로 말을 달려 역모를 발고한 자들과 대질신문을 자청하고 음모를 꾸민 무리를 발본하고자 했어야 정여립 스타일이라고 할 수 있다. 그런데 왜 아무것도 하지 않은 채 죽었단 말인가?

동현은 정말 궁금하고 이해할 수가 없었다. 모반이 사실이든 조작이든지 간에 정여립이 당시 천반산 현장에 있었다는 사실 자체가, 스스로 죽으려고 작정한 사람이 아니고서는 도저히 이해가 되질 않았다. 도대체, 왜?

이제 다 이루었다

"도대체 왜 정여립은, 죽도 할아버지께서는 스스로 돌아가셨을까요?"

한참 물끄러미 바라만 보던 홍도가 입을 연다.

"Dico vobis nisi granum frumenti cadens in terram mortuum fuerit……."

뭐지? 핀란드어? 라틴어? 아마도 라틴어다! 하지만 동현은 라틴어를 모른다. 홍도가 당황한 동현을 보더니 미안한 듯 이번에는 영어로 말을 한다.

"I say to you, unless the grain of wheat falling into the ground die, Itself remaineth alone. But if it die it bringeth forth much fruit. He that loveth his life shall lose it and he that hateth his life in this world keepeth it unto life eternal……."

내가 너희에게 말하노니, 밀알 하나가 땅에 떨어져 죽지 않으면 한 알 그대로 남아 있지만 만약 죽는다면 수많은 열매를 맺을 것이다. 누구든지 자기 목숨을 사랑하는 사람은 목숨을 잃을 것이지만, 이 세상에서 자기 목숨을 미워하는 사람은 목숨을 보존하며 영원히 살게 될 것이다…… 요한복음이다. 12장인가? 12장 24, 25절!

딱히 이유랄 것도 없이 이렁저렁 성당에 나가지 않은 지 벌써 십 년, 따지고 들자면 종교에 대한 당위성 자체가 없었기 때문이었지만, 동현은 초등학교에 들어가기도 전부터 아버지를 따라서 성당에 다녔고 대천사 미카엘 이름으로 세례를 받았으며 영성체를 모셨고 하느님을 믿고 따르겠노라고 약속을 한 적이 있었다. 그러므로 홍도가 영어로 말한 요한복음 한 구절을 알아차리는 것은 그리 어렵지가 않았다. 그런데 왜 성경을…… 죽는다면, 수많은 열매를, 영원히…… 순간 동현은 눈이 번쩍 뜨이는 것 같다. 홍도가 자치기 입을 빌려서 이야기하지 않았던가!

정여립은 달포간 천체를 살피다가 대동계를 해산시켰다. 해산한 대동계원들에게는 고향으로 돌아가 제가끔 대동계를 만들고 이끌라고 명령했다. 또한 리진길을 비롯한 관직에 있는 자들에게는 반드시 대동계를 금하라는 편지를 보냈다. 그리고 저 자신은 천반산으로 천제를 올리러 들어갔다.

비로소, 정여립에 관한 궁금증들이 비로소 한 줄로 주르륵 꿰어진다.

때가 아니다. 정여립은 성기星氣와 감여堪輿에 관한 한 당대 최고였다. 음험한 밤하늘의 별자리를 보며 정여립은 제 자신에게 닥쳐올 일들을 미리 봤을 것이다. 목이 떨어지고 팔다리가 끊어져 나가 까마귀밥이 되어 흔적도 없이 세상에서 사라진다고 해도, 대동계만은 반드시 지켜야 한다.

하지만 때가 아니다. 정여립은 조선 백성의 수준을 정확히 꿰뚫고 있었다. 제아무리 백성들에게 자유와 평등과 권리가 귀하고 소중하고 아름답다고 외쳐본들, 당장 목구멍을 넘어가는 밥 한 술만 할 것이며 장부를 녹여주는 국 한 그릇과 바꿀 것이며 만사 시름을 풀어줄 술 한 잔에 비할 수가 있었겠는가? 구슬려도 보고 타일러도 보고 나무라도 보았겠지만 정여립은 별수가 없었다.

하지만 지금은 때가 아니다. 정여립은 명분이 필요했다. 밥

홍도 153

한 술과 국 한 그릇과 술 한 잔이, 세상을 뒤엎는 빌미가 될 수 있을지는 몰라도 명분이 될 수는 없었다. 오직 주린 배만으로 명분을 삼는다면 그것은 반란일 뿐이고, 혼자만의 명분으로 세상을 뒤엎겠다면 그것은 반역일 뿐이었다. 정여립은 세상을 뒤엎는 명분을 백성들 스스로가 찾기를 바랐다. 하지만 백성들 수준이 일천하니 이를 어찌한단 말인가?

마침내 정여립은 대동계를 해산시키고 천반산에만 머물던 대동계원들을 조선팔도로 내려 보낸다. 계원들은 백성들 사이로 들어가 그들을 직접 가르치고 깨우쳐라! 또한 관직에 있는 이들에게는 필생금대동이라는 명령을 내린다. 자치기가 들고 나타났다던 편지는 죽음을 각오하고 대동계를 지키라는 반어법이 아니라 뜻 그대로였다. 반드시 살아서 대동계를 금하고 탄압하라!

이중플레이였다. 한쪽에서는 대동을 널리 가르치고, 다른 한쪽에서는 대동을 탄압하지만 그들은 결국 모두가 같은 대동계원들! 본래 백성이란 하지 말라하면 할수록 기를 쓰며 하겠다고 덤벼드는 게 백성들이니까! 대동계의 해산과 정여립이 내린 편지는, 백성들로 하여금 들불처럼 일어나게 만드는, 반란과 반역이 아닌 아래로부터의 진정한 혁명을 꿈꾸던 정여립의 카운터펀치였다.

역사는, 정여립의 뜻대로 굴러가지 않았다.

자치기가 들고 간 편지는 안타깝게도 리진길에게 전달되지 못했다. 다른 관직에 있는 자들에게는 어찌 됐는지 알 수가 없다. 하지만 다행히도 자치기가 들고 간 편지는 한백겸에게 전달됐다. 홍도의 말을 빌리자면 비록 대동계원은 아니었지만 정여립의 사상을 흠모했던 한백겸은, 양반들의 학문이 아닌 백성들을 위한 학문을 만들어 세웠고, 결국 백 년 이백 년 후 실사구시의 학문을 찾던 조선의 실학자들에게 한줄기 빛 같은 선구자가 되었다.

게다가 흔적도 없이 사라졌던 대동계는 임진왜란 이후 조선 팔도 마을마다 무슨무슨 대동계라는 이름으로 다시 생겨나 백성들의 민주적인 의결기구로 자리를 잡는다. 무예를 연마하고 군사조직으로 발전한 것은 아니었다. 그러나 그 전통은 조선시대 내내 이어졌고, 요즘도 대동계라는 이름으로 마을의 대소사를 주관하는 곳들이 제법 있으니까……

역사는 정여립의 뜻대로 굴러가지는 않았지만 세상에 그 흔적들만은 남겨놓았다.

그리고 하나 더, 홍도는 분명히 어릴 적 소리실에서 살던 집에는 하인들도 많고 제법 규모가 있었다고 했다. 하지만 한성으로 올라왔을 때는 달랑 초가집 한 채만 남았다고…… 정여립의 누이였고 리진길의 어머니였으며 홍도의 할머니였던 옥이라는 분은 혹시 정여립의 대동계를 위해 초기 자금을 댔던 것은 아닐까?

그동안 풀리지 않던 정여립에 관한 궁금증들이 비로소 한 줄로 주르륵 꿰어졌다.

정여립은 그랬다. 구차하게 살아서 임금의 먹잇감이 되느니 차라리 죽음을 택하겠다. 내 주검은 갈가리 찢겨서 조선팔도 방방곡곡에 내걸릴 것이고, 백성들은 악독한 저주를 퍼부으면서도 정여립이 누군지, 대동이 무엇인지 알게 될 것이다. 정여립은 스스로 목숨을 버림으로써 수백 수천의 또 다른 정여립들이 조선에서 나오길 바랐다.

"이제 다 이루었다……."

예수께서 십자가에 매달려 숨을 거두는 순간 마지막으로 했던 말씀을, 정여립도 이승을 떠나는 마지막 순간 하지 않았을까? 외롭고 고통스럽고 참혹한 순간 인간 예수가 하느님에게 모든 것을 맡기고 따랐듯이 인간 정여립도 일월성신이 정해준 대로 제 길을 갔을지도 모른다. 아니, 갔을 것이다.

왜 그동안 예수와 정여립을 연결시키지 못했을까? 성당에

나가지 않은 지 십 년, 눈에서 멀어지고 마음에서 멀어지니 생각에서조차 멀어져, 예수와 정여립을 연결시키지 못한 것은 어쩌면 당연한 일이었을지도 모른다.

 모든 것이 홍도 덕분이다. 홍도는 어떻게 알았을까? 어렴풋하던 홍도의 정체가 확실해진 것 같다.

 동현은 정여립을 주인공으로 한 영화를 만들겠다고 마음먹은 지난 칠 년간, 정여립이 왜 스스로 목숨을 끊었는지 고민할 적마다 밀어두고 외면하며, 다른 이야깃거리들을 찾아서 짧은 시나리오를 쓰고, 단편영화들을 찍고, 상도 타고, 해외 영화제에 초청도 받고, 말하기 좋아하는 녀석들에게는 단편영화계의 미다스 손이라는 소리도 들었다. 그러나 단 한 번도 정여립을 포기한 적은 없었다. 얼렁뚱땅 영화적인 구성과 문법으로 눙치고 카메라 워크와 편집으로 정여립의 죽음을 포장할 수도 있었다. 하지만 그러고 싶지 않았다. 정여립의 마음을 알지 못하고, 정여립에게 다가가지 못하고 정여립의 영화를 만든다는 것은 스스로 창피한 일이라고 생각했다. 그리고 언젠가는 마침내 모든 것들이 주르륵 한 줄로 꿰어질 것이라고 믿었고, 또 그렇게 되기를 바랐다. 그런데 그 순간이 바로 지금 찾아왔다. 반타공항에서 인천공항으로 향하는 비행기 안에서 엉켜 있던 실타래가 순식간에 풀려버린 것이다.

동현은, 비록 정여립이 역사 속에서는 비참하고 참담한 결론이었지만, 영화에서만큼은 찬란하고 멋진 픽션으로 되살아나기를 바랐다. 그것이 동현을 분노로부터 치유시켜준 정여립에 대한 보답이고, 기축옥사에서 어이없이 죽어간 영혼들을 위한 진혼이 될 것이라고 믿었다.

"홍길동, 전우치, 일지매만 날아다니던 조선 땅에 정여립이 나타날 겁니다. 칡으로 만든 갈삼을 입고 날개 달린 말을 타고 이 봉우리에서 저 봉우리로 날아다니는 정여립! 풍전등화, 누란지세에 처한 조선을 구할 천하의 비기를 찾기 위해 백성들과 함께 왜구들을 물리치고 악귀들과 싸우는 정여립! 혹시 홍도 씨가 아실지 모르겠지만 죽도 할아버지는 여자관계가 꽤나 복잡했습니다. 하지만 모두 오미트omit! 오직 한 여자만을 사랑하는 정여립! 저는, 정여립을 주인공으로 한 스펙터클 서스펜스 판타지 로맨스 영화를 만들 겁니다."

홍도 얼굴에 한가득 미소가 머문다.

"꼭 영화로 보고 싶습니다. 말은 하얀 말로 하세요. 죽도 할아버지는 하얀 말을 타셨거든요."

그래, 바로 이 순간이다. 지금이야말로 홍도의 정체를 밝힐 그 순간!

"작가시죠?"

홍도가 미소로 바라본다. 긍정? 부정? 아니면 정곡을 찔린 페인트모션?

"정여립에 관한 소설이나 논문, 신문기사, 텔레비전 드라마와 다큐멘터리, 만화에 영화까지 정여립 이름만 나오면 하나도 빼놓지 않고 모두 읽고 봤다고 자부하지만 정여립 생질인 리진길이나 그의 가족들 그리고 한백겸이나 자치기라는 인물을 등장시켜 이야기를 풀어간 것은 그 어디에도 없었습니다…… 소설을 쓰시는 거죠?"

홍도가 살짝 고개만 젓는다.

"아니면 드라마 작가? 혹시 저처럼 영화 시나리오를 쓰시는 겁니까?"

홍도가 고개를 저으며 미소만 짓는다. 작가가 아니라면 나머지는 단 한 가지뿐이다.

"전공이 한국사군요? 정여립에 관한 연구를 하셨습니까?"

"아뇨, 모두 아닙니다."

분명히 까만 눈동자는, 모두가 다 아니라고 한다. 그럼 도대체 이 여자의 정체는 뭐란 말인가?

"그렇다면, 홍도 씨는 어떻게 예수와 정여립을 연결시키신 겁니까?"

"저절로 생각났을 뿐입니다. 아마도 이야기들 속에 이미 답이 있었던 듯도 싶습니다."

지난 칠 년간의 고민을 홍도는 저절로 알았다고? 게다가 이미 이야기 속에 답이 있었다고?

"저는 동현 덕분에 그간 알지 못하던 아버지와 죽도 할아버지의 많은 이야기들을 알게 되었습니다. 더구나 도시 떠오르지 않던 낭관 어른의 휘자도 알게 되었으니 참으로 고맙습니다."

동현은 문득 자괴감이 든다. 홍도는 지난 칠 년간 동현이 수없이 고민하던 문제를 한순간의 생각만으로 저절로 알아버렸고, 동현이 끊임없는 의심과 추론으로 확신해 마지않던 홍도의 정체에 대한 결론을 한순간의 미소만으로 모조리 날려버렸다. 그래? 모두 다 틀렸다면 에둘러치지 말고 직접 캐묻기라도 해야 한다.

"홍도 씨는 정말로, 1589년 조선을 뒤흔들어버린 정여립의 손녀뻘이 되시고 정여립의 생질이며 예문관 검열이었던 리진길의 외동따님이십니까?"

"예."

대답은 더할 나위 없이 깔끔하다. 예…… 홍도의 정체가 밝혀지는 순간 박수를 하며 멋진 웃음을 터뜨리기로 했던 계획은 이제 산산이 부서졌다. 아무리 그렇다고 사백서른세 살이라니, 솔직히 이건 너무하지 않는가?

"올해로 사백서른세 살…… 사람이 사백 년을 넘게, 더구나 늙지도 않은 채 살아왔다는 것은 물리적으로 결코 가능한 일이 아니죠."

하지만 찰나의 순간, 모든 것을 용서하고 모든 것을 침묵시켰던 그 순간, 홍도의 정체는 이미 동현에게 중요한 문제가 아니었을지도 모른다. 더구나 동현은, 홍도처럼 정여립을 죽도 할 아버지라고 불렀고 리진길을 홍도 씨 아버님이라고 불렀으며 한백겸을 어른이라고 부르지 않았던가? 반신반의하면서도 동현은 홍도가 하는 이야기들 속에 푹 빠져 있었다. 그렇다면 지금에 와서 홍도의 정체로 왈가왈부하거나 또다시 의심과 추론과 확인으로 시간을 허비할 필요는 없지 않은가? 지금 동현은, 홍도가 하는 이야기를 듣고 싶고 홍도를 바라보고 싶고 그저 홍도를 느끼고 싶을 뿐이다. 이제야 비로소 마음이 편해진다. 아무렴 어때…….

"제 스크랩북에는 더 이상 볼 내용이 없군요. 하지만 궁금합니다. 남아 있는 시간들을 도대체 어떻게 설명하실 건지, 도대체 앞으로 어떻게 되는 건지 정말, 궁금합니다."

동현이 스크랩북을 덮는다.

홍도가, 동현이 덮은 공책을 물끄러미 바라본다. 붉고 파랗고 노란 비단 천들이 겹치거나 다투지 않은 채 한 덩어리를 이룬 곱디고운 공책. 한눈에 홍도 눈길을 사로잡았던 동현의 공책은 그 겉장마저도 알록달록하니 비단 천으로 만들어져 곱고 예쁘다. 아마도 동현이 그런가보다. 동현이 한참을 물끄러미 바라만 본다. 참으로 다음 이야기가 궁금한 모양이다. 어디부터 이야기를 해야 하나?

홍도가 가물가물한 기억들을 더듬어간다.

오라버니

눈이 내리었다.
눈물이 흘렀다.
바람이 불었다.
얼굴을 묻었다.

"오라버니……."
바람 소리에 미쳐 잘못 들었으리라. 자치기는 눈 속에서 발을 빼내며 걸음을 옮겼다.
"자치기 오라버니……."
멈춰 섰다. 결코 잘못 들은 소리가 아니었다. 등에 업힌 홍도 목소리였다.

"날 버리지 마시오. 오라버니는 아프지도 말고 다치지도 말고 죽지도 마시오."

자치기는 멈춰선 채로 얼어버렸다. 가랑잎 모양으로 업혀 있던 홍도가 자치기 목을 꼭 그러안았다.

"난 죽지 않을 것이야. 널 버리지도 않을 것이고…… 언제나 늘 네 곁에 함께 머물 테니 울지 마라. 다시는 울지 마라 홍도야……."

하지만 자치기 등에 얼굴을 묻은 홍도는 주책없는 눈물을 흘리고 또 흘렸다.

홍도는 그날 이후 자치기를 오라버니라고 불렀다. 자치기 오라버니…….

끝도 없이 걸었다. 몇 날을, 족히 몇 달을 그렇게 세상 어딘지도 모르고 걷고 또 걸었다. 그러다가 산중에 움집을 짓고 살았다. 그러다가 사람이라도 만나면 다른 산중으로 들어가 또다시 움집을 지었다. 이 산 저 산을 옮겨 다니며 인적이 없는 곳으로만 숨어 다녔다.

꿩, 톳기(토끼), 쏘가리, 메기, 게 그리고 돝(돼지)…… 자치기는 산이며 들이며 개울에서, 짐승이며 비린 것들을 잡아왔고, 홍도는 곱디고운 옥 같은 할머니 어깨 너머로 배운 솜씨로 먹을거리들을 만들었다. 자치기는 고량진미가 따로 없다며 먹고 또 먹었고, 홍도는 만들고 또 만들었다. 상중에는 소素를 하여야 마땅한 일이었지만 홍도와 자치기는 그렇게 살기 위해 살아냈다.

『삼국연의』『강호호객전』『서유기』『태평광기』『수신기』『수당지전』…… 도대체 어디서 무슨 수로 구해왔는지 알 수는 없었지만, 자치기는 한백겸 어른께서 주신 패물로 명나라에서 들어온 수많은 서책들을 구해왔다. 홍도가 칡뿌리라도 질겅질겅 씹으며 개울가 너럭바위에 누워 신묘하고 불측한 이야기들을 읽어 내리면, 자치기는 나무를 깎아 만든 창칼을 들고 이리 뛰고 저리 뛰며 이야기들 속 사내들이라도 된 양 용감하고 무쌍하게 한바탕을 놀고 또 놀았다.

이가 빠진 자리에는 새로이 이가 돋았고, 울음만 나올 줄 알았던 입가에서는 웃음도 나왔다. 애통하고 망극하기 그지없는 세월이었지만 홍도는 자치기 덕분으로 그 세월을 이리저리 잘도 견디어냈다.

기축년이 지나고 경인년, 신묘년을 거쳐 임진년(1592년) 어느 여름날이었으리라. 자치기가 이제 그만 탈상을 하자고 했다. 햇수로 세 해나 지났고 더구나 곱디고와야 할 처자가 해지고 낡아 꿰매고 기운 소복을 입고 다니면 할머님이 좋아하시겠느냐 아버님이 좋아하시겠느냐, 하며 홍도를 구슬렸다. 그도 그럴 것이 어느새 몸집이 자란 탓에 입성이 하나같이 작아 마뜩찮았다. 홍도는 마지못한 척 그러겠노라며 고개를 끄덕였다. 얼씨구, 자치기는 한백겸 어른께서 주신 두루주머니에서 마지막으로 남은 옥비녀를 꺼내 보이며 신나했다.

"요걸로 백릉에 벽라에 나의도 지어 입고 붉디붉은 제비부리댕기도 새로 장만하자꾸나!"

제 입성은 해지고 낡아 바람이라도 불라치면 속살이 훤히 들여다보이던 자치기는, 산중에서 누가 본다고 여인은 입성이 고와야 한다며 마치 제 옷이라도 새로 하는 양 들썩들썩했다. 하지만 붉은 제비부리댕기…… 할머니가 머리를 곱게 빗어 땋아 묶어주시던 붉은 제비부리댕기, 햇살 좋은 개울가에 나란히 앉아 삐져나왔느니 틀어졌느니 갖은 타박에 멍추 얼뜨기 허튼뱅이 온갖 구박을 다 받으면서도 배알도 없는지 헤헤거리며 결국에는 한나절이 걸려서라도 자치기가 묶어주고야 말던 붉은 제비부리댕기만은, 그대로 두고 싶었다.

"옳지, 닭도 한 마리 팔아야겠구나. 수탉은 시끄럽기만 할 테니 암탉이 좋을 게야. 우리 홍도, 산새 알 물새 알 말고 닭 알도 한 번 먹어보자꾸나!"

"한데, 오라버니 어찌 이리도 고요할까?"

아무도 없었다. 사람은커녕 개 한 마리 닭 한 마리도 보이질 않았다.

"역병이라도 돈 겐가? 여보시오, 아무도 없소!"

산중을 내려와 맨 처음 들어선 마을은 텅 비어 있었다.

"오라버니, 저기!"

등짐을 지고 봇짐을 둘러멘 사내 서넛이 허겁지겁 스쳐갔다.

"대관절 무슨 일이요? 어찌 이리들 정신이 나간 거요?"

"왜구가, 왜구가 쳐들어왔소이다. 어서 피하시오!"

"예가 어디기에, 경상도도 아니고 전라도도 아닐진대 어찌 놈들이 쳐들어온단 말이오?"

"세상물정이 깜깜해도 유분수지. 예는 함경도 길주 땅이요. 엊그제 북청, 단천까지 왜구들 손아귀에 떨어졌으니 목숨이라도 부지하려면 서둘러 피해야 할 것이오."

지난 사월에 경상도 땅으로 몰려든 왜구들이 한나절도 안 돼 부산진과 동래성을 쓸어버리고 단숨에 한성까지 밀고 올라왔다고 했다. 주상인지 술상인지 하는 임금이라는 자는 궁궐을 내팽개치고 개성, 평양을 지나 의주 땅까지 올라가 압록강 너머 명나라로 도망을 할 작정이라고도 했다.

"스승님께서 왜구들이 미구에 재침할 거라고 하셨지……."
홍도는 자치기 손을 꼭 움켜쥐었다.

붉은 제비부리댕기

 봇짐에 등짐을 이고지고 변란을 피해 도망하는 백성들 행렬이 북으로, 북으로 이어졌다. 홍도와 자치기도 그들 틈에 섞여 꼬박 하루 반나절을 걸어 함경도 경성 땅에 다다랐다.
 경성은 난리를 피해온 백성들과 그동안 보이지 않던 창을 들고, 칼을 차고, 활을 메고, 말을 탄 조선 군사들이 뒤섞여 복대기었다.

 "피란한 자들은 모두 관아 앞으로 모이시오!"
 피란한 백성들은 군사들이 모는 대로 경성 관아 앞 너른 공터로 우르르 몰려갔다. 홍도는 자치기가 이끄는 대로 백성들 맨 뒤편, 공터가 한눈에 들어오는 곳에 자리를 잡고 사방을 둘러보았다. 걱정 많은 사내들과 여인들, 칭얼거리는 젖내기들과 세상모르고 키득거리는 어린아이들에, 지팡이를 짚은 퀭한 늙은이들까지 어림잡아 사오백 명은 족히 될 성싶은 백성들이 너른 공터에 자리를 잡았다. 창칼을 든 군사들은 백성들을 좌우로 둘러싸며 이중 삼중으로 서립했고, 그 뒤편으로 말을 탄 군사들이 요란한 말굽소리와 함께 도열했다.

솟을대문에 문루를 올린 관아 대문 앞에는 갑주를 입고 겨드랑이에 칼을 찬 무관들 열댓 명이 줄줄이 늘어서 있었고, 그 옆으로는 파란 철릭과 붉은 철릭을 입은 양반 사내들 스무여 명이 봇짐을 지거나 등짐을 땅바닥에 내려놓고는 웅성거렸다.

뿌우, 난데없는 나각 소리가 울려 퍼졌다.

"물렀거라! 임해군 마노라, 순화군 마노라 행차시다. 물렀거라!"

동개를 메고 칼을 찬, 누르스름한 직령을 입은 사내들 열댓 명이 관아 앞마당에서 우르르 몰려나와 대문 기단을 빙 둘러쌌다. 곧이어 쇳소리가 요란한 갑주를 입은 늙수그레한 장수가 앞으로 나섰다.

"모두들, 예를 갖추라!"

무관들과 양반들은 읍을 했고, 군사들은 고개를 숙였다. 백성들은 너나 할 것 없이 땅바닥에 엎드리기 시작했다. 홍도와 자치기도 눈치를 살피며 엎드리는 시늉을 했다.

"네놈들은 모두 죄인이다!"

홍도는 자치기를 보았다. 자치기는 이미 고개를 들고 관아 대문을 노려보고 있었다. 대문 기단에는 가슴과 양 어깨에 금박으로 용을 박아 넣은 붉은 철릭을 입고, 호박과 마노와 청금석을 줄줄이 매달고, 공작 깃털을 꽂은 붉은 주립을 쓴, 자치기 오라버니 또래쯤으로 보이는 사내와 홍도 또래쯤으로 보이는 사내아이가 버티고 있었다. 홍도 또래쯤의 사내아이는 임금의 육자六子인 순화군이라고 했고, 자치기 또래쯤의 사내는 적자는 아니지만 임금의 장자인 임해군이라고 했다.

"흉악무도한 왜구들이 영토를 유린하고 종묘와 사직이 풍전등화에 처했는데 어찌하여 백성들이 보퉁이를 싸매들고 줄행랑을 친단 말이냐! 네놈들을 모조리 군율에 따라 엄히 다스릴 것이다!"

등편을 쥐고 흔들어대는 임해군 목소리는 우렁찼다. 하시만 백성들은 얼토당토않다며 수군거렸고 금방이라도 우르르 일어날 기세였다. 그러나 쩌렁쩌렁 울리는 임해군 목소리는 웅성거리는 백성들을 단숨에 잠재워버렸다.

"하나 나는, 어리석고 사리에 어두운 네놈들에게 자비를 베풀 것이니 올해로 열여섯 살이 넘은 사내들은 즉시로 군적에 이름을 올리고 나를 따라 왜구들과 맞서 싸우라. 이것만이 네 놈들의 죄를 씻는 길이며 조선의 백성된 도리라 할 것이다!"

정적이 흘렀다.

철렁철렁, 늙수그레한 장수가 쇳소리를 내며 정적을 깨더니 입을 열었다.

"임해군 마노라, 신 북병사 한극함 아뢰겠나이다. 미욱하오나 신에게는 여진족과 맞서 싸우며 단련되고 훈련되어진 동북 육진의 갑기甲騎가 족히 오천은 되옵니다. 한데 목하 오합지졸의 장정들을 차출하신다면 전장에서는 오히려 해가 되지 않을까 저어되옵니다."

"닥쳐라! 훈련하고 이끌면 될 것을! 명색이 장수란 자가 군사를 탓하려 드느냐?"

북병사 한극함은 더는 입을 열지 못한 채 임해군에게 읍을 하고는 백성들에게 소리쳤다.

"열여섯 살이 넘은 장정들은 속히 일어나 지엄하신 명을 따르라!"

사내들 몇몇이 자리를 털고 일어섰다. 하지만 여인들과 늙은 이들이 매달려 우는 바람에 사내들은 이러지도 저러지도 못한 채 머무적거렸고, 은근슬쩍 다시 자리에 앉는 사내들도 있었다.

"오라버니……."

홍도는 자치기 소맷부리를 움켜쥐었다.

"나는 가지 않을 것이니 염려 말거라."

자치기가 두 손으로 홍도 손을 감싸며 말을 이었다.

"저 임해군과 순화군이란 자들은 결코 전장에 나설 자들이 아니란다."

홍도는 자치기 눈길을 좇아 대문 너머 관아 앞마당을 바라보았다.

"보거라. 아녀자들을 이끌고 전장에 나서는 자들이 어디 있겠느냐?"

갑사로 지은 비단옷을 입은 스무댓 명쯤 되는 여인들과 아이들이 옹기종기 모여 있었다.

소요가 일었다. 군사들이 백성들 사이에서 열여섯 살이 넘어 보이는 사내들을 끌고 나갔다. 살려주시오! 나는 환삽이 님은 병신이올시다! 아이고, 이놈은 아직 열 살도 안 됐습니다! 부둥켜안고, 울고, 매달리고, 잡고, 늘어지고, 소리치다가 까무러치고, 난리가 따로 없었다.

"마노라! 임해군 마노라!"

군사들에게 끌려가던 젊은 사내 하나가 임해군과 순화군이 있는 기단을 향해 달려들었다.

"마노라께서는 어찌하여 백성의 도리만을 말씀하십니까?"

대문 기단을 둘러싸고 있던 누르스름한 직령을 입은 사내들이 젊은 사내를 단숨에 뭉갰다.

"두어라!"

명을 받은 사내들이 물러서자 순식간에 피칠갑이 된 젊은 사내가 고개를 들었다.

"방자한 놈, 네놈이 짐짓 도리를 아는 모양인데 또 어떤 도리가 있더냐?"

피칠갑이 됐을망정 젊은 사내는 당당했다.

"임금의 도리입니다. 백성들과 구중궁궐을 내팽개치고 야반도주를 하더니 여차하면 명나라로 망명을 할 작정으로 조선의 땅끝 의주에서 세월을 보내는 임금께는 도대체 무슨 도리가 있다는 말씀입니까?"

"무어라!"

이번에는 늘어섰던 무관들이 우르르 칼을 뽑아들더니 젊은 사내를 향해 겨눴다. 젊은 사내는 시퍼런 칼날 앞에서도 여전히 당당했다. 임해군은 보일 듯 말 듯 미소를 짓더니 등편을 흔들어 무관들 또한 비켜 세웠다.

"오호라, 임금도 도리를 못하는데 백성이 무슨 도리를 다하겠느냐? 듣고 본즉 옳은 말이다. 옳은 말을 했으니 일어나라. 네놈은 싸우러 나서지 않아도 된다."

임해군은 좌중을 둘러보며 목소리를 높였다.

"도리를 아는 자가 또 있느냐? 군역을 면해줄 테니 서슴지 말고 나서라!"

잠시 정적이 흐르더니 이번에는 늙은이 하나가 일어나 소리쳤다.

"임해군 마노라! 비록 현하가 미증유의 난리이기는 하오나 천지에, 장자가 아닌 차자에게 세자 자리를 내주고 종묘와 사직을 맡기다니 이는 천부당만부당한 처사이며 고금의 도리 또한 아닌 줄로 아뢰옵니다."

"통재라! 내 비록 적통은 아니나 엄연한 장자이거늘 내 아우인 혼琿(광해군)에게 세자 자리를 내주다니 이를 어찌 제대로 된 도리라 하겠느냐? 늙은 자가 내 속까지 헤아리다니, 가상하고 가상토다…… 고금의 도리를 아는 옹께서 옳은 말을 했으니 자와 손들도 함께 나오너라. 너희들도 싸우러 나서지 않아도 된다!"

젊은 사내와 늙은이와 늙은이 자식과 손자들이 앞으로 나와 기단 앞에 줄줄이 섰다. 피칠갑을 한 젊은 사내는 미소가 가득

홍도 175

했고, 늙은이와 자손들 또한 가슴을 펴고 득의양양했다.

"도리를 아는 자가 더 있느냐? 이자들이 옳다고 생각하는 자들 또한 모두 나오너라."

하지만 백성들은 수군거릴 뿐 아무도 나서지 않았다. 기단 앞에 선, 도리를 아는 사내들 얼굴에 얼핏 불안한 기색이 스치는 순간이었다.

쨍, 칼날이 허공을 갈랐다. 임해군이, 북병사 한극함이 차고 있던 칼을 뽑아들더니 단숨에 기단을 뛰어내려 늙은이 목을 쳤다. 늙은이는 피를 뿌리며 고꾸라졌고, 기겁한 자식과 손자들 또한 미처 소리조차 지를 틈도 없이 임해군이 휘두르는 칼날에 쓰러졌다. 임금의 도리를 논하던 피칠갑을 한 젊은 사내는 도망을 하다가 무관들에게 가로막혔고, 역시나 임해군이 휘두르는 칼날에 목이 날아갔다.

홍도 또래쯤이던 순화군은 무관들이 겨드랑이에 찬 칼을 양손으로 뽑아들더니 칼날에 쓰러진 늙은이 자식과 손자들을 찌르고, 자르고, 가르고, 난도질하며 웃었다. 순화군은 미치광이였다.

여인들은 비명을 질렀고, 아이들은 울부짖었으며, 늙은이들은 넋을 놓았고, 사내들은 땅바닥에 납작 엎드리거나 사방으로 흩어져 도망했다. 아수라가 따로 없고 지옥이 따로 없었다.

"도망하는 자들을 모조리 추포하라! 저항하는 자들은 척살하여도 무방하다!"

임해군이 피 묻은 칼을 휘두르며 명을 내렸다. 창칼을 치켜든 군사들은 도망하는 사내들을 쫓아 사방으로 흩어졌고, 한편에서는 서슬 퍼런 군사들이 땅바닥에 엎드린 사내들을 무리 밖으로 끌어내 무릎을 꿇렸다.

"오라버니······."

한동안 군사들이 움직이는 모양을 지켜보던 자치기가 홍도를 들쳐업었다.

"됐다······ 홍도야!"

우아아아······ 홍도를 업은 자치기가 말을 탄 군사들을 향해 소리를 지르며 냅다 뛰기 시작했다. 우아아아아······ 자치기 등에 업힌 홍도도 자치기를 따라 두 팔을 내저으며 소리를 질렀다. 기겁한 말들이 놀라 앞다리를 치켜들고 펄쩍거렸다. 엽렵했다. 바람 모양으로 가볍고 살 모양으로 날래게, 자치기는 필찍거리는 말들 사이를 요리조리 헤치며 민가들이 있는 곳을 향해 뛰었다. 이리 뛰고 저리 뛰는 말들 때문에 난리가 난 사이, 사내들 몇몇이 자치기와 홍도를 따라 도망을 했다.

두엄 냄새가 코를 찔렀다.

홍도와 자치기는 어느 집 두엄간에 있었다. 두엄더미 속을 헤집고 들어가 똬리를 틀었다. 홍도는 아무 생각도 나지 않았다. 그저 숨만 쉬었다.

"홍도야. 혹여 우리가 헤어지는 일이 생기거든……"

"아니 됩니다! 아니 돼요, 오라버니!"

순간 자치기가 홍도 입을 틀어막았다.

후다닥, 두엄간 앞으로 사내들이 스쳐갔다. 잡아라! 군사들 서넛이 그 뒤를 쫓았다. 조선의 군사들이 조선의 백성들을 쫓고 있었다.

"만약을 대비코자 함이니 놀라거나 저어할 일이 아니다. 알겠느냐?"

홍도가 끄덕이자, 자치기가 틀어막고 있던 손을 떼었다.

"홍도야, 관아 마당에 있던 아녀자들 말이다…… 무슨 일이 있어도 그들 무리에 끼어들어야 하느니라. 조선 백성들이 다 죽어나가도 그들만은 살아남을 것이고 네가 그들과 함께만 있다면 무탈할 것이니 꼭 그리하여라. 그리고 후에 만리현 집에서 다시 보자꾸나…… 알겠느냐, 홍도야?"

홍도는 눈물을 삼켰다. 자치기가, 자치기 오라버니가 만약이라고 하지 않는가? 만약은 만약일 뿐이리라. 자치기가 허리춤에서 무언가를 꺼내 홍도에게 건넸다. 자치기 알이었다. 오래전 소리실 마당에서 처음 만나던 날, 낮도깨비 자치기가 가지고 놀던 바로 그 자치기 알이었다.

自治己.

자치기 알에는 칼로 새긴 글자들이 도드라져 있었다. 오라버니 이름이었다.

"스스로 다스리는 몸……."

"홍도가 지어준 내 이름이지…… 꼭 갖고 있어라. 자치기 알은 말이다, 천 자를 날아가든 만 자를 날아가든 제 주인이 올 때까지 우두커니 기다리는 법이란다. 기다리고 기다리다 보면 언젠가는 반드시 올 테니까, 홍도가 이걸 가지고 있으면 내, 꼭 찾으러 가마……."

"오라버니가 주인이고 나는 자치기 알이란 말이네."

"홍도가 주인을 하고 내가 자치기 알이 될까?"

절레절레, 홍도는 고개를 저었다.

"아니요. 기다릴 테요. 내가 알이 되어 자치기 오라버니를 꼭 기다릴 테요."

자치기…… 어릴 적 철없이 헛으로 지은 이름이었다. 헛으로 지은 이름에 뜻을 새겨 이름자를 지었으니, 저절로 우연인 법은 없는 모양이었다. 놀이삼아 붙여본 자치기는, 어느덧 오라버니 이름이었고, 오라버니가 되어 있었다. 스스로 다스리는 오라버니…….

자치기가 커다란 두 손으로 홍도 두 볼을 감쌌다. 유난히도 춥던 기축년 그날, 아버지가 소의문 앞에서 홍도 두 볼을 감싸주셨듯이 그렇게 꼭 감싸주었다. 홍도는, 아버지가 감싸주셨을 때는 눈을 감았지만 이번에는 눈을 감지 않았다. 눈을 뜨고 자치기 눈을 바라보았다. 홍도는 먹빛 모양으로 까맣고 물빛 모양으로 반짝이는 자치기 눈을 벌컥거리는 심장 한구석 오목하고 깊숙한 곳에 곱게 새기고 새기어 두었다. 자치기가 환하게 웃었다.

우르르, 무관과 군사들 서넛이 몰려왔다.

홍도와 자치기는 숨을 죽였다. 두엄간 앞을 지나쳐가던 군사 하나가 무심코 창을 들어 두엄더미를 찔렀다. 두엄더미를 뚫고 들어온 창끝이 홍도 눈앞에서 멈췄다. 숨도 쉴 수 없었다. 자치기는 얼른 홍도를 끌어안아 품에 넣었다. 그때였다.

"찔러라!"

두엄더미를 힐끗 본 무관이 군사들에게 명을 내렸다. 하지만 코를 틀어막은 군사들은 서로 눈치만 살피며 머뭇거렸다.

"뭣들 하느냐, 찌르라는데!"

무관이, 군사가 들고 있던 창을 낚아채더니 두엄더미를 푹 찔렀다.

날카로운 창끝이 홍도를 감싸안은 자치기 팔뚝을 스쳐갔다. 자치기는 더욱더 옹송그렸다. 푹, 이번에는 자치기 머리터럭을 스쳤다. 다음번은 분명히 목울대를 향해 날아들 것 같았다. 자치기가 속삭였다.

"홍도야, 저들이 찾는 건 사내뿐이다……."

군사들이 무관을 따라 두엄더미를 향해 창을 치켜들었다.

"멈추시오! 멈추시오!"

자치기는 홍도가 붙잡을 새도 없이 두엄더미에서 뛰쳐나갔다. 오라버니…….

똥을 뒤집어쓰고 재를 뒤집어 쓴 자치기가 번쩍 손을 치켜들고 군사들에게 달려들었다. 놀란 군사들이 코를 틀어막으며 자치기를 피했다.

"잡아라!"

그 순간 자치기가 창 하나를 낚아채더니 대그르르 몸을 굴려 저만치 멀어져갔다. 아마도 자치기는 홍도가 있는 두엄간에서 멀어져야겠다고 생각한 모양이었다. 하지만 두엄간에서 멀어지는 자치기 앞으로 또 다른 군사들이 우르르 몰려왔고, 자치기는 막다른 구석에 몰린 생쥐 꼴이 되고 말았다.

홍도 181

홍도는 두엄더미 사이로 자치기를 지켜보았다. 오라버니, 살아남으려면 말을 하시오. 청산유수, 오라버니 말이면 저들의 환심을 사고도 남을 것이고, 반드시 살아남을 것이요. 말을, 말을 하시오, 오라버니…….

"덤벼라!"

덤비라니…… 말을 한 것은, 입이 아니라 주둥이였다. 주둥이란 놈이 아무 생각도 없이 혼자서 내뱉은 말이었다. 한 놈, 두 놈, 세 놈까지라면 몰라도 넷, 다섯, 여섯 그리고 무관까지 일곱. 중과부적! 아, 저런 낮도깨비를 보았나? 자치기는 대거리라도 할 듯이 빙 둘러싼 군사들을 향해 창을 겨누었다. 도대체 무슨 수로 자치기 주제에 일곱을 감당한다는 말인가? 아무래도 자치기 오라버니는 미친 것 같았다.

"덤벼라, 이놈들아!"

오라버니! 제발 좀, 이놈의 자치기야! 머리통이 달렸으면 생각이란 놈을 좀 해라, 생각을! 홍도는 간절하게 바랐다. 빌어라! 덤빈다고 될 일이 아니니 제발 빌기라도 해야지! 미치광이 짓에 병신 짓을 해서라도 살아야 할 것이 아니냐, 자치기야! 홍도는 새까맣게 속이 탔다.

"꼬락서니들 하고는, 덤비라니까 이놈들아!"

아, 머리통은 무겁게 왜 달고 다니누? 저놈의 낮도깨비 자치기는 미친 것이 분명했다.

"쳐라!"

무관이 칼을 치켜들었다.

"안 돼, 안 돼, 아니 됩니다!"

두엄더미를 뛰쳐나간 홍도가 무관의 허벅지에 매달렸다.

"살려주시오! 살려주시오!"

아뿔싸, 비로소 정신을 차린 자치기가 들고 있던 창을 얼른 내던지고는 두 손을 번쩍 치켜들었다. 무관은 홍도를 떼어내려고 안간힘을 썼지만, 홍도는 두 손으로 깍지를 낀 채 무관의 허벅지에서 떨어지지 않았다. 무관이 당장이라도 벨 듯이 칼을 치켜들었다.

"홍도야! 그만, 그만, 떨어져라!"

홍도는 자치기가 지르는 소리에 힘이 쫙 빠지며 깍지가 풀렸다. 무관이 홍도를 발로 걷어찼다. 정신이 번쩍 들었다. 나뒹군 홍도는 벌떡 일어나 소맷부리에서 한백겸 어른이 주신 두부수머니를 꺼내 무관에게 보였다.

"목숨만은, 자치기 목숨만은, 오라버니 목숨만은 살려주십시오!"

무관은 두루주머니를 낚아채더니 들어 있던 옥비녀를 꺼내

보았다. 홍도를 보고 자치기를 보고, 무관은 군사들에게 고갯짓을 하며 자치기를 데리고 가라는 시늉을 했다.

홍도가 두 팔을 쫙 벌리고 무관 앞을 가로막았다.

"목숨만은, 오라버니 목숨만은 살려주시기로 약조하신 겁니다!"

"약조했느니라. 네 오라비는 전장에 나가 왜구들과 맞서 싸울 것이다."

홍도가 군사들에게 둘러싸인 자치기에게 다가갔다. 당당한 걸음걸이 때문이었는지 무관과 군사들은 그저 지켜보기만 했다. 홍도는 자치기가 한나절이 넘게 걸려 묶어준 붉은 제비부리댕기를 풀어 피가 흐르는 자치기 팔뚝에 칭칭 감았다. 까맣고 반짝이는 자치기 눈 속에 그렁그렁 눈물이 맺혔다. 자치기가 홍도 눈길을 슬쩍 피했다. 눈물을 보이고 싶지 않은 까닭이었으리라. 대신 주둥이를 열었다.

"고운 놈으로 댕기를 장만해야겠구나, 꼭······."

이번에는 주둥이가 아니라 입이었다. 하지만 홍도는 미웠다.

"자치기 이놈아······ 곱디고운 놈으로 꼭 장만해주어야 하느니라, 꼭······."

자치기가 끌려갔다.

홍도는 우두커니 바라만 봤다.

터덜터덜 가던 자치기가 돌부리에라도 걸린 듯 비틀하더니 돌아보았다.

"홍도야, 가거라! 반드시 아녀자들과 함께 있어야 하느니라! 알겠느냐? 꼭!"

"알았다. 무탈해야 하니…… 무탈, 무탈, 하시오…… 오라버니!"

자치기가 환하게 웃으며 번쩍 손을 들어 보였다.

아버지 모양으로, 멀어져갔다, 자치기가…….

홍도는 울지 않았다.

회령성

오라버니 말이 옳았다.

말을 탄 임해군과 순화군은, 북병사 한극함이란 장수가 자치기와 끌려간 사내들과 군사들을 이끌고 왜구들과 맞서기 위해 남쪽으로 향하자마자, 파란 철릭과 붉은 철릭을 입은 양반들과 비단옷을 입은 아녀자들을 이끌고, 누르스름한 직령을 입은 사내들의 호위를 받으며, 북쪽으로 도망을 했다. 백성을 방패막이 삼아 사지死地로 내몰고 제 살길을 찾아 도망질치는 칠팔십여 명쯤이나 될까 싶은 조선 왕자 일행은 참으로 비굴하고 너절하기 짝이 없었다.

홍도는 자치기 오라버니 말을 따라 그들 뒤를 쫓았다. 왕자들과 아녀자들을 쫓아가면 목숨만은 부지할 것이라고 믿은 이들은 오라버니 말고도 열댓 명이 더 있었다. 홍도는 왕자 일행을 쫓아가는 열댓 명 틈에 섞여 얻어먹고 끼여 자며 산길을 따라 닷새 남짓을 걸었다.

강 하나만 건너면 여진족 땅이라고 했다. 여진족 땅을 지나면 명나라 땅이라고도 했다. 발 없는 말들은 흉흉했다. 조선 임금이 명나라로 귀부를 하면 조선 왕자들도 줄줄이 귀부를 할 것이라고 했다. 명나라가 군사를 일으키면 조선은 둘로 쪼개져 반은 명나라 땅이 되고 반은 왜나라 땅이 될 것이라고 했다. 천하를 일으킬 새로운 임금이 곧 세상에 나올 테니 그때까지는 반드시 살아남아야 한다고도 했다.

회령성에 들어섰다.

성안에서 기다리고 있던 무관 예닐곱 명이 왕자 일행을 맞이했다. 닷새 남짓 산길을 걷는 동안 칠팔십여 명쯤이던 왕자 일행은 어느샌가 술술 새어나가 회령성에 도착했을 때는 채 반도 남아 있지 않았다.

회령성 백성들은 발 없는 말들을 사실로 믿는 듯했다. 그 누구도 왕자들을 향해 고개를 숙이거나 천추만세를 외치지 않았다. 어떤 이는 손가락질을 했고, 어떤 이는 대놓고 욕을 하기도 했으며, 아이들은 신기한 구경이라도 만난 듯 왕자 일행을 빙 둘러싸고 따라다녔다.

홍도는 혹여 자치기 오라버니 모습이 보일까 하여 회령성 백성들을 살피고 또 살폈다. 이상한 일이었다. 아이들도, 여인들도, 사내들도, 회령성 백성들은 하나같이 검은 머리끈을 동여매고 있었다. 문득 돌아본 성문 문루에는 검은 옷을 입은 사내 하나가 왕자 일행을 지켜보고 있었다.

순식간이었다. 문루에 올라선 검은 옷을 입은 사내가 번뜩이는 칼을 뽑아들자, 검은 머리끈을 동여맨 회령성 백성들이 허리춤에 숨기고 뒤춤에 감추었던 낫과 도끼와 식칼을 빼들고 왕자 일행을 덮쳤다.

회령성 백성들은 기민하고 일사불란했다. 호위하던 누르스름한 직령을 입은 사내들은 눈 깜짝할 사이에 피를 뿌리며 널브러졌고, 철릭을 입은 양반들과 무관들은 칼 한 번 제대로 휘둘러보지 못하고 무릎이 꿇렸으며, 임해군과 순화군은 말에서 내려져 땅바닥으로 내팽개쳐졌다.

반란이었다. 어쩐다, 이 일을 어찌한단 말이냐? 홍도는 자치기 오라버니 말을 따라야 한다고 생각했다. 앞을 재고 뒤를 돌아볼 틈이 없었다. 아녀자들 사이로 들어가야 한다! 홍도는 비명을 지르며 울부짖는 비단옷을 입은 아녀자들 틈바구니로 기어들어갔다.

회령성 백성들은 아녀자들을 이리 몰고 저리 차고, 짐승처럼 끌고 갔다. 울어도, 빌어도, 소리쳐도, 소용이 없었다. 회령성 백성들은 널빈지를 끼워 사방이 꽉 막힌 창고 안으로 아녀자들을 짐짝인 양 구겨 넣었다. 홍도는 아녀자들 사이에 있었다.

부원군이며 전 좌의정 대감의 젊은 후처라고 했다. 한밤중, 창고에서 끌려나간 젊은 후처는 겁간을 피해 달아났다가 기둥에 목을 매고 죽었다고 했다. 전 병조판서의 여덟 살 난 장손이라고 했다. 이튿날, 여덟 살 난 장손은 임해군과 순화군 앞에서 산 채로 사지가 찢겨져 죽었다고 했다.

사방이 꽉 막혀 햇살 한 줌 들어오지 못하는 창고 안은 공포로 떨었다.

이틀이 지나고 사흘이 지나도록 물 한 모금 주지 않았다. 나흘이 지나자 창고 안에서는 오줌 지린내와 썩은 똥냄새가 진동을 했고, 아녀자들이 흐느끼는 소리가 쉬지 않고 윙윙거렸다. 하지만 홍도는 울지 않았다. 오라버니가, 자치기 오라버니가 반드시 오실 테니…… 닷새째가 되던 날, 아녀자들은 창고에서 풀려나 밖으로 끌려 나왔다. 홍도는 아녀자들 사이에 있었다.

기다란 원뿔 모양으로 생긴 투구를 쓰고, 양옆으로 두 자루

칼을 차고, 철렁철렁, 쇳소리가 요란한 말을 탄 왜군 장수가 회령성 관아 마당으로 들어섰다.

마당 한복판에는 붉은 오라를 진 임해군과 순화군이 앉혀 있었고, 그 뒤로 무관들과 철릭을 입은 양반들이 오라를 진 채 꿇려 있었다. 그 옆으로는 창고에서 끌려 나온 아녀자들이 오들오들 떨며 무리를 이루었고, 검은 머리끈을 맨 회령성 백성들이 왕자 일행을 빙 둘러쌌다. 홍도는 아녀자들 사이에 있었다.

그들 말로는 가토 기요마사라고 했다. 조선말로는 가등청정이라고 했고 혹은 청정이라고 이름만 부르는 자들도 있었다. 왜장 가토 기요마사는 해정창이라는 곳에서 북병사 한극함이 이끌던 조선군들을 모조리 물리치고 단기필마로 회령성까지 들어왔다고 했다.

하면 오라버니는…… 아니다. 오라버니는 분명 살아 계시리라. 내가 이리 늠름하게 살아 있는데 오라버니 또한 분명코 이리 뒹굴고 저리 뒹굴며 살아 계시리라. 조선군이 다 죽어나가도 자치기 오라버니만은 반드시 살아 만리현 집에서 나를 기다리고 계시리라. 홍도는 '自治己'가 새겨진 자기치 알을 만지작거렸다. 무탈하시오. 무탈하시오. 무탈, 하시오. 오라버니…… 나도 무탈하겠소…….

침묵이 흘렀고, 한여름 땡볕은 따가웠다.

왜장은 마치 산보라도 하듯이 말을 몰고 관아 마당을 이리저리 돌아다녔고, 왜장 옆에는 조선인 복색을 하고 머리에는 왜군 투구를 쓴 사내 하나가 걍삿기(개새끼) 모양으로 졸졸 따라다녔다. 뚜걱뚜걱, 말굽소리만 들리던 마당으로 검은 옷을 입은 사내 하나가 걸어 나와 땅바닥에 머리를 조아렸다. 검은 옷을 입은 사내는 회령성 성문 문루에 올라 칼을 뽑아들었던 바로 그 사내였다.

"소인 회령부 진무 국경인, 용맹무쌍하시고 영명하신 일본국 총대장 가등청정님께 감히 문안 여쭈옵니다. 재주 없는 소인이 회령부 백성들과 더불어 조선국왕 이연(선조)의 장자 이진(임해군)과 육자 이보(순화군)를 비롯하여 그 식솔과 신하들을 사로잡아 귀하고 높으신 일본국 총대장 가등청정 님께 바치오니 감히 거두어주시길 머리 숙여 청하나이다."

왜장 옆을 졸졸 따라다니던 사내가 국경인이란 자가 하는 말을 왜국말로 바꾸어 전해주었다. 늙고 있는 왜상 얼굴에는 미소가 가득했다. 홍도는 아녀자들 사이에 있었다.

피 한 방울 흘리지 않고 회령성을 차지하고 조선 왕자들을 사로잡은 왜장은, 공을 세운 국경인이라는 자에게 벼슬을 주고 회령성을 다스리라는 상을 내렸다. 뿐만 아니라 어찌된 영문인지 임해군과 순화군을 비롯해 식솔과 양반들과 무관들을 모조리 풀어주고는 그동안의 고초를 위로하며 융숭한 대접을 했다. 홍도도 그들 사이에서 배불리 먹었고 옷을 갈아입었고 길게 다리도 뻗었다. 반드시 아녀자들과 함께 있어야 하느니라…… 홍도는 오라버니가 한 말이 틀림없다고 생각했다.

이튿날, 회령성은 산중으로 호랑이 사냥을 떠나는 왜장 가토 기요마사 일행들로 북적거렸다. 활도 살도 들지 않은 동개를 멘 임해군과 순화군은 말을 탄 왜장 뒤를 줄레줄레 따라 걸었고, 무관들과 양반들은 징과 쇠를 들고 그 뒤를 따랐다. 여인들과 아이들은 소가 끄는 수레 두 대를 각각 나누어 타고 왜장 일행을 따라 산중으로 들어갔다. 홍도는 아이들 사이에 있었다.

사방으로 흰 장막을 둘러친 수레가 덜컹거렸다.

거적때기가 깔린 수레 안에는 홍도를 비롯해 모두 여섯 명의 아이들이 있었다.

열 살쯤 먹어 보이는 사내아이와 예닐곱 살쯤 먹어 보이던 사내아이는 허가라고 했다. 임해군 처 쪽 아이들이었다. 막 기저귀를 떼고 겨우 말귀만 알아먹던 사내아이는 공이라고 했고, 공보다 한두 살 많아 보이던 계집아이는 영소라고 했다. 공과 영소는 임해군의 자식들이었다. 그리고 홍도 또래로 보이던 계집아이, 임해군 자식들이 고냥이라고 부르던 계집아이 이름은 정주였다. 정주는 임해군과 순화군의 여동생이었고, 순화군과는 한 배에서 난 친동생이었다. 정주는 조선 임금의 딸이었다. 정주옹주…….

비단옷을 입은 아이들은 저들끼리 모여앉아 무명옷을 입은 홍도를 흘끔거렸다. 어차피 비단옷이나 무명옷이나 거적때기가 깔린 쇠똥냄새 나는 수레 안에서 이리 휘청거리고 저리 기우뚱거리기는 매한가지였지만, 비단옷을 입은 아이들은 명색이 체통이란 게 있고 체면이란 게 있다고 믿는 모양이었다. 홍도는 속으로 웃었다. 내 입성 또한 너희와 다르지 않았느니라…….

한여름 뙤약볕이었다. 흰 장막을 둘러친 수레 안에는 바람한 점 비집고 들지 못했고, 뚫린 천장으로는 염천이 이글거렸다. 속은 매스거렸고 눈앞은 몽롱해져갔다. 덜컹거리는 수레를 쉬지 않고 달린 까닭이었다. 수레 안은 벌써 시큼한 토사물로 바닥이 흥건했다. 허가 아이들은 제놈들이 토해놓은 토사물을 뭉갠 채 널브러졌고, 공과 영소는 칭얼거리며 욕지기를 해댔다. 정주는 참아라, 참아야 하느니라, 연신 중얼거리며 공과 영소를 토닥였지만 정주 얼굴도 종잇장처럼 허예져 있긴 마찬가지였다. 수레 안에는 더 이상 비단옷도, 무명옷도, 체통도, 체면도 없었다. 이러다가는 모두 죽을 것만 같았다. 홍도는 자치기 알을 움켜쥐었다. 살아야 한다. 살아야…….

"멈추어라! 네 이놈들, 당장 수레를 멈추지 못할까?"

홍도가 장막을 두드리며 소리를 질렀다. 하지만 덜컹거리는 바퀴 소리가 간절함을 모두 삼켜버렸다. 이대로 죽어서는 안 된다. 홍도는 장막을 붙잡고 몸을 일으켰다. 뚫린 천장 너머로 파랗던 하늘이 누르스름하게 바래졌다. 홍도는 온 힘을 다해 장막을 움켜쥐었다. 우두두, 알 수 없는 소리가 귓전을 울렸고, 알아들을 수 없는 사내들의 고함이 윙윙거렸다. 아득했다. 대낮에 반짝이는 별들이 몰려드는가 싶더니 거무튀튀한 거적때기가 눈앞으로 달려들었다. 그리고 까만 한밤중이 찾아들었다.

"네 덕분으로 모두들 목숨을 건졌느니라……."

눈을 떴을 때 홍도는 수레바퀴에 기대여 있었다.

정주였다. 정주가 쥬련(수건)으로 홍도 이마를 닦아주었다. 다른 아이들은 수레가 만들어준 그늘에 앉아 주먹밥을 씹으며 물을 들이켰다. 갑사로 지은 비단옷을 입어선지 먹을 힘들은 남아 있었구나!

왜군들은 모두 다섯이었다. 우두머리로 보이는 왜군은 물을 마시며 아이들을 지켜보았고, 군사 둘은 주먹밥을 씹으며 저들끼리 키득거렸으며, 다른 둘은 수레에 올라가 뜯어진 장막을 손보고 있었다. 아마도 홍도가 장막을 뜯으며 정신을 놓았던 모양이었다.

"가진 것이 이뿐이구나. 상이라 여기고 받아두어라……."

정주가 홍도 이마를 닦아주던 쥬련을 건넸다. 훨훨 나는 꽃나비가 수놓인 비단 쥬련이었다.

"혹여, 예가 어디쯤인지 너는 알겠느냐?"

그제야 홍도는 사방을 둘러보았다.

허허벌판이었다. 소가 끄는 수레와 아이들과 왜군 다섯만이 허허벌판에 덜렁 있었다.

*

"호랑이를 삽으러 산으로 간 세 아니있습니까?"

동현이 의아한 얼굴로 묻는다.

"모두들 산중으로 향한 사이, 저희가 탄 수레만은 남쪽으로 향했습니다. 무척이나 배가 고팠다는 기억만 있을뿐, 그 무렵 일들은 또렷하지가 않습니다. 아마도 달포 남짓을 수레에서만 지냈던 것 같습니다. 왜군들만 있는 조선 관아에서 지내기도 했고 움직이지 않는 커다란 배에 올라 그 안에서 겨울을 나기도 했습니다……."

"그럼, 기억나는 곳은 어디부터죠?"

"복강, 그들 말로는 후쿠오카였습니다."

"후쿠오카라면, 일본? 일본으로 가신 거군요?"

"예, 일본군 장수는 조선의 자기를 굽는 도공들이나 솜씨 좋은 백성들을 제 나라로 끌고 갔습니다. 뿐만 아니라 부려먹거나 팔아먹으려고 철없는 아이들도 많이들 데려갔지요. 더구나 왕손들이 있었으니 어찌 그냥 두었겠습니까? 분명히 쓸모가 있을 것이라고 여겼을 것입니다."

귀를 쫑긋 세우고 눈은 동그랗게 뜨고…….

더 이상 동현은 의심하는 눈길로 홍도를 바라보지 않는다.

어쩌면 이리도 변했을꼬? 캐묻고 다그쳐 묻던 사내가 어느덧 그저 궁금하고 애달픈 얼굴뿐이니…… 홍도가 배시시 웃는다. 다음 이야기를 기다리는 듯 자근자근 입술을 깨무는 동현이 귀여워 보였기 때문이다.

뒤바꾼 운명

해질 무렵이었다.

홍도는 조선에서 끌려온 백성들과 함께 배에서 내렸다.

훗날을 모른 채 포구에 줄줄이 앉아 있던 백성들과는 달리 홍도는 검은 소가 끄는 수레를 타고 길을 떠났다. 수레에는 공과 영소와 정주가 함께 타고 있었다. 허가 아이들은 없었다. 아, 예닐곱 살쯤 먹은 사내아이는 일본으로 오는 배 안에서 숨을 거뒀고 바다에 던져셨넌 것 같다. 그리고 열 살쯤 먹은 사내아이는 분명 배에서는 내렸으나 수레를 함께 타지는 않았다. 조선에서와는 달리 수레에 장막을 치지는 않았다. 하지만 칼을 찬 일본 군사들이 수레 앞과 뒤를 호위하며 달라붙었다.

후쿠오카라고 불리는 곳에는 산중에 있어야 할 절들이 한 집

건너 두 집마다 즐비한, 그들 말로는 테라마치라고 부르는 동네가 있었다. 홍도와 아이들은 테라마치에 있는 법성사, 그들 말로는 호쇼지라고 불리는 절에서 모두 내렸다.

홍도와 아이들은 커다란 방 한가운데 먹을거리가 놓인 소반을 앞에 두고 앉아 있었다. 주지승으로 보이는 늙수그레한 승려와 자치기 오라버니 또래쯤으로 보이는 젊은 장수가 상석을 차지하고 있었고, 무관들로 보이는 사내들 몇몇이 그 좌우로 앉아 있었다. 반쯤 열린 창호문 너머 옆방에는 승려들 예닐곱 명이 귀를 쫑긋거리며 이편을 넘겨다보고 있었다.

홍도는 나란히 앉은 아이들을 보았다. 철모르는 공과 영소는 소반에 놓여 있던 꽃 모양으로 생긴 떡을 집어 들고 빨았고, 정주는 수긋한 채 그런 공과 영소를 꼭 끌어안고 있었다.

향내 가득한 방 안에 침묵이 흘렀다. 젊은 장수가 서찰을 읽고 있는 탓이었다. 비록 상석에 나란히 앉아 있기는 했으나 늙수그레한 주지승은 젊은 장수 눈치를 살피는 듯 보였다. 젊은 장수가 다 읽은 서찰을 주지승에게 건네며 입을 열었다.

— 사내아이와 어린 계집아이가 조선 왕자 이진의 자식들이군요?

— 예, 고부교 님. 가토 기요마사 총대장께서 제게 두 아이들

을 보살피라 하셨습니다.

 젊은 장수가 홍도를 바라보았다. 홍도는 눈길을 피하지 않았다. 젊은 장수 눈빛은 자치기 눈빛처럼 반짝였다. 하지만 진정 자치기 눈빛처럼 곱지는 않았다. 젊은 장수의 눈길은 정주에게도 잠시 머물더니 다시 홍도에게로 돌아왔다.

 ─ 다른 계집아이들이 누구인지는 적지 않았더군요.
 ─ 귀한 아이들은 아닐 것입니다. 아마도 왕손들을 따라온 나인들이 아니겠습니까?

 말을 알아들을 수는 없었지만 분명히 홍도와 아이들의 신원에 관한 이야기를 하는 듯했다.

 ─ 혹시 이곳에 조선말을 할 줄 아는 자가 있습니까?
 ─ 여기는 없지만 다른 절에서 찾아보라 이르겠습니다, 고부교 님.

 젊은 장수와 말을 주고받던 주지승이 옆방에 있는 승려들에게 무언가를 시키는 것 같았다.

 ─ 속히 통역할 자를 불러오니라. 다른 절들을 모두 찾아보고 포구에도 나가보거라.

 승려들은 저들끼리 말을 주고받았고, 그 중 어려 보이는 승려 둘이 예를 취하고는 나갔다.

 무엇을 가져오라는 건가? 아, 누군가를 데려오라는 말이구

나. 누구를?

주지승이 조심스레 입을 열었다.

— 고부교 님, 조선에는 글을 읽고 쓸 줄 아는 아이들도 있다던데 기다리시는 동안 필담을 나눠보시면 어떻겠습니까?

— 나도 조선에서 들은 적이 있습니다. 그럽시다.

오부교? 고부교? 고부교라는 말이 젊은 장수를 가리키는 말인 듯했다. 아마도 젊은 장수 이름이거나 관직명일 터였다. 고부교, 홍도는 그 말을 속으로 되뇌었다.

승려 하나가 필연과 지묵이 든 서안을 놓고 물러가자, 고부교라 불리는 젊은 장수가 다가와 서안 앞에 앉았다. 고부교에게서는 난향이 났다. 난향이 지나고 나자 얼핏 쇠 냄새가 나는 듯도 했다. 아니, 쇠 냄새가 아니라 피 냄새였다. 오래된 피 냄새. 고부교가 종이에 글씨를 써보였다.

何 名前하 명전.

방 안에 있는 눈길들이 홍도와 정주에게 쏠렸다. 홍도가 정주를 바라보았다. 정주도 조심스레 홍도를 바라보았다. 정주 눈빛이 흔들렸다. 정주는, 글을, 모르는구나…… 홍도가 입을 열었다.

"아마도 이름을 물은 듯합니다."

"부끄럽게도 나는…… 겨우 언문만 익혔을 뿐이다. 혹여 네가 글을 아느냐?"

홍도는 고개를 끄덕였다.

"하면, 우리 신원을 밝히고 도움을 청하자꾸나. 부처님을 믿고 따르는 자들인 듯하니 비록 구차하나 명색이 왕실 자손들을 함부로 대하지는 않을 것이야. 네가 내 이름자를 아느냐? 나는 정주다. 구슬 모양으로 아름답다는 뜻이라 들었느니라."

정주 목소리가 떨렸다. 홍도는 그런 정주를 물끄러미 바라보았다. 그리고 붓을 잡았다. 공과 영소는 조선 임금의 손자이고 손녀이며…… 붓을 잡은 손끝이 떨렸다. 정주는 조선 임금의 딸이니…… 손끝을 바라보는 눈썹이 떨렸다. 내 아버지와 할머니와 죽도 할아버지를 죽인 원수놈의 핏줄이다. 그러므로 이들은…… 홍도가 하얀 종이에 붓을 찍었다.

我是…….

망설였다. 그리고 썼다.

我是 翁主貞珠 此兒是 宮奴洪度.
나는 정주옹주고 이 아이는 궁궐 노비인 홍도다.

삐치고 올리삐치고 감아올리고 돌려 휘감고…….

오, 나지막한 탄성이 방 안을 울렸다. 고부교도, 주지승도, 무관들도, 옆방에서 고개를 내민 승려들도, 모두 홍도가 쓰는 글씨를 보며 입을 다물지 못했다. 그리고 정주가 홍도를 지켜보았다.

─ 옹주가 무엇이냐?

고부교가 옹주라는 글씨를 가리키며 물었다. 무엇을 묻는지 알 것 같았다. 다시 붓을 잡았다.

王女왕녀.

고부교가 반짝이는 눈빛으로 다시 물었다.

─ 정주는 네 이름일 테고 하면, 네가 조선 왕의 딸이란 말이냐?

글이 참인지 거짓인지를 묻는 말일 터였다. 홍도는 다짐했다. 나는 지금, 옹주다, 정주옹주! 그리고 이 아이는, 홍도다, 궁노 홍도! 홍도는 고부교를 바라보며 고개를 끄덕였다.

"무엇이라 적은 것이냐?"

정주가 빤히 바라보며 물었다. 홍도도 빤히 정주를 바라보았다. 그리고 입을 열었다.

"나는 조선 임금의 딸인 정주옹주고, 너는 궁노인 홍도라고 적었다."

"도대체 말투가…… 무슨 연유로…… 잘못 적은 것이냐?"

"잘못 적은 게 아니라 이제부터 그리 될 것이다."

황망한 얼굴로 바라보던 정주가 목소리를 높였다.

"뭐라? 어찌 이리 참담한 짓을 한 게냐?"

방 안에 있는 모든 눈길들이 긴장했다. 정주를 바라보던 눈길들이 홍도에게로 이어졌다. 홍도는 정주에게 대꾸를 하는 대신 종이를 새로 펴고 글씨를 썼다. 고부교가 홍도가 단숨에 써 내려가는 글씨들을 그들 말로 읽기 시작했다.

― 내가 비록 포로의 몸이긴 하나 조선 왕의 딸이니 그대들이 글을 알고 도리를 안다면 예로서 대해주길 간청하오. 어린아이들 이름은 공과 영소라 하오. 이들은 내 오라버니며, 내 아버지의 장자이신 임해군의 자식들이니 내게는 조카들이오. 아직 어리기는 하나 저들 또한 조선의 왕손이니 주지께서 보살펴준다면 여한이 없겠소. 대신 궁노 홍도를 그대들에게 넘길 것이니 첩실을 삼든 종을 삼든 뜻대로 하여도 개의치 않으리다……

정주가 홍도 옷자락을 붙잡고 흔들었다.

"뭐라, 뭐라 적은 것이냐?"

홍도는 정주를 바라보았다. 그리고 천천히 입을 열었다.

"너는 왜구의 첩실이 되거나 몸종이 되어 팔려갈 것이다. 네 조카들은 왜구들을 기리는 절의 비구가 되고 비구니가 될 것이니 종살이보다야 낫지 않겠느냐?"

정주가 홍도 뺨을 후려쳤다. 그러나 홍도는 꼼짝도 하지 않았다. 그저 정주를 바라만 보았다. 놀란 공과 영소가 꽃 모양으로 생긴 떡을 문 채 울음을 터뜨렸다.

― 도대체 뭔 짓들이냐? 이 아이들을 모두 가두어라!

주지승이 벌떡 일어나 소리쳤다. 말이 떨어지자마자 옆방에 있던 승려들이 우르르 몰려왔다.

― 아니, 아니…… 그 두 계집은 그냥 두어라. 어찌 이런 재밌는 구경이 있겠느냐?

고부교가 홍도를 바라보며 손을 저었다. 승려들은 공과 영소만을 안아들고 밖으로 나갔다. 정주는 울부짖으며 안겨나가는 공과 영소를 멍하니 바라만 보았다. 정주를 힐끗 본 홍도가 안겨나가는 공과 영소에게 단호한 목소리로 소리쳤다.

"공아, 영소야, 우지 마라! 네 아비인 임해군 탓이요 네 할아비인 조선 임금의 탓이니 울지 말거라! 울 힘이라도 남아 있거든 차라리 네 아비를 원망하고 네 할아비를 저주해라!"

정주가 고부교 앞에 머리를 조아리며 울먹였다.

"내가 정주요! 내 엄친은 조선 임금이신 전하이시고, 자친은 순빈이신 김가시오. 순화군이신 보께서 내 친오라비가 되시고, 나는 전하의 차녀이고 옹주이며, 신사년 동짓달 초사흗날에 난 정주란 말이요!"

"닥쳐라! 네년이 회가 동한 모양이구나! 아무리 목숨이 구차하다고 한들 어찌 이리도 참담한 짓을 하려는 게냐! 내가 정주 옹주요!"

고부교 입가에 미소가 번졌다.

— 두 계집이 서로 조선 왕녀라고 하는 모양인데, 주지께서 보시기엔 어느 쪽이요?

— 제 소견으로는…… 글을 쓸 줄 알고, 아이들을 보살피지 않은 채 홀로 앉아 있던 것으로 보아서는 이 아인 듯싶으나 복색이 남루하니 여간 의심스럽지가 않습니다.

— 어디 알아봅시다.

고부교가 붓을 들어 글씨를 썼다.

'네년이 왕녀라 하면, 어찌하여 너만 무명옷을 입었더냐?'

홍도가 소맷부리에서 쥬련을 꺼내 고부교에게 건넸다. 정주가 상으로 준, 훨훨 나는 꽃나비가 수놓인 바로 그 쥬련이었다. 쥬련을 살피던 고부교가 홍도를 바라보았다.

— 이것이 무엇이냐?

홍도가 글씨를 썼다.

'자친께서 수를 놓아주신 내 것이오. 나는 조선 백성들과 함께 배를 타고 이곳에 왔소이다. 만약 그들이 내 신분을 알게 된

다면 분명코 큰 곤욕을 치를 듯하여 궁노 홍도와 옷을 바꿔 입은 것뿐이오.'

홍도와 고부교가 필담을 주고받는 사이, 서안을 들고 왔던 승려가 달라붙어 종이를 빼고 펼치며 필담을 도왔고, 무관들과 승려들은 이리 보고 저리 보고 글씨가 쓰인 종이를 신기한 듯 돌려보았다. 그중 승려 둘은 홍도가 쓴 글씨를 갖겠다며 팔꿈치로 서로 옆구리를 찔러대고 있었다.

'조금이라도 거짓이 있으면 너는 목숨을 부지하기 어려울 것이다. 알겠느냐?'

'이를 말이오. 목숨이 아깝다고 거짓을 말하라 배우지는 않았소. 대신 청이 있소이다. 내 말이 참이라고 밝혀지면 그때는 제 나라 왕실 여인에게 무례한 손끝을 놀리고 희롱한 궁노 홍도를 귀국 법도에 따라 엄히 벌하여주시오.'

홍도가 쓴 답글을 읽던 고부교가 웃었다.

— 암 그러고말고! 주지, 만약 이 아이가 진정 조선 왕녀라면 내가 데려가겠소이다.

— 여부가 있겠습니까? 그리하십시오, 고부교 님.

정주가 홍도 어깨를 잡았다.

"무슨 수작을 하는 것이냐? 어찌하여 내 쥬련을 저자에게 넘긴 것이야?"

"어찌 쥬련이 네 것이더냐? 저 것은 내 것이다. 내 자친께서 만들어주신 내 것이다!"

"네년이 무엇이관데, 도대체 무슨 연유로 왕실 여인을 이리도 욕보이려 하느냐? 네년은 조선 백성이 아니란 말이야?"

금방이라도 터져버릴 것 같은 정주가 홍도 뺨을 후려치려 손을 치켜들었다. 하지만 이번에는 홍도가 정주 손목을 꽉 움켜쥐었다. 정주는 홍도를 뿌리치려 했지만 홍도는 결코 놓지 않았다.

"네 이년, 이 손 놓지 못할까?"

홍도가, 잡고 있던 정주 손목을 내팽개쳤다. 정주가 바닥으로 나뒹굴었다.

"간악한 년, 네년이 이러고도 네 명에 살 듯싶으냐?"

순간 홍도 입에서 벼락같은 소리가 뿜어져 나왔다.

"닥쳐라!"

몸을 일으키던 정주가 움찔하며 바라보았다. 사내들도 얼어붙은 듯 홍도를 바라보았다.

"네년은! 기축년 내 아버지와, 할머니와, 죽도 할아버지를 무참하게 죽인 원수놈의 딸년이다! 당시는 내가 어려 칼을 들고 원수놈의 죄를 물을 수 없었으니 애가 끊어지고 간장이 녹아내렸느니라! 하나, 이제야 비로소 천우신조를 맞았으니 어찌 이를 헛되이 보낼 수 있겠느냐? 비록 적국에서일망정 원수놈의 딸년과 손주놈들을 비참하고 참담케 해 내 원한을 대신 갚고자 하니 더 이상 사내들 앞에서 추한 꼴 보이지 말고 순순히 받아들여라…… 홍도야!"

"네 이년!"

왕실 여인의 체면도 체통도 없었다. 정주가 미친 듯이 홍도에게 달려들었다. 짝! 홍도가 달려드는 정주 뺨을 후려쳤다. 뺨을 얻어맞은 정주가 허깨비 모양으로 털썩 주저앉았다. 정주 넋이 스르르 몸뚱이를 빠져나갔다.

"홍도야, 네 아비를 원망하고 저주해라. 그것만이 오직 네가 살 길이다."

홍도가 주저앉은 정주 어깨에 가만히 손을 얹었다.

침묵이 흘렀다.

홍도도, 정주도, 고부교도, 주지승도, 승려들도, 모두들 입을 다물었다.

— 주지스님, 우리말을 할 줄 아는 조선인을 데려왔습니다.

자리를 비웠던 어린 승려 둘이 조선인 복색을 한 사내와 함께 서 있었다. 누구지? 아, 이들 말을 할 줄 아는 조선인을 불러온 모양이구나? 홍도는 조선인 복색을 한 사내를 힐끗 보았다.

처음 보는 사내였다. 홍도와 함께 배를 타고 온 사내는 아닌 듯싶었다. 어차피 저 조선인은 말을 옮길 뿐이다. 방바닥에 널브러진 정주가 누군지 알지 못할 것이며, 더구나 누가 옹주인지는 더더욱 알지 못할 것이다. 두려울 것이 없었다.

― 이제, 누가 조선 왕녀인지 분명히 알 수 있을 것입니다.

주지승이 고부교에게 말을 건넸다. 하지만 고부교는 보일 듯 말 듯한 미소를 지으며 홍도를 바라만 보았다. 홍도는 고부교가 바라보는 눈길을 피하지 않았다.

"너는 누구냐?"

조선말이었다. 분명 조선말이었다. 고부교 입에서는 틀림없는 조선말이 흘러나왔다. 홍도는 덜컹 심장이 내려앉는 것 같았다. 이자가, 고부교 이자가, 조선말을 할 줄 알았단 말인가? 정주도, 방 안에 있는 모든 사내들도, 멍하니 고부교를 바라만 보았다. 덜덜 떨렸다. 어찌한단 말인가? 그간 내가 한 말들을 모두 들었을 테니 이제 어찌 한단 말인가? 방도가 없질 않은가? 허공으로 흩어져버린 말들을 다시 주워 담을 수는 없으니, 맡기리라, 일월성신에게 모두 맡기리라…… 홍도가 입을 열었다.

"나는…… 조선 임금의 딸, 정주옹주다. 고부교……."

고부교가 큰 소리로 웃었다.

― 하하하, 고부교, 고부교! 이 아이가 나를 어찌 불러야 하는지 이미 알고 있었구나!

― 고부교 님, 조선말을 할 줄 아셨습니까?

― 아니, 내가 아는 조선말은 그것뿐입니다.

― 어서, 누가 왕녀인지 조선인을 시켜 확인해보시지요. 고부교 님.

― 이 일은 말이 통한다고 알아낼 일이 아닙니다. 게다가 내 이미 이 아이 재주와 기백에 반했는데 누가 왕녀인들 무슨 상관이겠소? 이 아이는 내가 데려갈 테니 저 아이는 주지께서 알아서 하시지요.

― 하오나…… 따르겠습니다. 고부교 님.

주지승이 고부교에게 고개를 조아렸다. 고부교가 배시시 웃으며 홍도에게 입을 열었다.

― 비루먹은 조선에도 너 같은 계집이 있었다니 참으로 희한한 일이구나!

홍도는 그저 물끄러미 고부교를 바라만 보았다.

고부교라 불리던 젊은 장수 이름은 우히다수가, 그들 말로는 우키타 히데이에였다. 우키타 히데이에는 일본을 통일하고 조선 정벌을 명령한 풍신수길, 그들 말로는 토요토미 히데요시란

자가 조카를 삼은 자였다. 히데이에는 갓 스물을 넘긴 어린 나이에도 불구하고 일본에서 다섯 손가락에 꼽히는 고부교라는 높은 지위에 올랐고, 임진년에는 총사령관이란 이름으로 조선 정벌에 나섰으며, 여러 전투에서 큰 공을 세운 장수였다.

그러나 이듬해 계사년, 행주산성이라는 곳에서 권율이라는 조선 장수에게 대패했고, 화포에 맞아 죽음 직전까지 갔었다고 했다. 겨우 목숨을 건지고 거동하게 된 히데이에는 조선에 있던 일본군들 중 일부와 함께 제 나라로 돌아왔고, 제 성으로 가는 길에 잠시 들렀던 법성사에서 홍도를 본 것이었다.

홍도는, 이제 정주옹주가 된 홍도는 히데이에를 따라 말을 타고, 배를 타고, 수레도 타면서 비전국 강산, 그들 말로는 비젠 노쿠니 오카야마라는 곳으로 향했다.

오카야마 성

오카야마 성은 조선에 있는 성들과는 많이 달랐다.

나무로 만든 다리를 지나 해자를 건너면 하늘을 향해 칼날같이 치솟은 탑 모양으로 생긴 거대한 집이 나타났다. 그들 말로는 텐슈가쿠라고 부르던 천수각이라는 거대한 집은, 날개에 금칠을 한 까마귀를 닮았다 해서 금까마귀성이라고도 불렸다. 홍도는 수많은 계단들과 방들로 가득한 오카야마 성 천수각에 있었다.

홍도는 소매가 좁은 코소데라는 옷을 입고, 비단으로 된 붉고 하얀 꽃무늬가 수놓인 우치카케를 걸쳤다. 우치카케는 혼인한 부인들이 입는 옷이라고 했다. 하지만 홍도는 히데이에와 함께 온 여인이라 하여 우치카케를 입었다. 대신 부인이라는 호칭 대신 무스메娘라고 불렸다. 사다다마(정주貞珠) 무스메. 홍도는 땋았던 머리터럭을 풀어 허리까지 곱게 빗어 내리고, 어깨쯤에서 머리터럭을 한 줌만 잡아서는 하얗고 커다란 댕기로 질끈 묶었다. 성안에서 만나는 여인들은 사다다마 무스메에게 귀하고 고운 사람이라며 고개를 숙였다.

아침에 눈을 뜰 때부터 저녁에 잠이 들 때까지 홍도 곁에는 시녀 둘이 항상 따라다녔다. 홍도보다 서너 살씩 많았던 시녀들은 바닥을 질질 끌고 다닐 만큼 기다란 우치가케를 앞에서 잡고 뒤에서 잡으며 어디든지 졸졸 따라다녔다. 얼굴이 길고 입이 조그맣던 시녀는 마츠였다. 소나무. 그리고 항상 배시시 웃던 시녀는 이름이 잘 기억나질 않는다. 오랫동안 함께 지냈는데…….

조선에서 여인이 글을 쓰고 읽는다는 것은 해서는 안 되는 일이었다. 그러나 홍도는 글을 쓰고 읽었다. 일본에서도 여인이 글을 쓰고 읽는다는 것은 역시 해서는 안 되는 일이었다. 하지만 홍도는 글을 쓰고 읽고 지을 줄 아는 기기하고 묘묘한 여인이었고 계집아이였다.

히데이에는 기기묘묘한 계집아이 홍도에게 문고장이라는 직함을 주었다. 일본에서도 조선과 마찬가지로 여인이 관직에 오르는 경우는 없었다. 하지만 히데이에는 오카야마 성안에 문고라는 서실을 만들고 그곳을 관리하고 책임지는 자리에 홍도를 명했다. 히데이에가 내린 명은 곧 법이었고, 홍도는 죠長라고 불렸다. 사다다마 무스메 죠. 홍도는 오카야마 성 천수각 문고에 있었다.

히데이에는 서책을 좋아했다. 아니 서책에 미친 것 같았다. 문고라는 커다란 서실에는 수많은 서책들이 하늘 높은 줄 모르고 쌓여 있었다. 그 서책들은 모두 조선에서 훔쳐 들고 온 것들이었다. 사서에, 오경에, 법전에, 옛 전조의 역사서들과 의서들이며 온갖 잡서에 사내들이 쓴 소소한 일기와 서찰뭉치와 관아의 미곡 장부에 노비 문서와 토지 문서까지 종이에 글자가 적힌 것이라면 아이들이 끼적여놓은 천자문 나부랭이까지 모조리 훔쳐 들고 온 모양이었다.

문고에서는 글을 읽고 쓸 줄 아는 열 명 남짓한 승려들이 서책들을 종류별로 나누고, 상태별로 가른 후에 우키타 가문과 히데이에의 장서인을 찍고, 서가에 꽂거나 때로는 필사를 하여 여러 권으로 나눠 서책들을 만들었다.

홍도는 창가에 자리 잡은 커다란 서궤 앞에 앉아 그 모든 것들을 관리했고, 승려들이 물어오는 것들에 필담으로 지시를 했다. 나쁘지는 않았다. 재미도 있었다. 혹여 아버지께서, 죽도 할아버지께서, 혹은 제가 직접 봤던 서책들도 끼여 있지 않을까 하여 하루 종일 서책들을 읽고 또 읽으며 세월을 보냈다.

열매였다. 얽은 모양으로 자그마한 구메들이 자잘하게 뚫린, 노르스름하고 푸르스름한 기운이 감도는, 한 손에 가득 잡히는 동글동글한 나무 열매였다. 얼핏 유자나 탱자 모양으로 보이기도 했지만 탱자보다는 컸으며 유자보다는 물렀다. 노르스름하고 푸르스름한 겉껍질을 손끝으로 살살 벗겨내면 껍질 색을 닮은 속살이 드러났다. 부끄러운 속살들은 하늘하늘한 실로 제 몸을 감쌌고, 제가끔 먹기 좋게 쪼개졌으며, 사이사이에 열매를 닮은 씁쓸한 씨앗들이 숨어 있었다. 속살은 달콤했다. 새콤도 했다. 그리고 알알이 터졌다. 달콤하고 새콤한 물이 알알이 터지며 입 안 한가득 맴도는 그 맛은, 홍도가 한 번도 맛보지 못한 신비한 맛이었다. 그들 말로는 미깡이라고 했고, 한자로는 '橘귤'이라고 썼다. 귤은 세상에서 가장 맛있고 가장 귀하며 가장 소중한 열매였다.

자치기가 온다면, 자치기 오라버니가 온다면 맛있고 귀하고 소중한 귤을 한 알만 주리라. 못됐으니까, 더도 말고 덜도 말고 딱 한 알만, 아니요, 오라버니가 오기만 한다면 나는 괜찮으니 이 바구니에 든 것을 모두 다 드시오. 오기만 한다면, 오시기만 한다면…….

홍도는 커다란 서궤 위에 바구니 한가득 귤을 쌓아두고 하루 종일 손가락이 노랗게 물들도록 까먹고 또 까먹었다. 마음이 동하면 마츠와 유키에게…… 기억났다. 항상 배시시 웃던 시녀 이름이 유키였다. 눈 모양으로 하얀 유키. 홍도는 마츠와 유키에게 귤을 나눠주기도 했고 맘에 드는 승려에게도 하나씩 쥐어주고는 했다. 새콤하고, 달콤하고, 입 안 가득 알알이 터지던 귤.

홍도는 붓으로 노르스름한 귤물을 찍어 서책 겉장 뒷면에 글자 하나를 적었다.

魚…… 羊…… 鮮!

─ 고부교 님 납시오!

홍도는 얼른 귤물을 찍은 세필을 먹이 갈린 벼루에 담가 검게 만들었다.

히데이에가 무사들과 시녀들을 줄줄이 거느리고 문고로 들어섰다. 히데이에 곁에는 고운 비단 옷들을 겹치고 겹쳐 입어 마치 화사한 꽃 모양으로 보이는 여인이 함께 있었다. 처음 보는 여인이었다. 히데이에 부인이구나…… 미령하다는 말을 들은 적은 있었으나 오카야마 성에 머문 지 한 해가 다 지나도록

한 번도 본 적이 없던 히데이에 부인이었다. 부인 곁에는 유모로 보이는 여인이, 금박으로 치장한 강보에 싸인 젖내기를 안고 있었다. 아기를 낳은 게로구나, 그래서 볼 수가 없었던 게야……

― 어째서 예를 갖추지 않는 것이냐? 네년은 아직도 내가 누군지 모르느냐?

히데이에가 서궤 앞에 버티고 서 큰 소리를 쳤다. 그제야 주위를 둘러보니 승려들이 하던 일을 멈추고 줄줄이 바닥에 엎드려 고개를 숙이고 있었다. 물끄러미 히데이에를 바라보던 홍도가 종이에 글씨를 써보였다.

'어찌 명성을 모르겠습니까? 하오나 제게는 고부교께 예를 갖추는 일보다 서책들을 읽고 정리하는 일들이 더 화급하옵니다.'

글씨를 읽어가던 히데이에 입가에 어이없는 미소가 번졌다.

― 이런 맹랑한 년을 봤나? 내 말을 알아들으면서도 필담을 하려 드는구나?

히데이에 부인이 서궤 앞으로 다가왔다.

― 이 아이가 정주군요? 이제야 보게 되었습니다.

홍도는 부인이 다가오자 저도 모르게 자리에서 일어나 살짝 고개를 숙였다.

― 만약 이 아이가 사내였다면 마땅히 내, 조카를 삼아 조선을 다스리라고 했을 거요.

히데이에가 큰 소리로 웃었다.

― 너도 귤을 좋아하는구나?

부인이 서궤 위에 놓인 수북한 귤껍질을 보며 물었다. 홍도는 고개를 끄덕였다.

― 글을 쓸 줄 안다지? 게다가 명필이라니 네년 재주가 밉구나, 못된 것…….

말은 못됐다고 했지만 부인 입가에는 환한 미소가 가득했다. 아름다웠다. 세상에 이리도 아름다운 여인이 있을까? 부인은 조그맣고 동그랗고 부서질 듯 하늘거렸다. 므은드레……. 아버지 손을 꼭 잡고 노닐던 소리실 강가 언저리에 노랗게 지천으로 피어나던 므은드레가 떠올랐다. 후, 하고 바람을 불면 므은드레 씨앗 모양으로 저 멀리 하늘로 날아가버릴지도 몰라…… 그런 생각을 하는 순간, 부인이 내민 두 손이 홍도 얼굴에 다가와 두 볼을 감쌌다. 아, 하마터면 홍도는 소리를 낼 뻔했다. 홍도는 가만히 얼굴을 맡겼다. 따뜻했다. 그리고 좋았다.

― 참 곱기도 하지.

그때였다. 홍도 볼에서 손길을 거두던 부인이 비틀했다. 놀란 시녀들이 양옆에서 부인을 부축했고, 히데이에는 팔을 휘저으며 낮고 빠르게 명을 내렸다.

― 속히 의관을 부르라!

― 괜찮습니다…….

하지만 부인은 채 말을 맺지도 못하고 풀썩 바닥에 주저앉았다.

― 뭘 하느냐, 속히 의관을 부르지 않고!

히데이에는 부인을 감싸안은 채 소리를 쳤다. 하지만 홍도는 정신을 놓은 부인을 바라만 보았다. 그리고 부인이 어루만졌던 두 볼을 조심스레 만져보았다. 부인이 전해준 온기가 남아 있었다.

히데이에 부인 이름은 호, 그들 말로는 고우였다. 고우는 토요토미 히데요시가 가장 아끼던 양녀였다. 히데요시는 고우를 제가 조카로 삼은 우키타 히데이에와 혼인시켰고, 사람들은 고우를 공주라고 불렀다. 고우 히메.

홍도는 기다란 우치카케를 돌돌 말아 양손에 쥐고, 서책들을 한아름씩 안은 마츠와 유키를 이끌고 고우 처소로 향했다.

고우는 잠들어 있었다. 히데이에는 고우 손을 잡은 채 머리맡에 걱정스레 앉아 있었고, 고우 발치에는 의관으로 보이는 사내들과 시녀들이 무릎을 꿇고 있었다. 홍도는 마츠와 유키가 내려놓은 서책들 중에서 한 권을 집어 들고는 히데이에에게 무릎을 꿇었다.

― 고우공주께 이 서책에 적힌 대로 처방을 해보시지요.

일본말, 홍도 입에서 분명한 일본말이 흘러나왔다. 물끄러미 바라보던 히데이에가 입을 열었다.

― 무슨 서책인지 소상히 말하라.

― 조선에서 가져온 의서입니다. 이 서책에서 이르기를 손과 발에 부종이 있고 수시로 어지러우며 눈이 침침하다면 그것은 아기씨를 잉태한 후에 오는 독의 증상이라고 했습니다. 하나, 때로는 아기씨를 생산한 이후에도 독의 증상이 사라지지 않고 오히려 심하여지는 경우가 있으니 반드시 병증으로 다스려야 한다고 쓰여 있습니다. 저는 의관이 아니니 의관에게 이 서책과 함께 저 서책들을 읽고 속히 처방을 구하라 하십시오.

히데이에는 홍도 입에서 흘러나오는 일본말들을 듣고만 있었다.

― 고부교 님, 헛된 소린인 듯싶습니다. 여인이 잉태를 하고 아기씨를 생산하는 것은 자연의 이치인데 어찌 독이 된다고 하겠습니까?

우두머리로 보이는 의관이 끼어들었다. 히데이에가 도톰한 고운 손을 만지며 말을 이었다.

― 아니다. 정주가 하는 말에 일리가 있다. 이제 보니 고우 병증은 산후에 더욱 심해진 듯싶다. 너는 정주가 가져온 서책들을 한 자도 빠짐없이 읽고 처방을 구하라.

― 분부대로 따르겠나이다. 고부교 님.

우두머리와 의관들이 마츠, 유키와 함께 서책들을 챙겨들고 고우 처소를 나섰다.

― 정주!

히데이에가 나가는 홍도를 불러 세웠다.

― 정주, 네년이 그동안 나를 농락했구나?

무슨……? 아, 이들 말을 했구나, 일본말을…… 마츠와 유키에게 지필묵을 가지고 오라 할 것을, 서책들 때문에 미처 생각을 못했던 게야…… 하는 수 없었다. 홍도는 고개를 숙였다.

― 오늘에서야 비로소 말문이 트였나 봅니다.

틀린 말은 아니었다. 주위에 온통 일본인들뿐이니 듣고 기억하고 읽으며 따리했을 뿐이었다. 그러다 보니 어느 순간 말문이 트였고, 딱히 까닭은 없었지만 숨겼던 것뿐이었다.

― 잔망스러운 년…… 마땅히 벌을 내릴 것이니 물러가 있어라.

말은 그렇게 했지만 히데이에 눈빛은 벌을 내릴 것 같지는 않았다.

 아마도 달포쯤 지난 후였으리라. 히데이에가 고우 처소로 홍도를 불렀다. 고우는 활짝 핀 므은드레를 닮은 얼굴로 자리를 털고 일어나 앉아 있었다. 히데이에는 애써 환한 미소는 감췄지만 목소리만큼은 봄날 계집아이 발걸음 모양으로 사뿐사뿐했다.
 ─ 가까이 오라!
 고우는 홍도 말처럼 산후에 오는 병증을 앓고 있었다. 의관은 조선에서 훔쳐온 의서들로 새로운 처방을 구했고, 고우는 채 달포가 안 되어 기력을 되찾았다고 했다. 벌을 내리겠다던 히데이에는 오히려 상을 내리겠다며 목소리를 가다듬었다. 하지만 홍도는 나서지 않았다.
 ─ 저는 바라는 것이 없습니다.
 고우가 나서며 말을 이었다.
 ─ 내가 내리는 상이니 어려워말고 말해보거라.
 ─ 부족함이 없사오나 혹여 제게 청이 생기면 아뢰겠나이다.
 ─ 그래, 그럼 그리 하자꾸나. 고부교, 정주를 제 곁에 두어도 되겠습니까?
 히데이에는 하루라도 문고를 비워서는 안 된다며 고개를 저었다. 하지만 고우는 지병을 낫게 해준 은인을 곁에 두고 싶을 뿐이라며 하루 중 반은 문고를 돌보고 나머지 반은 제 처소에서 머물며 글을 읽게 해달라고 청을 했다. 히데이에는 마지못한 듯 고우 청을 들어주었다. 고우는 홍도 손을 맞잡고는 동무가 되자며 기뻐했다. 홍도도 환하게 웃었다. 좋았다.

그날 이후 홍도는, 문고와 고우 처소를 오가며 바쁘게 지냈다.

*

"왜 고우를 도우셨습니까?"

한동안 듣고만 있던 동현이 입을 연다.

"아마도, 제 볼을 어루만졌기 때문이었을 겁니다."

오래전 할머니가, 아버지가, 그리고 자치기 오라버니가 만져주던 볼이었다. 고우 손길은 따뜻했다. 그리고 좋았다. 좋은 느낌은 그 사람을 생각하게 하고, 그 사람을 생각하면 그 사람이 필요로 한 것들을 저절로 하게 만든다. 홍도는 고우를 생각했고 그래서 저절로 고우를 도왔던 것뿐이었다.

물끄러미 바라볼 뿐, 동현은 아마도 무슨 뜻인지 모르는 모양이다. 그저 궁금한 것들뿐!

"궁금한 게 있는데, 조선에서 훔쳐간 서책들에 귤물로 글자를 쓰셨다고 했죠?"

"예…… 선, 고울 선자를 서책 겉장 뒷면에 적었습니다."

동현이 손가락으로 선자를 그려보다가 묻는다.

"조선할 때 그 선자군요? 고울 선!"

홍도가 고개를 끄덕인다.

"지금이라도 불에 그을려본다면 아니 드라이로 쬐기만 해도, 아마 보일 겁니다. 멋진데요!"

"처음에는 놀이삼아 제 이름도 적고 아버지 할머니 죽도 할아버지 휘자도 적었습니다. 그들도 장서인을 찍는데 저라고 적지 말라는 법은 없었으니까요. 그러다가 우연히 알게 되었습니다. 등촉을 쬐면 귤물로 적은 글자들이 다시 보이더군요. 세월이 지나고 혹여 누군가 서책에 적힌 글자를 알게 된다면, 그 서책이 조선에서 훔쳐온 서책이라는 사실을 알리고 싶었습니다. 그래서 고울 선자를 적어 넣었지요"

고개를 끄덕이던 동현이 물끄러미 홍도를 바라본다. 정말로, 사백서른세 살이세요? 홍도는 빙긋이 웃는다. 마치 동현이 말하고 싶은 속내가 들려오는 것 같았기 때문이다.

꽃잎은 하염없이 바람에 지고

정유년(1597년)이었다.

오카야마 성에 머문 지 네 해째였다.

자치기는, 자치기 오라버니는 오지 않았다.

계집아이였던 홍도는 어느새 불쑥 자랐다. 홍도는 여인들은 말할 것도 없고 뭇 사내들보다도 키가 한 뼘 너머 컸다. 산 모양으로 크신 아버지를 닮은 까닭인 듯했다. 홍노는 어딜 가나 눈에 띄었다. 불룩하니 젖가슴이 솟았고 잘록한 허리를 지나 동그랗고 단단한 엉덩이가 만져졌다. 달마다 이슬이 비쳤고 이슬이 비치는 날이면 까닭 모르게 슬퍼지고는 했다.

오라버니는 오지 않았다. 아니 오지 못했다. 천 자 만 자가 아

니라 셀 수도 없을 만큼 너무나 멀리 와버렸으니까…… 홍도
는, 자치기가 보고플 때면 심장 한구석 오목하고 깊숙한 곳에
곱게 새기어 둔 까맣고 반짝이는 자치기 눈을 떠올렸다. 하지
만 그뿐이었다. 자치기 얼굴은 보이질 않았다. 눈을 감으면 보
일까 하여 눈을 감고 잠이 들었다. 그러나 꿈속에서도 자치기
는 오질 않았고, 보이질 않았다. 못된 자치기 같으니라고…….

정유년 정월, 히데이에는 조선 정벌을 마무리하겠다며 일본
군을 이끌고 다시 조선으로 향했다. 히데이에는 조선에서 훔치
고 빼앗은 서책들을 미친 듯이 오카야마 성으로 보내왔고, 홍
도는 고울 선자를 서책들 겉장 뒷면에 수도 없이 쓰고 또 썼다.
그리고 귤은 여전히 맛있었다.

히데이에가 보내온 것은 조선의 서책들만이 아니었다. 수레
마다 나무통들이 가득했다. 나무통마다 허옇게 소금을 뿌려 절
인 것들이 수북했다. 나무통 겉에는 '朝鮮人の鼻'라고 적혀 있
었다. 코, 조선인의 코, 나무통마다마다 소금에 절인 조선인들
의 코가 수북이 쌓여 있었다. 홍도는 털썩 주저앉고 말았다. 그
것들은 조선 사람 하나하나의 목숨이었다.

날이 어두워졌다.
홍도는 문고에 홀로 있었다.

자치기 알을 만지작거렸다. 오라버니…… 오라버니는 무탈하시오? 눈물이 흘렀다. 눈이 내리고 바람이 불고 자치기 등에 기대어, 오라버니라 부르기로 마음먹던 그날 이후로 한 번도 흐르지 않던 눈물이, 두 볼을 타고 내렸다.

風花日將老 佳期猶渺渺
不結同心人 空結同心草
那堪花滿枝 翻作兩相思
玉筋垂朝鏡 春風知不知
꽃잎은 하염없이 바람에 지고 만날 날은 아득히 기약이 없네.
그대와 한마음으로 맺지 못하고 한갓되이 풀잎만 맺고 있다네.
가지마다 가득 피어난 꽃은 바람에 날리어 그리운 마음이 되고,
옥 같은 눈물만 거울에 떨어지니, 봄바람아 아느냐 모르느냐?

홍도는 설도가 지은 「춘망사」를 나지막이 읊조렸다. 죽도 할아버지가 지어주신 홍도라는 이름이 설도의 자였으니, 그리운 이를 그리워하는 설도 마음모양 홍도 마음도 설도와 다르지 않았다. 설도는 그리워하던 이와 어찌 되었을꼬? 그대와 한마음으로 맺지 못하고 한갓되이 풀잎만 맺고 있다네, 풀잎만 맺고 있다네…… 홍도는 제 마음인 양 읊조리고 읊조렸다.

― 누군가를 연모하는구나?

고우가 시녀들을 저만치 세워두고 홍도 곁으로 다가왔다. 홍도는 눈물을 훔쳤다.

― 어쩐 일이십니까?

― 반나절이 지나고 날이 어두워지는데도 내게 오지 않기에 와보았다.

― 송구합니다. 시간이 흐르는 것을 알지 못했습니다.

― 누군가를 연모하면 그리 되는 법이지…….

― 어찌 아셨습니까?

― 네가 그러지 않았느냐? 터지는 기침과 연모하는 마음은 숨길 수가 없다고, 말이다. 네 얼굴에 그리 쓰여 있는데 어찌 모르겠느냐? 누가 눈물을 흘리게 했는지 말해주렴. 내가 불러다가 혼을 내줄 테니…….

고우가 빙긋이 웃었다. 무심하게 바라보던 홍도가 말을 이었다. 조선말이었다.

"기다리고 기다리면 언젠가는 반드시 온다고 했는데, 제가 너무도 멀리 와버렸습니다."

고우는 당황했다.

― 조선에 있는 게로구나…….

알아들을 수는 없었겠지만 홍도 마음만은 들렸던 모양이었다.

― 이 일을 어쩐다…… 정주야, 내게 비밀을 말해주겠느냐? 너랑은 참으로 많은 이야기들을 나누었는데 이제 보니 너에 대해 아는 것이라고는 네 이름자밖에 없구나…….

홍도는 망설였다. 하나, 지금이 아니면 영영 말하지 못할 것이라고 생각했다.

― 고우공주, 비밀을 이야기해 드릴까요?

기대에 부푼 고우가 눈을 반짝였다.

― 그래, 듣고 싶구나. 정주야.

― 고우공주, 저는…… 제 이름은 정주가 아닙니다. 또한 조선 왕녀도 아닙니다.

고우가 웃었다.

― 농이 아니라 참을 말해보아라.

홍도는 바라만 보았다. 물끄러미 홍도를 바라보던 고우 눈동자가 휘둥그레져갔다.

이런 세상에…… 잠말이로구나…….

홍도가 고개를 끄덕였다.

― 정주야 아니…… 하면 넌, 누구냐?

― 제 이름은 홍도라 합니다. 원수를 갚고자 원수의 딸년 이름을 훔쳤습니다.

― ······.

― 고우공주, 제게 청이 생기면 들어준다고 하셨지요?

― ······.

― 저를 조선으로 돌려보내주십시오.

한동안 말이 없던 고우가 입을 열었다.

― 지금 전장이 된 조선으로 돌아간다면 목숨을 보전키 어려울 것이다. 정주야, 오늘 일은 아니 들은 것으로 할 테니 넌, 여전히 내 곁에 정주로 있어라. 알겠느냐?

나지막이 말하던 고우가 몸을 돌렸다.

― 고우공주, 이곳은······ 제게는 그저, 적장의 소굴일 뿐입니다. 고우공주가 아무리 저를 어여삐 여기신다 한들 저는 한낱 적장의 놀잇감에 불과할 뿐이며, 고우공주 또한 적장의 처일 뿐입니다. 보내주십시오. 제가 아무리 적장의 소굴에서 호의하고 호식한다고 한들 턱밑에는 울분이 쌓이고 흉중에는 원한이 사무칠 뿐이니 머지않아 미치광이가 될 것이옵니다. 고우공주, 고꾸라져 죽고 찢겨져 죽더라도 고향인 조선으로 돌아가 오라버니 곁에서 죽고 싶사오니 저를, 저를 불쌍히 여기어 놓아주십시오.

― 다물라, 다물라! 그 입 다물라! 내게 칼이 있다면 당장 네 년 목을 쳤을 것이야!

고우가 멀어져갔다. 홍도는 멀어져가는 고우를 그저 바라만 보았다. 이대로 죽겠노라. 몸뚱이에서 목이 달아나고 서걱서걱, 온몸을 작두질해 죽인다고 해도 조선으로 가지 못하고 자치기 오라버니를 보지 못한다면 그냥 이대로 죽겠노라고 다짐하고 다짐했다.

이튿날, 홍도는 문고에 나가지 않았다.

거리낄 것이 없었다. 고우에게도 가지 않았다.

두려울 것도 없었다. 마츠와 유키를 물리치고 홍도는 제 처소에만 있었다.

날이 지나갔다. 그렇게 이틀이 지나고 노을이 질 무렵 고우가 방문을 열고 홀로 들어왔다. 고우는 한동안 바라만 보았다. 홍도도 한동안 바라만 보았다.

─ 못된 년!

고우가 하는 말은 삭풍 모양으로 차갑고 아렸다.

─ 네년 이름이 홍도라 했느냐?

고우가 하는 말은 삭풍 모양으로 차갑고 아렸지만 흔들렸다.

─ 네년이 홍도이든 정주이든, 누구든지 간에 더 이상 이 성에 머물러서는 안 된다⋯⋯ 내가 네년 목을 치지 않는 것은 오랜 세월을 함께해온 동무에 대한 예우일 뿐이니 네년은 당장

이 성을 떠나라! 다시는 돌아오지 마라!

고우가 하는 말은 삭풍 모양으로 차갑고 아렸지만 흔들렸으며 또한 촉촉해졌다.

— 용서치 않을 것이야. 하나, 연모하는 이는…… 연모하는 이가 있는 곳으로 가야 할 테지…….

고우가 옷섶 안에서 묵직한 주머니를 꺼내 홍도 앞에 툭 던졌다. 노을 탓이었을까? 고우 눈자위가 발갛게 물들었다. 홍도는 고개를 숙였다. 흐르는 눈물을 보이고 싶지 않은 까닭이었다. 홍도도, 고우도, 한동안 그렇게 노을 속에 들어 있었다.

홍도는 오카야마 성에서 쫓겨났다. 아니, 고우가 내보내주었다. 무술년(1598년) 팔월, 조선 정벌을 꿈꾸던 토요토미 히데요시가 죽던 날 밤이었다.

홍도는 사내가 되기로 했다. 일본에서 여인 혼자 떠돌아다닌다는 것은 결코 쉬운 일이 아니었다. 게다가 홍도는 껑충하여 어디를 가나 눈에 띄는 까닭도 있었다. 허리께까지 내려온 머리터럭을 자르고 앞머리터럭을 칼로 밀었다. 일본 사내들 모양으로…….

부스스 떨어지는 머리터럭은 홍도의 번민이었고 외로움이었으며 슬픔이었다. 모든 것들을 버리는데 그까짓 머리터럭인들

대수롭지 않았다. 홍도는 일본 사내들처럼 존마게를 틀고 두루마기 같은 후리하오리를 걸치고, 칼을 찼다.

고우가 준 주머니에는 은덩이들이 가득 들어 있었다. 홍도는 은덩이로 말을 사고, 입이 무거운 무사 두 명을 곁에 두고 따르게 했다. 그리고 맨 처음 배에서 내렸던 후쿠오카로 향했다.

조선으로 돌아가야 한다. 오라버니를 만나리라. 하지만 홍도는, 오라버니를 만나러 조선으로 향하기 전에 정주옹주를 먼저 만나야만 했다. 오라버니, 기다려주시오. 이리 뒹굴고 저리 뒹굴고 하늘로 날아오르고 땅속으로 기어들어가서라도 반드시 살아계시오. 내가 곧 갈 테니 조금만 기다려주시오. 오라버니, 자치기 오라버니, 내 오라버니를 뵙기 전에 먼저 할 일이 있소이다…… 할 말이 있었다. 만약 정주옹주에게 해야 할 말을 하지 못한다면, 평생 원이 되고 한이 될 것만 같았다. 정주를, 정주옹주를 찾아야만 했다.

"마마, 내가 누군지 알겠소?"

공은 여선히 후쿠오카 법성사에 있었다. 조선 임금의 장손자이며 임해군의 장자이며 정주옹주의 조카인, 예닐곱 살쯤 된 공은 법성사 동자승이 되어 있었다. 공은 조선말을 모두 잊은 모양이었다. 홍도는 법성사 마당을 쓸던 공에게 합장을 하고는 그 자리를 나왔다. 정주옹주는 없었다.

"영소마마, 나를 기억하시오?"

영소는 홍도가 머물던 오카야마 성에서 멀지 않은 니와세라는 곳에 있었다. 어찌하여 그곳까지 오게 되었는지 알 수는 없었지만 조선 임금의 장손녀이며 임해군의 장녀이며 정주옹주의 조카인, 열한두 살쯤 된 영소는 니와세 어느 무사 집안의 양녀가 되어 있었다. 영소 또한 조선말도, 홍도도, 기억하지 못했다. 홍도는 길을 나섰다. 정주옹주는 없었다.

전쟁이 끝났다.

조선 땅에서 벌어졌던 칠 년간의 전쟁이 끝나고, 일본군들은 이긴 것도 진 것도 아닌 모양새로 모두 제 나라로 돌아왔다. 홍도는 발 없는 말들을 들었다. 오카야마 성 고부교 우키타 히데이에가 죽었다는 소문이었다.

전쟁을 마치고 제 나라로 돌아온 일본 장수들은, 저들끼리 동군과 서군으로 나뉘어 세키가하라라는 곳에서 전투를 벌였다고 했다. 단 하루 만에 끝나버린 전투에서 히데이에는 제 편 선봉에 서서 싸웠지만 참패했다고 했다. 그리고 도망하다가 죽었다고 했다. 누군가는, 죽은 척하고 아무도 모르는 곳으로 숨었다고도 했다.

홍도는 고우 소식이 궁금했다. 다행이었다. 오카야마 성에서 쫓겨난 고우공주는 본가로 돌아가 무사하다고 했다. 고맙소, 살아주어서…… 무탈하시오. 므은드레 모양으로 고운 고우공주…… 하면, 고울 선자를 적어 넣은 조선의 서책들은 모두 어찌 되었을꼬?

 경자년(1600년) 구월, 정주옹주는 어디에도 없었다.

정주

신축년(1601년) 사월이었다.

오카야마 성을 나선 것이 무술년 팔월이었으니 햇수로 네 해째였다.

오라버니에게 곧 가겠노라 다짐하고 다짐을 했건만 정주옹주를 찾지 않고서는, 죽었다면 죽었다는 흔적이라도 두 눈으로 보지 않고서는 도저히 조선 땅으로 돌아갈 수가 없었다. 홍도는 묘연한 행방의 끄트머리를 붙잡고 일본 땅을 헤매어 다녔다.

존마게를 하느라 몇 번이고 파르라니 깎았던 앞머리가 어느덧 새로 자랐다. 홍도는 자라난 머리터럭을 감아 올려 조선식으로 상투를 틀어 관으로 숨겼다. 그것도 여러 번 하다 보니 요령이 생겨서인지 조선 사내 모양으로 그럴 듯해 보였다. 그 사이, 곁을 따르던 무사들은 모두 제 고향으로 돌아갔다.

그날 홍도는 쓰시마 이즈하라라는 곳의 어느 여관 앞에 있었다.

무릎을 꿇은 여인은, 회랑 저 끝에서부터 걸레질을 하며 다가왔다. 홍도는 여인이 가까이 올 때까지 그 모습을 지켜만 보았다. 홍도 발치까지 다가온 여인이 걸레질하던 손을 멈췄다. 그제야 홍도가 지켜보는 것을 알아차린 모양이었다. 여인은 비켜 앉더니 연신 고개를 조아렸다.

— 소인이 눈이 멀어 손님께서 계신 걸 미처 알지 못했습니다. 용서하십시오.

— 고개를 드세요.

— 저는 한낱 비천한 계집일 뿐입니다. 말씀을 낮추십시오.

홍도는 그저 바라만 보았다. 홍도 발끝만 바라보던 여인이 살짝 고개를 들었다.

— 오늘밤 제 수발을 받고자 하신다면 주인님께 말씀하시면 됩니다.

정주였다. 공과 영소의 고낭이고, 순화군과는 한 배에서 난 누이동생이며, 순빈 김가의 외동딸이고, 조선 임금의 둘째 딸이 되는, 신사년 동짓달 초사흗날에 난, 정주가, 정주옹주가, 홍도 앞에 무릎을 꿇고 있었다. 참담했다. 홍도는 눈물이 쏟아질 듯하여 입술을 깨물었다.

그날 밤, 홍도는 여관주인에게 해웃값을 치르고 정주를 불렀다.

― 부르셨습니까?

스르륵, 문이 열리고 정주가 들어왔다. 정주는 문 옆에 무릎을 꿇더니 다시 문을 닫고는 고개를 숙였다.

"가까이 오세요."

조선말…… 정주가 흠칫 놀란 듯 망설이다가 천천히 고개를 들었다. 홍도와 눈길이 마주쳤다. 하지만 정주는 사내 복색을 한 홍도를 알아보지 못했다. 홍도가 무릎걸음으로 다가가 품속에서 자그마한 비단 천을 꺼내 놓았다. 훨훨 나는 꽃나비가 수놓인 비단 쥬련, 홍도에게 상으로 내렸던, 본래는 정주 제 것이었던 바로 그 쥬련이었다. 정주는 말없이 손을 뻗어 쥬련만 만지작거렸다.

"정주옹주, 날 알아보시겠습니까?"

홍도는 관을 벗고 끈으로 묶었던 머리를 풀었다. 까맣고 탐스러운 머리터럭이 출렁하고 어깨 위로 흘러내렸다. 정주가 그런 홍도를 물끄러미 바라보았다. 홍도는 온 마음을 다해 고개를 숙였다. 부끄러움이 온몸을 조여왔다.

"옹주…… 사죄를 드리러 왔습니다. 어릴 적 제게 사무친 원한이 어찌 옹주 잘못이었겠습니까? 하나, 미욱한 제게는 보이는 것이 없었습니다. 한마디 말로 옹주를 이리도 욕보게 했으니 참담하고 부끄러운 마음에 몸 둘 바를 모르겠습니다."

한동안 답이 없던 정주가 입을 열었다. 조선말이었다.

"어찌 네 이름을 잊었겠느냐? 홍도야…… 네 사정은 알지 못하나, 네게 사무친 원한이 조선 임금에게 미쳤다면, 임금 식솔인 내게도 원한이 미치는 것은 당연한 일이었을 게야. 내 아버지에게 품은 원한이니 자식인 내가 갚아야 하지 않았겠느냐……."

정주 눈에서 주르륵 눈물이 흘렀다. 어찌하란 말이냐? 정주는 모든 것을 운명으로 받아들였던 모양이었다. 도대체 어찌하라고 이리도 담담하단 말이냐? 홍도는 걸레질하던 정주를 보는 순간부터 꾹꾹 누르고 참아왔던 눈물이 왈칵 쏟아졌다.

"정주옹주…… 저는 조선 땅으로 돌아갈 것입니다. 배를 순비할 테니 저랑 함께 조선으로 가십시다. 조선으로 돌아가 옹주께서는 제게 죄를 물으십시오. 다만 오라버니를, 제게는 혈육과도 같은 오라버니를 한 번만 보게 해주신다면, 그리만 해주신다면, 어떤 벌이라도…… 제 목숨을 거두어 가신대도 달게

받겠나이다."

　마음속 깊은 곳에서 지난 수년간 일본을 떠돌며 다짐했던 말이었다. 오라버니를 보게 하여 주신다면, 딱 한 번만 보게 하여 주신다면 세상 그 어떤 벌이라도 묵묵히 받겠노라고, 다짐하고 다짐했던 말이었다.

　"나는…… 조선으로 돌아가지 않을 것이야. 난리 중에는 난리 중이라 찾지 못한다고 여겼건만 난리가 끝나도 임금이…… 아비가 제 피붙이들을 찾지 않는데, 조선으로 돌아간들 누가 나를 반기겠느냐? 나는 이미 추하고 더러운 계집이 되었으니 누가 나를 어여삐 여기겠느냐?"

　주체할 수 없는 눈물이 빗물 모양으로 흘렀다. 홍도는 바닥에 머리를 조아리며 흐느꼈다.

　"마마…… 정주마마……"

　정주가, 꽃나비가 수 놓인 비단 쥬련으로 흐르는 홍도 눈물을 닦아주었다.

　"울지 마라, 홍도야…… 옹주와 백성으로 만나지 말았더라면 좋았을 것을…… 다 잊었단다. 아무도 찾지 않는 나를, 네가 나를, 이리 찾아주었는데 무엇을 원망하겠느냐? 울지 말거라. 나는 더 이상 그리운 것도, 더 이상 원망할 것도 없으니, 새로 태어난다면, 깨끗한 몸으로 새로 태어난다면, 옹주도 싫고 사람도 싫고 이름도 싫고 향내 나는 꽃을 찾아 훨훨 나는 꽃나비가 될 것이야. 이름도 없는 고운 꽃나비……."

"정주마마…… 잘못했소…… 잘못했소…… 마마……."

홍도는 정주를 부둥켜안았다. 아팠다. 마음이 아파, 목구메에 주먹만 한 돌덩이가 콱 자리를 잡아, 숨도 쉬어지지 않았다. 정주가 미워했더라면, 차라리 꼴도 보기 싫다고 했더라면, 뺨이라도 쳤더라면, 네 이년! 하고 욕이라도 했더라면, 홍도 마음이 그리 아프지는 않았을 터였다. 하지만 정주는 분노도 원망도 미움도 아무것도 없었다. 정주는 그저, 홍도를 꼭 안아만 주었다.

그날 밤, 홍도와 정주는 서로를 부둥켜안은 채 소리죽여 울었다. 오래도록…….

첫 닭이 울자 정주는 해야 할 일이 있다며 방에서 나갔다.

홍도는 정주가 떠난 방안을 서성였다. 정주가 조선으로 돌아가지 않겠다면 여관주인에게 은덩이를 쥐여주고 이 허망한 곳에서 빼내주기리도 해야겠나고 생각했다. 홍도는 정주가 두고 나간 쥬련을 들고 회랑으로 나왔다.

아…… 회랑 저 끝, 무릎을 꿇고 걸레질을 하던 그곳에, 정주가 있었다. 정주에게 다가가던 홍도는 스르르 무너지듯 그 자리에 주저앉고 말았다. 조금만 일찍 정주를 찾아 나섰더라면,

조금만 더 일찍 참담하고 부끄러운 마음을 알았더라면…… 홍도는 바닥에 머리를 찧고 또 찧었다.

정주가 목을 맸다.

눈앞에 보이는 바다를 건너면 조선 땅이라고 했다. 홍도는 날 좋은 날이면 잡힐 듯이 조선 땅이 보인다는 언덕에서 정주 장례를 치렀다. 타오르는 장작더미 안에 정주가 있었다. 홍도는 정주의 비단 쥬련을 그 안에 넣어주었다.

― 비석에 망자 이름을 무엇이라고 적을까요?

장례를 주관하던 승려가 다가와 물었다.

― 조선 왕 이연의 딸 정주라고 적으시오.

승려가 눈이 휘둥그레져 쳐다보았다.

― 아, 이름은 싫다 했으니 이름은 적지 마시오.

― 알겠습니다. 하면, 이연왕희李公王姬라고만 적겠습니다.

홍도는 타오르는 장작더미 위로 날아가는 정주를 보았다. 꽃나비가 되어 날아갔다. 정주가 꽃나비가 되어 훨훨 날아갔다. 조선이 아닌 저 아득히 먼 바다를 향해 날아갔다. 멀리멀리 날아갔다. 잘 가시오, 옹주…….

*

"조선으로 돌아오신 겁니까?"

얼음처럼 굳어져 있던 동현이 입이 연다.

"예…… 정주옹주 장례를 치르고 이레째 되던 날 저녁에 배를 탔습니다. 배는 조선 수군이었다가 쓰시마로 도망해 처자식을 거느리고 살던 사내가 몰았습니다. 사내는 한밤중에도 조선 바다를 손바닥 모양으로 훤히 보았습니다. 섬들을 지나고 해안을 요리조리 돌아 이튿날 새벽녘에 경상도 제포 인근 어느 해변에 닿았습니다. 난리 후라 경계가 삼엄할 것이라 여겼으나 저를 가로막는 자는 아무도 없었습니다. 조선에서는 조선 냄새가 났습니다."

"조선 냄새, 조선 냄새는 어떤 겁니까?"

"그냥…… 자치기 오라버니 같은 냄새였습니다. 좋은 냄새……."

동현이 왠지 퉁명스레 묻는다.

"그럼 옷은, 일본 옷을 그대로 입고 오신 겁니까?"

"아뇨. 조선 선비 옷을 한 벌 구했습니다. 호패도 하나 만들고…… 쓰시마에서는 은덩이만 있으면 안 되는 일이 없었습니다."

비즈니스 클래스 안이 어둑하다.

다른 승객들은 모두 잠이 든 모양이다.

오직 홍도와 동현만이 자리에 불을 켜고 두런거린다. 홍도와 동현이 서로를 바라본다. 지금 이 순간 홍도에게는 동현만, 동현에게는 홍도만 보일 뿐이다.

흉악무도한 도적떼

홍도는 한성으로 향했다.

情人相見意如存 須到萬里峴宅門
氷雪容顔雖未覩 聲音彷佛尙能聞
그리운 임아, 보고프면 만리현 집 앞으로 달려오소서.
얼음보다 곱고 눈빛보다 맑은 얼굴이야 볼 수는 없지만 목소리만은 오히려 들리는 듯하오.

한성 서부 소의문 밖 반석방 도전계 만리현. 홍도는 자치기 오라버니와 만나기로 한 만리현 집을 향해 걷고 또 걸었다. 아는 길은 발로 찾고 모르는 길은 입으로 물어 갈 작정이었다.

헐렁하기 짝이 없던 바다와는 달리 조선 내륙은 고개마다 마루마다 관군들이 지키고 서서 지나는 백성들을 살피고 뒤졌다. 산길을 걷고 배를 타고 큰 강을 건넜으니 아마도 경상도 삼랑진이었던 것 같다. 난중에 불타고 무너져 내린 작원관이 있던 고갯마루였다.

"어디 사는 뉘시오?"
젊은 무관이 누런 버드나무 목패에 붉은 수술을 감싼 호패를 이리저리 살피며 물었다.
"호패를 보지 않았소. 한성 만리현에 사는 유생 리홍도라 하오."
"한성에 사시는 분이 경상도 땅에는 어쩐 일이시오?"
"난중에 웅천에 계신 외조부께서 무탈하신지 뵙고 가는 길이라오. 에고, 난중에 다리를 못 쓰게 되셨으니 병약하신 자친께 어찌 말씀을 올려야 할지 벌써부터 걱정이 태산이라오."
"심려가 크시겠소. 되도록이면 무탈하시다고 아뢰시오."
"마음이야 그렇소만, 내 성정에 거짓을 아뢴다는 게 도시 내키질 않으니 걱정입니다."
홍도는 술술 잘도 둘러댔다. 자치기 오라버니한테 배웠으니 말해 무엇 할까?

"앞으로도 갈 길이 천 리인데, 새재를 지나서는 밤길을 재촉치 마시지요."

"그곳에 무슨 변고라도 있소?"

"조선팔도에 도적 없는 곳이 없는 지경이지만 특히나 새재 인근에는 자치기라는 흉악무도한 도적떼가 들끓는다 하더이다. 근거지라도 알면 발본색원할 텐데 워낙 재빠른 놈들이라 관에서도 아직 코빼기조차 본 적이 없답니다."

"새겨듣겠소. 한데 도적떼 이름이 무어라고 했소?"

"자치기 말이오? 어째서 이름이 자치기인지는 모르겠으나 여간 포악스러운 게 아니라 하더이다. 더구나 유생께서는 얼핏 여인이라고 하여도 믿을 듯싶으니 더욱 조심하시지요."

"아이고, 여인이라니! 선친이 묏등에서 들으시고 벌떡 일어날 소리요."

"말이 그렇다는 거니, 속히 유숙할 곳을 찾아보시오. 해 떨어지겠소이다."

홍도는 손사래를 치며 젊은 무관 앞을 빠져나왔다. 코밑에 턱밑에 쥐수염이라도 달 것을…… 한데, 자치기 오라버니가 도적이 되었다? 그것도 아주 포, 악스러운…… 오호라! 자치기 이놈, 잡으러 가야겠구나! 홍도는 뛸 듯이 기뻤다.

달도 휘영청 밝았다.

"자치기야, 나오너라! 어디 숨은 게냐, 속히 나오지 못할까?"

새재를 넘어서는 낮에 자고 해질 무렵부터 밤에만 덜렁덜렁 걸었다.

"그리도 포악스럽다더니 어찌 못 나오는 것이냐, 오줌이라도 지렸느냐!"

한밤중 산중에 들어서는 고래고래 소리를 지르며 노래도 불렀다.

"못된 놈 같으니라고, 어찌 이리 고생을 시키는 게냐!"

저만치 사내 둘이 버티고 선 것은 새재를 넘은 지 이틀째 되던 날이었다.

"밤괭이 모양으로 숨어 있지만 말고 속히 나오너라. 자치기야!"

칼을 찬 사내들은, 허랑하지 않고 결곡한 모양새가 도적떼 같지는 않았다.

"네놈들이 자치기일 리는 만무하고 흉악하고 무도하다는 자치기는 어딨느냐?"

사내들 사이로 말을 탄 사내가 불쑥 나타났다.

"이 산중이 다 네 것이 아닐진대 그놈 참, 시끄럽다!"

둥근 달이 둥실 떠올라 있었지만 말을 탄 사내 얼굴은 나무

그림자가 드리워 보이질 않았다.

"대관절 자치기란 놈이 누구기에 그리도 시끄럽게 구는 것이냐?"

말을 탄 사내가 달빛 아래로 나왔다.

오라, 버니…… 자치기 오라버니…… 참으로 자치기였다. 임진년 회령성 어느 집 두엄간 앞에서 헤어졌으니 자그마치 열 해 만이었다. 턱밑에 코밑에 덥수룩이 수염이 나고 몸집은 더욱 커다래지고 긴 머리터럭을 끈으로 질끈 동여맨 오라버니가…… 눈물짓게 하고, 잠 못 들게 하고, 그리워하게 하던 자치기 오라버니가 바로 눈앞에 서 있었다.

보고 싶었다. 모두 보고, 싶었다. 눈으로 보고, 손으로 만져보고, 목소리도 들어보고, 냄새도 맡아보고, 입으로 맛이라도 보고 싶었다. 모두모두 보고만 싶던 자치기 오라버니가 물끄러미 홍도를 바라보았다. 홍도도 물끄러미 자치기를 바라보았다. 한데, 씩 딜러오시 않고! 사지기 저놈이 정녕 내가 누군지 모른단 말인가? 홍도는 은근히 부아가 치밀기 시작했다.

"자치기는! 내가 아는 자치기는, 왜구를 물리치러 갔다가 까만 먹만 갈았고, 한 됫박도 안 되는 소곰으로 고도어자반도 바뭐먹을 줄 알고, 그리고 홍도라는 아리따운 계집을 보고파하는 잘생긴 사내요. 혹시 그대가 본 적이 있으시오?"

"글쎄올시다. 내가 홍도라는 계집은 좀 아는데 그대가 아는 것과는 많이 다르오. 무엇보다도 내가 아는 홍도는 아리따운 계집이 아니오. 못생긴 얼굴에 성정은 지랄맞고 걸핏하면 빗자루를 들고 설치는데다가 버럭버럭 소리부터 질러대니 여간 사나운 게 아니라오. 뿐만 아니라……."

저놈의 자치기가 내, 성말라 죽는 꼴을 보고픈 게로구나!

"한마디만 더 했다가는 다리몽둥이가 분질러질 테니 그만 닥치시오!"

"이 일을 어쩐다. 내, 한마디를 더 한다 해도 그대가 분질러 놓을 다리가 없소이다!"

자치기가 옆에 있던 사내 어깨를 짚더니 말에서 훌쩍 뛰어내렸다. 사내들이 서둘러 자치기를 부축했다. 하지만 자치기는 사내들을 만류하며 혼자서 섰다. 아니 혼자서 앉았다.

세상에…… 자치기는 두 다리가 없었다. 무릎 아래에 달려 있어야 할 정강이가, 종아리가, 발이, 없었다. 장창에 찔리고, 반월도에 잘리고, 조총에 맞고, 화포에 날아가기라도 했단 말인가? 아니, 이제 와서 연유를 알아 무엇에 쓴단 말인가? 그저 지금 이 앞에, 손을 뻗으면 닿을 자리에 이리 있는데…… 살아 계시는데…….

두 눈에서 주르륵주르륵 눈물이 흘렀다.

"천 자를 날아가든 만 자를 날아가든 반드시 온다고 했는데, 오지 못하는 까닭이 있었구려!"

"그대가 아는 자치기보다도 못생겨져 실망했겠네?"

"아니요. 내가 아는 자치기보다도 천 배 만 배는 잘 생겨졌소. 오라버니……."

"한데, 어쩐다. 그대는 내가 아는 홍도보다도 천 배 만 배는 못생겨졌구나. 홍도야……."

홍도는 품속 깊숙한 곳에 넣어두었던 자치기 알을 꺼냈다. 지난 열 해 동안 단 한순간도 품속을 떠난 적이 없는 자치기 알이었다. 홍도는 자치기에게 알을 건넸다. 알을 받아드는 자치기 팔뚝에 댕기가 묶여 있었다. 비록 낡고 바래서 색깔을 알아볼 수는 없었지만 분명 열 해 전 회령'성 어느 집 두엄간 앞에서 홍도가 묶어준 바로 그 제비부리댕기였다.

"자치기 알을 돌려주었으니 이제 못생긴 홍도는 그만 가야겠소."

와락, 자치기가 홍도 손목을 잡았다. 그리고 품속에서 붉디

붉은 댕기를 꺼내 보였다.

"곱디고운 놈으로 사준다 하지 않았느냐, 갈 때 가더라도 댕기는 가지고 가야지!"

방정맞은 눈물이 또 흘렀다. 이럴 때는 눈물이 흐르지 말아야 할 것을, 댕기를 받아든 홍도는 줄줄 눈물이 흘렀다. 자치기가 손을 뻗어 홍도 볼을 타고 흐르는 눈물을 닦아주었다.

"오라버니…… 고맙소. 이리 살아주어서 정녕 고맙소."
"그 말은 내가 할 말이다. 홍도야…… 고맙구나, 고맙고 또 고맙구나……."

홍도는 무너지듯 자치기에게 안기고 말았다. 좋았다. 자치기 냄새가 좋았다. 따뜻했다. 자치기가 홍도를 안아주었다. 눈물짓게 하고, 잠 못 들게 하고, 그리워하게 하던 자치기 오라버니가 홍도를 꼭 안아주었다.

허흠허흠, 옆에서 지켜보던 사내 둘은 연신 헛기침만 했다. 사내들 눈에는 홍도가 여전히 사내로 보이는 모양이었다.

"어디 보자, 홍도야……."

자치기가 홍도 두 볼을 감싸며 의아한 듯이 보았다.

"재주도 좋지…… 홍도야, 어쩌다가 사내가 되었느냐? 천하의 묘약이라도 마신 게냐?"

"오라버니! 눈도 아프시오? 제대로 좀 보란 말이오!"

 한밤중 산중에는 오래도록 홍도 악다구니가 울리고 울려 퍼졌다.

항아

 자치기 오라버니는 월악산 자락에 깃들어 있었다. 우당탕 탕탕, 물소리 요란하고, 하늘에 하얀 달이 둥실 떠오르면 봉우리에 대롱대롱 매달려 영 내려올 줄 모른다던 영봉이 저만치 올려다보이는, 월악산 자락 한 귀퉁이에 꼭꼭 숨어 있었다.

 자치기 오라버니는 죽도 할아버지 유훈을 좇아 그곳에 대동촌을 짓고 난리 중에 갈 곳을 잃은 사람들과 더불어 살았다. 솟대를 높이 세우고, 대동이라고 쓴 깃발을 휘날리고, 철모르는 아이들에, 굳센 사내들과, 바쁜 여인들에, 모여 앉은 늙은이들까지 얼추 백여 명은 될 성싶은 사람들과 옹기종기 모여 한 식구가 되어 살았다.

 대동촌 자치기는 결코 흉악무도하다는 도적떼가 아니었다.

자치기가 그리 소문을 낸 것이었다. 흔적도 없이 사라진 홍도를 찾고자 흉악무도한 자치기가 새재 너머에서 도적질을 한다고 조선팔도에 소문을 냈던 것이었다. 소문은 이리 뛰고 저리 건너 홍도에게까지 들어갔고, 결국 홍도는 자치기를 만난 것이었다.

"자야 하느니라. 제발 좀 자라, 홍도야……."

자치기는 산중을 헤매고 다닌 홍도를 방 안에 가두고 억지로 잠부터 재웠다. 하지만 자는 둥 마는 둥 이튿날 날도 밝기 전부터 홍도는 자치기가 모는 말을 타고 대동촌 구석구석을 누비며 살피고 다녔다.

그날 대동촌에서는 닭도 잡고 돝도 잡고 홍도 이름으로 잔치가 벌어졌다. 홍도는 노랑 저고리 붉은 치마로 갈아입고, 자치기가 준 붉은 제비부리댕기도 새로 매고, 대동촌 식구들과 일일이 손을 맞잡고 인사도 나누었다.

홍도는 자치기 몰래몰래 여인들이 한 잔 두 잔씩 건네준 달짝지근한 멀위(머루)술이 좋았다. 기분도 좋고 목소리도 커져가던 무렵, 주위를 둘러보니 함께 있던 여인들이며 아이들이 하나둘씩 슬금슬금 사라지고, 홍도 앞에는 나이를 가늠하기도 힘들 만큼 늙디늙은 할머니 한 분만 지팡이에 기댄 채 우두커니 서 있었다. 아니, 서 있는 것이 아니라 지나가고 있었다.

눈빛보다도 하얀 머리터럭은 금방이라도 부서질 듯 푸석거렸고 허리는 곡괭이 모양으로 굽어서 남은 생애를 땅바닥만 바라보게 생겼으며 간혹 앞이라도 볼라치면 한참을 힘겹게 고개를 치켜들어야만 하는 할머니는 후다닥 두 다리를 재빠르게 놀려 앞으로 나아가더니 또 한참을 땅바닥에 박힌 듯이 서 있었다.

홍도는 멀위술을 홀짝이며 할머니를 가만히 지켜보았다. 할머니는 연신 같은 모양새로 수풀이 우거진 언덕배기로 향하고 있었다. 그리고 또다시 다리를 놀리더니 수풀 속으로 이내 사라졌다. 저곳으로 가면 떨어질 텐데…… 홍도는 저도 모르게 일어나 할머니가 사라진 언덕배기로 향했다.

아뿔싸, 얼추 닷 발도 더 되어 보이는 언덕배기 아래 돌밭에 할머니가 널브러져 있었다. 굽어진 허리 탓에 제대로 앞을 보지 못한 듯했다. 홍도는 뒤로 돌아보지 않고 늘어진 나뭇가지와 풀뿌리를 움켜쥐고는 할머니에게 내려갔다.

"할머니, 할머니!"

홍도는 돌바닥에 엎드린 할머니를 돌려세웠다. 아…… 자그마한 돌멩이 모양으로 생긴 거무튀튀한 혹들이 온 얼굴에 가득

했다. 뿐만 아니라 목덜미며 손등이며 드러난 살갗마다 수많은 혹들이 침 하나 꽂을 자리도 없을 만큼 빼곡했다. 아마도 온몸이 혹들로 뒤덮인 모양이었다. 흉측했다. 하지만 홍도는 두려울 것도 없이 할머니 얼굴을 매만졌다. 온기도 없이 차가웠다. 설마, 홍도는 할머니 얼굴에 제 얼굴을 대고 숨소리를 들었다. 다행히도, 숨은 쉬었다.

"고으으 느에 하으으 아 다아아……."

할머니였다. 할머니 입에서 나오는 소리였다. 얼핏 즉즉거리는 풀벌레 소리 같았다. 할머니는 입도 벌리지 않은 채 무언가를 말했다. 신기했다.

"괜찮으시어요, 할머니?"

할머니는 높은 곳에서 떨어졌음에도 생채기 하나 없이 멀쩡했다. 한데, 보기는 보는 것일까? 홍도는 제 품에 안은 할머니를 물끄러미 바라보았다. 할머니 눈은 흰자가 보이질 않았다. 온통 시꺼먼 눈 속에 어디부터가 눈동자인지 도무지 알 수가 없었다. 기묘했다.

"나으으 하으으 아 다아아 고으으 느에고으으……."

나는 항아다. 곱기도 하구나…… 오호라, 그 말씀을 하시는구나!

마음을 열면, 제 마음속 닫혀 있던 수많은 문들을 활짝 열어

젖히면 상대 눈빛만으로도 몸짓만으로도 그 마음을 읽을 수 있는 법이다. 하물며 소리를 내는데 어찌 마음을 알지 못하겠는가? 홍도는 할머니가 내는 신기하고 기묘한 소리들을 모두 알아들었다.

항아…… 나중에 알고 본즉 항아 님은 본디 대동촌이 들어서기 전부터 이곳에 땅을 파고 토굴에서 살았다고 했다. 대동촌이 세워지고 지신밟기를 하던 날, 땅속에서 항아 님이 기어 나왔다고 했다. 사람들은 당장 항아 님을 내쫓고 굿이라도 해야 된다고 난리법석을 피웠지만 자치기가 나서 말렸다고 했다. 본디 주인이 있는 곳에 터를 잡은 대동촌 잘못이 크다며 항아 님께 양해를 구했고, 항아 님은 고개만 끄덕였다고 했다. 그 후로도 항아 님은 토굴 속에서 살았고, 대동촌 식구들은 토굴 근처에는 얼씬도 하지 않는다고 했다. 그런데 대동촌 아이들 입에서 나오는 이야기들은 귀를 의심할 만했다.

항아 님은 프리(파리)를 잡아먹고 모기(모기)를 잡아먹고 것위(지렁이)를 잡아먹는다고 했다. 게다가 비얌(뱀)을 뜯어먹고 쥐도 벗겨먹는다고 했다. 그래서 대동촌에는 프리도, 모기도, 것위도, 비얌도, 쥐도 살 수가 없다고…… 그러고 보니 잔치가 벌어졌는데도 기름진 것들 위를 날아다니는 프리 한 마리조차 보이질 않았던 것 같았다. 또한 항아 님이 지나간 길에는 정체를 알 수 없는 누릿한 화독내가 났다. 그래서 사람들은 항아 님을 두터비(두꺼비) 귀신이 썬 늙은이라고 쉬쉬거렸고, 항아 님이 고개라도 들라치면 급한 일이라도 있는 듯 줄행랑부터 놓고는 했다.

"저는 홍도입니다. 자치기 오라버니의 하나밖에 둘도 없는 누이동생이랍니다."

홍도는 항아 님을 들쳐업고 언덕배기를 빙 둘러 잔치가 벌어진 대동촌 마당으로 돌아왔다. 모두들 더럽고 두렵다며 항아 님을 아는 척도 하지 않았지만 홍도는 항아 님이 아무렇지도 않았다. 그저 옥같이 곱디곱던 할머니 같았다.

홍도는 항아 님이 들려주는 이야기를 들었다. 오래되고 오래되어 언제 적인지도 모를 만큼 아득하고 먼 옛이야기들을 멀위술을 홀짝거리며 두 손을 맞잡고 토닥토닥, 쓰다듬고 만지작거리며 듣고 또 들었다.

허흠허흠, 한참을 보이지 않던 자치기가 어느샌가 나타나 연신 헛기침을 해댔다. 그렇게 한 시진을 넘게 얼쩡거리던 자치기가 이번에는 다그닥 다그닥, 말을 타고 나타나더니 소리부터 질러댔다.

"홍도야, 도대체 그 묘한 소리를 알아듣기는 하는 것이냐?"

쉿! 불쾌해진 홍도가 손가락을 입에 대며 조용히 시켰다.

"어라, 술을 마셨느냐? 혹시, 멀위술에 취한 것이냐, 홍도야?"

홍도가 벌떡 일어나 삿대질을 하며 소리를 질렀다.

"오라버니! 대동촌에서 오라버니가 가장 시끄럽소. 좀, 입 좀 다무시오!"

악다구니에 풀이 죽은 자치기는 말머리를 돌려, 저만치에서 온종일을 어슬렁거렸다.

항아 님이 들려준 이야기는 항아 님 당신만큼이나 신기하고 기묘했다.

오래 전, 기억나지도 않을 만큼 아득한 오래 전 항아 님은 옥녀였다고 했다. 옥황상제가 계시는 궁궐에 살던 옥녀 항아 님은, 땅에 살던 멋진 사내에게 반하여 혼인을 했는데 바깥어른 함자는 후예였고 활쏘기를 잘해 이 세상 그 무엇이라도 쏘아 맞출 수 있었다고 했다. 항아 님과 후예 님은 불노불사하는 천신 반열에 올랐고 오래도록 복을 누렸다고 했다.

아마도 요임금 시절이었을 것이라고 했다. 하늘에 갑자기 열

개나 되는 해가 한꺼번에 떠올라 세상은 불구덩이 모양으로 뜨거워지고, 강물은 말라붙어 먼지가 날리고, 목마른 사람들은 하늘을 원망하며 죽어갔다. 본래 열 개의 해는 옥황상제의 아들들이었는데 열흘에 한 번씩 서로 번갈아가며 떠올라야 함에도 불구하고 못된 장난을 친 것이었다. 소식을 들은 옥황상제는 아들들에게 벌을 내리고자 항아 님 바깥어른인 후예 님을 불러 화살 열 개를 주며 혼을 내주라고 했다.

후예 님은 화살 열 개로 하늘에 뜬 해들을 하나씩 하나씩 맞혀 떨어뜨렸다. 결국 아홉이 죽고 하나만 남았다. 그런데 옥황상제께서 보시기에, 저러다가는 마지막 남은 아들 하나까지 죽이고 말 것 같았다. 아무리 못된 장난을 쳤기로서니 아들들을 모두 죽일 수는 없는 노릇이었다. 마음이 바뀐 옥황상제는 후예 님이 갖고 있던 마지막 남은 화살을 감추어버렸다. 그리하여 하늘에는 해가 하나만 떠 있게 됐고 세상은 다시 평온해졌다. 하지만 옥황상제는 생각할수록 화가 치밀었다. 아무리 명이라지만 아들 열 중에 아홉을 죽어버린난 말인가? 옥황상제는 후예 님과 항아 님에게 더 이상 하늘에 올라오지 말고 땅에서만 살라는 벌을 내렸다.

항아 님은 낙담했다. 땅에서만 살라는 소리는 사람 세상에서만 살라는 소리였고, 그것은 늙고 병들고 죽게 된다는 것을 의미하는 것이었다. 항아 님은 이 모든 게 후예 님 때문이라고 생각했다. 다시는 하늘에 올라갈 수 없다니…… 항아 님은 눈물로 세월을 보냈고 보다 못한 후예 님이 방도를 내었다.

서쪽으로 끝도 없이 가다보면 곤륜산이란 곳이 나타나는데 그곳에 성은 양이고, 이름은 회이며, 호랑이 꼬리에 호랑이 이빨을 하고, 휘파람을 잘 불며, 더부룩한 머리에 머리꾸미개를 꽂은 서왕모라는 여인이 계신다고 했다. 서왕모는 하늘의 재앙과 형벌을 관장하는 분이라고 했다. 후예 님은 그분께 간곡한 부탁을 해보겠다며 길을 나섰다.

후예 님은 서왕모께 그간의 사정을 이야기하고 하늘에 다시 오를 수 있게 해달라고 간청을 했다. 서왕모께서 보시기에, 만약 후예 님이 해 아홉을 쏘아 떨어뜨리지 않았더라면 세상에는 큰일이 날 뻔했기에, 후예 님의 청을 들어주기로 하고는 반도원蟠桃園에서 자라는 반도라고 불리는 복숭아 두 알을 주었다.

반도는 삼천 년에 한 번 꽃을 피우고 삼천 년에 한 번 열매를 맺는 복숭아였다. 반도를 한 알 먹으면 땅에서 삼천갑자를 살며, 두 알을 먹으면 하늘로 올라가 불로불사하며 천신이 될 수 있는 선과였다. 하지만 당시 서왕모께는 신선들과 잔치를 하느라 반도가 두 알밖에 남아 있지 않았다. 서왕모께서는 항아 님과 한 알씩 나눠먹고 삼천 년만 기다리면 다시 한 알씩 더 따서 주겠노라고 후예 님과 약속을 했다.

 항아 님은 뛸 듯이 기뻤다. 다시 하늘로 올라갈 수 있게 되었구나! 항아 님과 후예 님은 길일을 잡아 함께 반도를 나누어 먹기로 했다. 하지만 그날 밤, 항아 님은 잠을 들 수가 없었다. 당장 항아 님이 먼저 두 알을 먹고 후예 님은 나중에 서왕모께서 주시는 두 알을 먹으면 될 일이 아닌가? 생각이 미치자 항아 님은 반도 두 알을 모두 먹어버렸다.

 하늘로 훨훨 날아올랐다. 항아 님은 기뻤다. 그런데 기쁜 순간도 잠시뿐 미처 생각하지 못한 것이 있었다. 땅에 남아 있을 후예 님은 옥황상제께서 내린 벌을 받는 중이었으니 불로불사하는 천신이 아니라 생로병사하는 사람이었던 것이다. 하면, 반도가 다시 맺히기까지 삼천 년을 어찌 산단 말인가? 게다가 옥황상제께서 하늘에 홀로 올라온 것을 보시고는 후예는 어디 있느냐? 하고 물으시면 무엇이라고 대답을 한단 말인가?

 항아 님은 일단 달에 내려 광한궁에서 머물며 방도를 구할 참이었다. 그런데 이상한 일이었다. 항아 님이 달에 내리자, 얼굴은 울퉁불퉁해지고 눈은 튀어나오고 배는 바람을 넣은 것 모양으로 부풀어 오르더니, 두터비가 되고 말았다.

 옥황상제께서 항아 님이 하는 일거수일투족을 지켜보다가

벌을 내리신 것이었다.

눈물이 흘렀다. 항아 님은 옥황상제께 빌었다. 무슨 수를 써서라도 후예와 함께 올라갈 테니 다시 땅으로 보내달라고 빌고 또 빌었다. 정성이 닿았던지 옥황상제께서는 항아 님을 땅으로 다시 보내주었다. 하지만 사람 형상이 아니었다. 두터비도 아니고 사람도 아닌 괴이한 몰골이 되어 있었다.

누구는 후예 님이 마음이 상해 바다에 빠져 죽었다고도 했고, 누구는 후예 님이 서왕모의 반도를 다시 구해 동쪽에서 잘 살고 있다고도 했다. 하지만 항아 님은 후예 님을 찾지 못했다고 했다. 그래서 지금도 후예 님을 찾아다닌다고 했다. 후예 님을 찾아 자신이 한 잘못을 빌 것이라고 했다. 설령 후예 님이 이미 저세상 사람이 되었다면 그 혼백이라도 찾아 용서를 구할 것이라고 했다. 그렇게 떠도는 말들을 좇아 여러 천 년을 지나 다다른 곳이 조선 땅 월악산 자락이라고 했다.

항아 님은 어리석은 욕심 때문에 죽지도 못하고 두터비 몰골을 한 채 벌을 받는 중이라며 눈물을 흘렸다. 홍도는 공과 영소와 정주옹주가 떠올랐다. 정주옹주를 찾아 일본을 떠돌던 제 모습이 떠올라 눈앞에 어른거렸다. 홍도는 항아 님을 꼭 끌어안고 오래도록 함께 울었다.

항아 님이 들려준 이야기는 예전 자치기 오라버니가 산중으로 구해다 주던 명나라 서책들에서 읽은 이야기였다. 곤륜산, 서왕모, 반도원, 광한궁…… 그저 신묘하고 불측한 이야기인 줄로만 알았던 이야기들이 바로 항아 님이 겪고 지내온 옛이야기들이었다.

홍도는, 항아 님이 들려준 이야기들을 고스란히 믿었다.

그대로 죽어도

목이 말랐다. 머리도 아팠다. 홀짝홀짝 마신 멀위술 탓인 듯했다.

뚜걱뚜걱, 눈을 뜰 무렵부터 말발굽 소리가 들려왔다. 오라버니가 방 밖에서 서성이는 모양이었다. 흐흐, 불쌍한 오라버니, 오늘은 무슨 일이 있어도 오라버니랑 놀아드려야지…… 머리맡에 있던 자리끼를 들이켠 홍도는 그제야 제가 잠들었던 방 안을 제대로 둘러보았다.

세상에, 꽃방이 따로 없었다. 온갖 꽃나비가 훨훨 나는 노랗고 파랗고 붉은 금침에, 어디서 구해다 놨는지 울긋불긋한 이층장 삼층장 화초장 반닫이에, 문갑을 세워 서책들을 줄줄이 쌓고, 사내들 사랑방에나 있을 법한 책가도로 병풍을 치고, 당초무늬 창호를 내어 번한 빛이 방 안을 채우고 있었다. 어째서 어제는 눈에 보이지 않았을꼬? 오라버니 솜씨이리라. 지난 열 해 동안 오라버니가, 자치기 오라버니가 짓고 모으고 닦아가며 홍도를 기다린 흔적들이었다. 화사하면서도 고졸하고 담박하면서도 눈부셨다. 홍도는 방 안 가득히 묻어 있는 오라버니 냄새를 맡았다. 좋았다. 홍도는 아침햇살이 비쳐 들어오는 당초 무늬 창호문을 활짝 열었다. 아, 홍도는 그만 눈을 감고 말았다. 다시 볼 수 있을까? 정녕 다시 보아도 되는 것인가? 홍도는 살며시 샛눈을 뜨고 창밖을 훔쳐보았다.

 온 천지가, 만지가, 수수꽃다리였다.

 눈 모양으로 하얀 조선지 위에 붉은 잇도 한 방울, 푸른 잇방울을 톡 떨어뜨려 세상에 흩뿌려 놓은 듯싶었다. 달짝지근한 향내에 들썽거리고 흐벅진 꽃송이에 혼미해져갔다. 수수꽃다리가 만발한 어릴 적 소리실 마당 한편이 통째로 들어온 듯했다. 저만치에서 자치기가, 낮도깨비 모양으로 뛰놀았으리라. 자치기 오라버니가 이리 구르고 저리 뒹굴며 늠름하게 뛰놀았으리라.

"홍도야……."
 기다리다 지쳤는지 오라버니가 나지막하게 홍도를 불렀다.

홍도는 화초장 아래 놓인 면경을 찾아내 얼굴부터 살폈다. 발그레하니 입술이 고왔다. 붉은 빛깔 때문이었을까? 왠지 모르게 가슴이 설렜다.

"홍도야…… 기침했느냐?"

자치기 소리에 놀란 홍도가 버럭 소리부터 질렀다.

"입 좀 다무시오, 좀! 오라버니가 대동촌에서 가장 시끄럽다고 했소? 안 했소?"

아뿔싸, 소리까지야 지를 것은 없지 않았는가? 이름 좀 부른 것이 뭘 그리 잘못을 했다고? 어찌 이리 생급스러울꼬? 어째서 이리도 살똥스러울꼬? 홍도는 면경에 비친 제 얼굴을 다시 보고는 깜짝 놀랐다. 벌겋게 달아올라 있었다. 가슴은 뜀박질이라도 한 듯 벌렁거렸고, 저도 모르게 침이 꿀꺽 목구메를 넘어갔다. 별일이었다.

홍도는 자치기가 방으로 넣어준 두리함지박에 담긴 물로 수세를 하고, 그러고도 한 다경이 지나서야 꽃방에서 나왔다.

홍도는 자치기가 모는 말을 함께 타고 골짜기를 따라 월악산 산중으로 들어갔다. 홍도는 아무 말도 하지 않았다. 자치기 앞에 앉은 탓이었을까? 소리부터 지른 게 미안한 탓도 있었지만 왠지 모르게 스스러웠다. 자치기가 모는 말이 달짝지근한 풀냄새를 풍기며 한 발짝 한 발짝 내딛을 적마다, 넓디넓은 자치기 가슴이 매끈매끈한 홍도 등을 슬쩍슬쩍 스쳤다. 내외하는 것일까? 두 볼이 빨갛게 물들어갔다.

얼마나 올랐을까? 살랑 불어온 바람이 목덜미를 간질이고, 산새들은 짝을 찾아 요란을 떨었다. 우당탕 뚱땅뚱땅, 시끄럽게 흘러만 가던 물줄기가 커다란 웅덩이를 만나 가던 길을 쉬고, 깎아지른 단애가 사람 기를 죽이는가 싶더니, 서책들을 쌓아놓은 것 같은 너럭바위가 눈앞에 펼쳐졌다. 선계가 따로 있을까? 오라버니와 함께한 이곳이 바로 선계인 듯도 싶었다.

자치기는 요령도 좋게 나무에 기대어 말에서 훌쩍 내리더니 너럭바위에 꽃돗자리를 깔고 자리를 잡았다. 홍도도 자치기 옆에 자리를 잡고, 말 잔등에 대롱대롱 매달고 온 보자기부터 풀었다.

아…… 빨갛고 노랗고 파랗고 까맣고 하얗고, 둥근 바구니에 오방색 먹을거리들이 한 잎, 한 잎, 제가끔 다른 꽃잎 모양으로 꾸며져 있었다. 자치기 솜씨였나. 하얗게 지은 밥에, 까맣게 구운 고기에, 파랗게 무친 푸성귀에, 노랗게 물든 장아찌에, 빨갛게 익은 잉도알까지, 자치기 제 손으로 짓고 빚고 꾸민 것들이었다. 홍도는 얼른 보자기를 덮고 말았다. 한없이 바라만 보다가 곱디고운 빛깔들이 햇살에 바래져버리면 어쩌란 말이냐…….

연모하는 이는 연모하는 이를 위해 먹을거리를 만든다. 연모하는 이가 맛있게 먹을 그 순간을 고대하며 손을 놀리고 맛을 보고 색을 살핀다. 연모한다는 것은 연모하는 이를 위해 음식을 만드는 것이며, 만든 음식을 함께 나누어 먹는 것이다.

홍도는 세상을 다 가진 듯싶었다.

자치기가 쑥스러운 듯 바라보았다. 왜 들지 않고? 홍도는 환하게 웃었다. 아끼고 아껴서 오래도록 두고두고 맛을 볼 작정입니다. 말은 없었지만 자치기는 홍도 속내를 들었다.

"한잔할 테냐?"

자치기가 잔을 건네며 보자기에 함께 싸온 술병을 들었다.

"아니오. 오늘은 쉬어야겠소."

"술은 술로써 풀어야 한다더구나, 한 잔 받아라!"

홍도는 못 이기는 척하며 한 잔을 받고는 쭉 들이켰다. 달짝지근한 멸위술이 또 좋았다. 물끄러미 홍도를 바라보던 자치기가 큰 소리로 웃었다.

"이 일을 어쩐다. 이제 보니 우리 홍도가 말술이로구나. 하하하……."

홍도도 자치기를 따라 웃었다. 얼마 만인가? 이리 웃어본 것이…… 어느 세월인가? 이렇게 나란히 앉아본 것이…… 눈물짓게 하고, 잠 못 들게 하고, 그리워하게 하던 오라버니가 손을 뻗으면 닿을 자리에 앉아 웃었다.

"많이 아프셨소?"
자치기가 바라보았다.
홍도가 대님으로 묶어놓은 자치기 무릎께를 만지작거렸다. 자치기 손이 홍도 손을 막았다. 하지만 홍도 손은, 자치기 손을 어루만지더니 잘려나간 자치기 무릎으로 다가갔다. 자치기도 더 이상 홍도 손을 막지 못했다. 뭉텅 잘려나간 왼무릎을, 오른 무릎을, 홍도가 어루만졌다.
다시는 오라버니가 달리는 모습을 보지 못하리라. 늘 제 발보다도 커다란 짚신을 신고, 금방이라도 벗겨질 듯이 하지만 대롱대롱 매달린 짚신을 잘도 꿰차고, 바람 모양으로 가볍게 살 모양으로 날래게 먼지를 날리던 그 엽렵한 모습을 다시는 볼 수 없을 것이다. 홍도는 잘려나간 무릎에 제 얼굴을 가만히 대어보았다.
"얼마나 아프셨소?"
"정 둘 곳 없이 떠돌던 홍도만큼이야 아팠겠느냐?"
자치기가 반짝이는 홍도 머리터럭을 쓰다듬었다.
"단지 홍도가 크고 자라는 동안을 내 눈 속에 담아두지 못한 것이 저리고 아플 뿐이란다."

　손길이 닿는 머리터럭 사이로 저리고 아픈 자치기 마음이 한 켜 한 켜 쌓여갔다.

　오늘이 아니면 영영 오라비와 누이동생으로만 남을지도 모른다. 홍도는 울컥 목구메를 올라오는 눈물을 삼키며 몸을 일으켰다. 그리고 자치기를 바라보았다. 심장 한구석 오목하고 깊숙한 곳에 곱게 새기어 둔 자치기 눈이, 먹빛보다 까맣게 물빛보다도 더욱더 반짝였다. 세상 모든 번민을 녹여낸 듯 까맣게 반짝이는 눈동자 속에는 홍도 얼굴이 들어 있었다. 홍도는 손을 뻗어 자치기 볼을 감쌌다. 할머니가 그랬듯이, 아버지가 그랬듯이, 자치기가 그랬듯이…… 이제 홍도가 자치기 두 볼을 가만히 감쌌다. 자치기는 눈을 감았다. 눈꺼풀 사이로 눈물 한 방울이 흘렀다. 아마도 자치기 마음이 주르륵 흘러내렸으리라. 홍도 입술이 자치기 얼굴로 가만히 다가가 흐르는 눈물을 막았다. 자치기가 눈을 떴다. 그리고 홍도 어깨를 살며시 잡았다.

　"홍도야……."

　"오라버니는, 싫소?"

　"어찌, 싫겠느냐…… 하나……."

　"홍도가 자치기를 연모하는 까닭이오……."

　"잠 못 들게 하는 이가 연모하는 이라면, 홍도 네가 그랬느니라."

"하면, 내 입술이 오라버니 붉은 입술에 다가가도 막지는 마시오."

"붉은 것을 탐하는 것이 어찌 홍도 너뿐이겠느냐?"

"하지만 보기는 내가 먼저 보았소이다."

"하나, 가지는 것은 내가 먼저다."

이 순간이 아니면 다시는 연모한다는 말을 하지 못할지도 모른다.

"연모하오, 오라버니……."

홍도는 살며시 눈을 감았다. 다가오고 있었다. 오라버니가, 아니 자치기가, 아니 아니 내 님이…… 내, 님, 이…… 다, 가, 왔, 다…… 자치기 입술이 홍도 입술에 살포시 포개졌다. 아랫입술이 윗입술을 덮고 윗입술이 아랫입술을 포갰다. 아무 소리도 들리지 않았다. 물소리도 바람소리도 요란을 떨던 새소리도 모두 잠들어버렸다. 자치기가 붉은 것을 탐하고 홍도가 붉은 것을 훔쳤나. 붉은 것은 입술뿐만이 아니었다. 귓불을 붉히고 목덜미를 붉히고 가슴팍을 붉히고……. 자치기 손이 홍도 옷고름을 풀었다. 어찌 알았을꼬? 젖무덤이 붉게 달아오른 것은…… 따로 배우고 익히지 않아도 저절로 알게 되는 것이 남녀 간의 일인 듯싶었다. 자치기는 붉은 것들을 잘도 찾아내었다. 치맛자락을 들치고 꼭꼭 숨겨두었던 붉은 것을 찾아낼 적에, 홍도는 자치기를 꼭 끌어안고 말았다. 다시는, 다시는 헤어지지 않을 것이야…… 자치기가 들어왔다. 온 세상이 한 가득, 자치기가 홍도 안으로 밀려들어왔다. 저릿했다. 싸했다. 그리고 아릿했다. 자치기가 홍도를 안았고 홍도가 자치기를 안았다. 자치기는 홍도에게 홍도는 자치기에게 깔축없는 제 것이 되었다. 우르르, 구름이 울고 우당탕 쾅쾅, 비가 내렸다. 비가 내리고 구름이 울고, 온 세상이 한 가득, 자치기가 붉디붉은 홍도 안에서 뛰어놀았다. 홍도는 구슬리고 채근하며 붉디붉은 자치기를 데리고 놀았다. 죽어도 좋으리라. 홍도는 그대로 죽어도 좋았다.

해가 지고 달이 뜨고, 달이 지고 해가 뜨고…… 너럭바위를 방바닥 삼고, 수풀 사이를 놀이터 삼고, 짐승들이 살다 떠난 굴속에서, 홍도가 올라타고 자치기가 올라타고 만초천 어물전 참게들 모양으로 얽히고설키며 붉은 것들이 질 때까지…….

홍도와 자치기는 훌훌 옷을 벗어 던지고 벌거숭이가 된 채로 그렇게 사흘 밤낮을 놀았다. 하지만 꽃이 지면 또 피듯이 붉은 것들은 쉬지 않고 또다시 피어났다. 만약 자치기가 헐렁하니 묶어놓은 말이 굶주리다 지쳐 저 혼자 덜렁덜렁 대동촌으로 돌아가지 않았더라면, 대동촌 식구들이 자치기와 홍도를 소리쳐 찾아 나서지 않았더라면, 홍도와 자치기는 벌거숭이가 된 채로 붉은 것들을 탐하느라 그대로 죽어버렸을지도 모를 일이었다.

*

실내등이 모두 켜진다.
아마도 또 식사시간이 가까워진 모양이다.

"결국 두 분은, 혼인을 하신 겁니까?"
물끄러미 듣고만 있던 동현이 퉁명스럽게 말을 건넨다.
"예, 오라버니는 사모관대를 하고 저는 족두리에 연지곤지를 찍고 대동촌 마당에서 혼례를 올렸습니다. 참으로 홍복이었습니다. 그리고 이듬해 저는 잉태를 했습니다."
"그랬군요……."
동현이 시무룩해진다. 홍도가 조심스레 동현을 살핀다.
"혹여 제가, 무슨 잘못이라도 한 건가요?"
"노, 노, 친오빠동생 사이도 아니고, 잘못이랄 게 없죠. 안 그렇습니까?"
손사래를 치며 질색하던 동현이 자리에서 일어나 뒤편으로 향한다.

"어디 가십니까?"

"화장실!"

"화장실은 요 앞에 있는데요."

"제가 모를 것 같습니까? 하지만 화장실은 뒤쪽 갤리 옆에도 있습니다."

덜렁덜렁, 가던 동현이 뭔가에 걸린 듯 휘청, 고꾸라질 뻔한다.

저, 저런! 사내라서 분명히 질투를 한 게야!

푹, 홍도는 웃음이 터진다.

영영

 온 천지만지가 초록으로 악착같던 계묘년(1603년) 수릿날이었다.

 뫼등만 한 배를 하고서는 기어이 추천놀이를 하겠다고 자치기를 졸라대던 홍도가 허옇게 질겁한 얼굴로 주저앉은 때는 한낮이었다. 여인들이 서로 달려들어 산파를 자청하고 나섰지만 홍도는 연신 항아 님만을 불렀다. 항아 님이 나타나자 여인들과 아이들은 누가 먼저랄 것도 없이 창포로 머리를 감겠다며 골짜기로 몰려가버렸다.

 "사내든 계집이든 나오기만 해라. 볼기짝부터 갈겨줄 테니……."

홍도는 소리를 쳤다. 항아 님은 힘을 쓰라며 홍도 손을 잡았다. 아득해졌다. 까물까물했다. 얼핏 정신이 드는가 싶으면 또다시 하얘졌다. 이리도 힘이 든단 말인가? 어머니도, 한 번 뵌 적도 없는 어머니도 나를 이리 낳고는 돌아가신 것인가? 세상 여인들이 모두 이리도 힘겹게 아기를 낳는단 말인가? 사람이 사람을 낳는데 이리도 힘이 든단 말인가? 어미들이 이리도 힘들게 나은 목숨들이 세상을 살아가니 얼마나 장한 일인가? 죽을 것 같았다. 이리 죽는 건가? 이리도 아픈데 안 죽으면 앞으로도 얼마나 더 아파야 죽는단 말인가? 그냥 꽉 죽고만 싶었다. 아니, 아니, 살아야 한다. 살아야 내 아기를 보고 자치기를 다시 볼 것이 아닌가? 홍도는 자치기를 힘껏 불렀다. 오라버니, 오라버니 어디 계시오…… 하지만 자치기 목소리는 들리지 않았다. 오라버니! 서방아! 자치기야! 홍도는 연신 자치기, 서방, 오라버니를 부르다가 정신을 놓았다.

문득 정신이 들었을 때 항아 님 얼굴이 눈앞에 있었다. 항아 님이 무어라 소리를 쳤다. 그러나 벌레소리였고 짐승소리였다. 알아들을 수가 없었다. 매캐하고 비릿한 냄새가 코끝을 스쳤다. 항아 님 체취인가? 절레절레, 도리질을 했다. 제발, 사라져라. 사라져라…… 그때 자치기 목소리가 들렸다. 홍도야, 홍도야! 환청이었을까? 자치기 외마디가 이어졌다. 자치기야, 자치기 이놈아, 어디서 무얼 하는 게냐! 부르지만 말고 소리만 치지 말고 어서 냉큼 들어와 내 손을 좀, 제발 좀 잡아다오! 이놈의 자치기야! 다시 까무룩해지던 순간 홍도는 다짐했다. 정신을 차려야 한다. 하지만 생각은 그저 생각일 뿐 세상이 하얘지고 있었다.

울퉁불퉁하고 누릿한 무언가가 홍도 얼굴을 덮었다. 아⋯⋯ 항아 님이었다. 항아 님 입술이 홍도 입술을 덮쳤다. 어찌, 어찌 이러시오⋯⋯ 항아 님⋯⋯ 울퉁불퉁한 항아 님 입술이 홍도 입술을 벌렸다. 그리고 길고 매끈한 혀가 두 갈래로 쭉 갈라지더니 홍도 입 안으로 쑥 밀려 들어왔다. 꿈인가? 꿈인가? 이게 무슨 일이냐? 항아 님⋯⋯ 제발, 말씀 좀⋯⋯ 두 갈래로 갈라진 길고 긴 혀가 홍도 혀를 감아 묶더니 훅, 하고 숨을 불어넣었다. 아득해졌다. 보고 싶어, 보고 싶어⋯⋯ 자치기야, 보고 싶어⋯⋯ 죽는구나, 이리 죽는 거구나⋯⋯ 순간 피칠갑을 한 자치기 얼굴이 눈앞으로 불쑥 들어왔다가 사라졌다. 까맣고, 까맣고, 까매지더니, 홍도는 정신을 놓았다.

*

테이블에 식사가 놓여 있다.

동현은 포크를 들고 그대로 얼어 있다.

"무, 무슨 일이 있었던 겁니까?"
"무슨 일이 벌어진 것인지 저는 알지 못합니다. 아마도 죽었을지도 모릅니다."
"하지만, 이렇게 살아계시지 않습니까?"
"예……."

홍도 몸뚱이가 부르르 떨린다.

*

눈을 떴다.

매캐한 탄내가 진동했고 비릿한 피내에 머리가 어지러웠다. 부서진 방문 밖에서는 주르륵주르륵 비가 내렸다. 홍도는 방 안을 둘러보았다. 이층장도 삼층장도 화초장 반닫이도 아무것도 없었다. 아무도, 아무것도 없는 텅 빈 방 안이 온통 붉은 피투성이였다. 세상에, 이리 많은 피가 누구에게서 나왔단 말인가? 아기는? 홍도는 배를 만져보았다. 불룩하던 배가 사라지고 없었다. 하면, 아기를 낳았단 말인가? 꿈인가? 홍도는 부서진 방문 밖으로 나왔다.

온통 잿빛이었다. 대동촌 전체가 시꺼멓게 타버렸다. 시커먼 재로 변한 초가지붕마다 비에 젖어 허연 김들이 피어올랐다. 오라버니는? 오라버니는 어디 계시는가? 아기는? 항아 님은? 하지만 아무도 보이질 않았다. 대동촌 어느 구석에도 사람 흔적이라고는 없었다. 오직 빗물에 씻긴 핏물들만이 흐르고 있었다. 홍도는 털썩 주저앉았다. 관군들이 도적떼라는 소문만 듣고 토벌이라도 했단 말인가? 아니면 왜구가, 또다시 왜구가 이곳 대동촌까지 몰려왔단 말인가? 홍도는 자치기를 찾아야만 했다.

왜구가 몰려온 것은 아니었다. 길가에 백성들이 즐비했으니…… 토벌을 나선 것도 아니었다. 관아 앞에는 포졸 서넛이 꾸벅꾸벅 졸고 있었으니…… 혹여 꿈이라면, 길고 긴 꿈이라면 제발 깨어나길 바라고 바랬다.

홍도는 발 없는 말들을 들었다. 도적떼였다. 조선팔도를 들 넓는 도적떼가 산중에 불을 지르고 사람들을 모조리 잡아갔다고…… 아이들은 왜구에게 팔아먹고, 여인들은 오랑캐에게 팔아먹고, 사내들은 바다에 처박았다고…… 홍도는 우르르 무너졌다.

서책들을 쌓아놓은 것 같은 너럭바위가 발밑에 아득했다.

홍도는 날카로운 단애 끄트머리에 서 있었다. 가슴이 축축했다. 젖이 흘렀다. 열 달 동안 복중에 품었던 아기가, 제 아기가 먹어야 할 젖이 흘러내렸다. 젖이 흐르고 눈물이 흐르고······.

자치기는 목숨이었다. 홍도가 내쉬는 날숨이었고 들이쉬는 들숨이었다. 이제는 숨을 쉴 수가 없는데, 자치기가 없는데, 자치기도 없는데, 자치기도······ 이제 모든 걸 놔버려도 될 것 같았다.

홍도는 붉은 치마를 머리끝까지 뒤집어썼다. 홍도는 눈을 감았다. 머리에 건포를 두르고 정주에서 나오시는 할머니를 보았다. 노란 므은드레를 훅 하고 부시던 아버지를 보았다. 하얀 말을 타고 고샅길을 오시던 죽도 할아버지도 보았다. 그리고 자치기가 웃고 있었다. 새끼줄로 묶은 고도어자반 두 손을 달랑달랑 들고 자치기가 환하게 손짓을 했다. 홍도는 자치기를 향해 달려갔다. 몸을 날렸다. 어둠 속에서 항아 님이 떠올랐다. 산통을 겪던 방 안에서 있었던 일들이 눈앞을 스쳐갔다.

"아아이 으어 거이이 느으지 아앙고 여여어······."

불쑥 눈앞으로 들어온 항아 님이 홍도 두 볼을 잡더니 입을 맞추었다. 아무것도 할 수가 없었다. 항아 님 혀가 입 안을 비집고 들어왔다. 두 갈래로 쭉 갈라진 혀가 홍도 혀를 말아 감더니 훅, 숨을 불어넣었다. 가슴이 터질 듯이 부풀었다. 후, 정신을 놓았다.

홍도가 산통을 하는 동안 방 밖에서는 대동촌이 불타고 도적 떼들이 몰려다녔으리라. 자치기와 사내들은 도적떼와 맞서 싸웠을 것이고, 여인들과 아이들은 이리 뒹굴고 저리 뒹굴었을 것이다. 자치기는 홍도를 지키기 위해 피를 흘리고 피를 토하고 홍도를 부르며 무너져 내렸으리라. 그리고 항아 님은 수천 년을 살아온, 영영 살아갈, 제 숨을 홍도에게 불어넣으며 기원을 하고 축원을 했을 것이다.

"아아이 으어 거이이 느으지 아앙고 여여어……."

늙지도 죽지도 말고 살아라. 오래도록 살아서 세상을 다 보아라. 영영…….

대동촌은 부서졌고, 자치기는 무너져 내렸으며, 항아 님은 사라져 버렸다. 그리고 아기는, 홍도 아기는, 자치기 아기는, 없었다.

눈을 떴다. 까만 밤하늘에서 수많은 별들이 쏟아져 내렸다. 하얀 달빛은 홍도를 감쌌고, 깎아지른 단애는 여전한데, 천 길 낭떠러지에서 몸을 날린 홍도는 널브러져 있었다. 자치기와 운우의 정을 나누던 너럭바위 위에 붉은 꽃 모양으로 널브러져 있었다.

 홍도는 죽지 않았다.

바닷물이 깊다고들 하지만

홍도는 자치기를 찾아다녔다.

>人道海水深 不抵相思半
>海水尚有涯 相思渺無畔
>사람들은 바닷물이 깊다고들 하지만 내 그리움에는 반도 미치지 못하리라.
>바닷물은 물가에 끝이라도 있건마는 내 그리움은 까마득하니 끝도 없구나.

갈 수 있는 곳이라면 발이 닫는 곳이라면 조선팔도 가보지 않은 곳이 없었다. 삭풍이 불어 강물이 얼 적에는 간도라 불리는 땅을 지나 토문강을 넘어 하얀 여우들만 살던 허망한 땅까지도 가보았다. 하지만 자치기는 없었다. 어디에도 없었다. 혹여 이제까지 본 것들이 모두 헛것은 아니었을까? 자치기야, 어디에 있는 것이냐? 자치기야…….

한 해가 지나고 두 해가 지나고, 열 해를 지나 스무 해가 다가오고 있었다. 그렇게 세월은 흘렀고 홍도도 세월이 되어 흘러다녔다. 덧없었다. 세상 모든 것이 덧없다는 것을 알아차릴 즈음 홍도는 비밀을 알게 되었다. 아니, 사실을 확인한 것이었다. 항아 님 말씀이 사실이 되어 있었다.

늙지도 죽지도 말고 살아라. 오래도록 살아서 세상을 다 보아라. 영영…….

불룩한 젖가슴은 늘어지지 않았고, 잘록한 허리는 매끄러웠으며, 동그란 엉덩이는 여전히 단단했다. 흐르는 강물에 비친 얼굴은 자치기와 운우의 정을 나누던 그날 그 모습 그대로였다.

홍도는 늙지 않았다. 열 해가 지나고 스무 해가 지났어도 홍도는 늙지도 않았다. 여인이, 더구나 늙지도 않는 여인이 조선 땅에서 홀로 산다는 것은 참으로 고역이었다. 홍도는 머리를 깎고 금강산 팔만 구 암자로 들어가 비구니가 됐다. 그렇게 열 해를 살다가 나왔다. 홍도는 두물머리 객주에서 땀내 나는 사내들과 어울려 술을 마시며 작부노릇을 했다. 이 사내 저 사내와 살을 섞으며 그렇게 열 해를 살다가 나왔다. 홍도는 삼수갑산 어느 골짜기에서 시퍼런 칼을 입에 물고 복숭아 가지를 흔들어대며 작두를 탔다. 그렇게 열 해를 살다가 나왔다. 모두들 늙고 병들고 죽어들 가는데 홍도는 늙지도 않고 병들지도 않고 잘도 살았다. 홍도는 사람들이 비밀을 알아차리기 전에 정을 끊고 도망치듯 빠져나와 조선팔도를 돌아다니며 살았다.

정을 주어서는 안 된다. 사람에게도 짐승에게도 풀 한 포기 나무 한 그루에도 정을 주어서는 떠날 수 없으니, 떠나더라도 잊을 수 없으니, 설령 잊는다 하여도 덧없는 세상에서 덜렁 홀로 견뎌내는 고통만이 남을 테니 홍도야, 애초에 정을 주지도 말 것이며, 결코 정을 주지도 말아야 할 것이다, 홍도야…… 홍도는 눈 뜰 때 다짐하고 눈 감을 때 되뇌며 세상을 살았다.

그렇게 살아도 세상은 그렁저렁 살아졌다.

홍도는 죽지 않았다. 백 년이 지나고 이백 년이 지나도 홍도는 죽지도 않았다. 기근이 들어 풀뿌리조차 말라 비틀어져 사람들이 다 죽어나가도 홍도는 새벽녘 이슬 한 방울이면 죽지도 않았다. 짐승들만 살 것 같은 첩첩산중에 목을 매고 있어도 어느샌가 심마니가 나타나 같이 살자며 졸랐다. 함경도 땅을 어슬렁대다가 북쪽 오랑캐가 쳐들어왔다 하여 전쟁터에서 베어 죽고 찔려죽으려 남한산성으로 나섰더니 임금이 대신하여 땅바닥에 이마를 처박고 항복을 했다고 했다. 입에 칼을 물고 엎어져도 칼날이 부러졌고, 도적질에 패악질을 일삼아 곤장이라도 맞아 죽을라치면 나라에 경사가 있다며 사면령이 떨어졌다. 홍도는 죽을 수도 없었다.

홍도는 죽지도, 늙지도 않았다.

*

"왜 자꾸만 죽으려고 하셨습니까?"

샐러드를 깨지락거리던 동현이 포크를 내려놓는다.

"제게는…… 아무도, 아무것도, 없었습니다. 정 둘 곳도, 정 둘 사람도 없는, 그저 무료하고 덧없는 세월일 뿐이었습니다. 언제 끝날지도 모른 채 끝도 없이 살아야 한다면 그건 차라리 형벌이었습니다. 아마도 항아 님은 미처 그 생각은 하지 못하셨던 모양입니다."

동현이 가만히 듣고만 있다.

더 이상 의심하지 않는 건가? 모름지기 사내란 입을 열어 허풍을 떨지 않고, 매사에 의심을 하지 않는다면 사내가 아니라고 했다. 좀 더 점잖게 꾸며보자면 허풍은 호기롭다 할 것이고, 의심은 신중하다 할 것이다. 그러나 허풍이나 호기나, 의심이나 신중이나, 결국 사내란 철이 없다는 소리다. 그 시절 전라도 어느 바닷가에서 만났던 늙은이가 그랬다. 당신은 열다섯에 시집와 자그마치 쉰 해를 꼬박 꼬막만 캐며 살았지만 하나는 제대로 알았노라고, 계집은 철들면 시집을 가버리지만 사내는 철들면 죽어버린다고…….

"혹시 최근에도 죽으려고 해보셨습니까? 좀 더 다른 방법들이 있을 것 같은데……."

저놈의 의심병이 도졌다. 홍도가 빤히 보다가 입을 연다.

"아뇨…… 입에 권총을 넣고 당긴 적은 아직 없습니다."

동현이 미안한 모양이다. 미안해야 한다. 왜 죽어버리지 않고 살았느냐고 묻는 꼴이 아닌가? 목숨이란 오롯이 하늘이 주신 제 것이기에 누가 누구에게 이래라 저래라 할 수 있는 것이 아니다. 예나 지금이나 죽어야 철이 드는 게 사내인 것은 매한가지인 모양이다. 그래, 동현은 분명히 사내인 게야. 동현이 정말로 미안한지 서둘러 말머리를 돌린다.

"홍도 씨는, 한 곳에 오랫동안 머무를 생각은 안 해보셨습니까?"

"경상도 진주 땅에서 스무 해를 넘게 한 곳에 머문 적이 있었습니다. 아마도 임금이 제 아들을 뒤주에 가둬 죽이던 그해였을 겁니다. 과부 행세를 하며 바느질을 하고 살았는데 어느 날 집 앞으로 사람들이 구름 떼인 양 몰려들었습니다. 몇 날 며칠을 그렇게 진을 치던 사람들이 제게 달려들었습니다. 늙지도 죽지도 않는다니, 손이라도 잡아보자고, 머리터럭이라도 만져보자고, 담이 무너지고 지붕이 무너졌습니다. 사람들이 많이 다쳤고 심지어 몇몇은 사람에 치여 죽기까지 했습니다. 죽은 자들 가운데는 어느 고을 수령도 있었습니다. 잘 기억이 나진 않지만 머리터럭이 뽑히고 옷가지는 다 찢어진 채, 어찌저찌하여 사람들 사이를 빠져나왔고, 다시는 한 곳에 열 해를 넘겨 머물지 않기로 마음을 먹었습니다."

고개를 끄덕이던 동현이 제 입술을 자근자근 깨문다. 아마도 다른 이야깃거리를 찾는 모양이다.

"그 세월 동안, 좋은 날들은 없었을까요? 행복하고 즐겁고……."

즐겁고 행복하고 좋은 날…… 아, 그랬구나!

홍도가, 동현이 깨지락거리던 샐러드 접시를 집어 냅킨으로 닦는다.

"잊고 있었네요. 저는, 버나를 돌린 적이 있습니다."

홍도가 포크 손잡이 끝에 접시를 올리더니 팅, 튕겨 올린다. 이게 무슨? 동현이 휘둥그레진다. 포크 손잡이 끝에 올라간 접시가 뱅글뱅글 잘도 돌아간다. 접시를 돌리는 홍도가 펼쳐진 테이블을 접지도 않은 채 물속을 헤엄치는 물고기처럼 통로로 쓱 빠져나간다. 이, 이건 아닌데! 동현이 당황한다. 이제 홍도는 포크를 입에 물고 뱅글뱅글 잘도 돌아가는 접시를 통, 통 튕겨 가며 고개를 빙빙 돌린다. 막 갤리에서 나오던 금발머리 여승무원과 동료 여승무원이, 식사를 하던 승객들이, 멍하니 홍도를 바라본다.

홍도는 어느새 사당패 버나재비가 되어 있다.

알록달록 고깔을 쓰고 칼버나, 바늘버나, 삼동버나에 때릴사위, 무지개사위에 도깨비내봉상도 건너보고, 자새버나에 박수가 터져 나오면, 매화타령을 주고받으며 덩실덩실 춤도 추었다. 손대면 톡 하고 흘러내릴 것 같던 파란 하늘 위로 둥실 날아오르는 접시며 대접이며 둥근 것들을 보며 홍도는 제 몸뚱이도 두둥실 떠오르는 것만 같아 좋았다.

인간이별 만사 중에······.

"독수공방이 상사난이란다 좋구나~ 매화로다~ 에헤야, 디여라~ 에헤야~ 에~ 두견아 울어라 좋구나 매화로다~"

도깨비 대동강 건너기. 이제, 다섯 손가락을 쫙 펴고 손가락 끝마다 바꿔가며 접시를 돌리는 홍도가 덩실덩실 어깨춤을 추며 매화타령을 부른다.

"안방 건넌방 화류장에 국화새김에 완자무늬란다 좋구나~ 매화로다~ 에헤야, 디여라~ 에헤야~ 에~ 두견아 울어라 좋구나 매화로다~"

드문드문하던 승객들이 홍도를 에워싸고 동영상을 찍고, 엄지손가락을 치켜든다. 노랫소리를 들었는지 갤리에 있던 다른 승무원들까지 우르르 몰려나와 홍도 앞에서 박수를 한다.

동현이 테이블에 있던 음식들을 주섬주섬 팔걸이에 옮기고 일어나더니 갤리 쪽 화장실을 향해 뚜벅뚜벅 간다. 창피한 모양이다. 흐흐, 비행기 안에 어디 쥐구메라도 있으면 숨고 싶은 모양이지? 홍도가 손가락으로 접시를 튕겨 올리더니 허리를 빙 돌려 잡아내고는 고개를 숙여 마지막으로 인사를 한다. 휘익, 휘파람에 박수가 터져 나온다. 홍도가 화장실로 가는 동현을 부른다.

"동현!"

동현이 쳐다본다.

"접시말고 대접도 돌릴 줄 압니다!"

헉! 동현이 덜렁덜렁, 화장실을 향해 서둘러 간다.

"뺨에 난 보도롯(뾰루지)은 그냥 두시지요. 성이 날지도 모릅니다."

홍도가 웃는다. 쏙, 화장실로 사라지는 동현 뒤꽁무니에 대고는 하하하, 웃는다.

김한빈

신유년(1801년) 이월, 홍도는 한성에 있었다.

홍도는 사내 복색을 했다. 코밑에 턱밑에 수염도 붙였다. 빠진 제 머리터럭을 한 올 한 올 모았다가 갖풀, 부레풀, 도박풀을 써서 솜씨 좋게 제 몸뚱이에 다시 붙였다. 하지만 비라도 내리거나 땀이라도 흐를라치면 붙여놓은 수염이 주르륵 떨어져 낭패를 보기도 했고, 수염을 붙이는 과정 또한 수고롭고 번잡스럽기도 했지만 어찌하랴 싶었다. 수염이 나지 않는 여인인 것을…….

수염을 붙인 홍도는 사내 복색이 제법 잘 어울렸다. 사내 복색을 한 홍도는 봇짐장수를 했다. 청나라에서 들어오는 여인들

비녀에 노리개며 단추들에, 사내들 머리를 꾸미는 입식, 입영, 관자, 풍잠, 동곳 따위들을 팔았다. 굳이 호구를 삼고자 한 것은 아니었다. 단지 이곳저곳을 떠돌며 한 곳에 머무르지 않고 견디어내는 데는 봇짐장수만 한 것이 없었다.

그동안 홍도는 일부러 한성을 멀리했다. 혹여 한성을 지날 일이 있더라도 소의문 인근만은 멀리하여 빙 둘러 다녔다. 처음에는 마음이 저릴까 저어했다. 그러나 나중에는 버릇인 양 그리했다. 하지만 무수한 세월이 약이 되었을까? 그날 홍도는 소의문 앞에 서 있었다. 어릴 적 홍도 손바닥만 한 마당이 있던 만리현 집이 문득 보고픈 까닭이었다. 여전하려나…….

예전 어린 계집아이 홍도와 산 모양으로 크신 아버지 발자국들이 수천수만 개는 찍혀 있었을 소의문 앞에는 칠패라고 불리는 난전이 펼쳐졌다. 칠패는 소의문 밖 순라꾼들이 머물던 순라청 앞길에서부터 예전 어물전이 수시로 열리던 흙다리 너머 만초천 일대와 아현, 약현은 물론이거니와 숭례문 앞까지 상시로 열리는 커다란 저자였다.

돈이란 놈이 돌아다녔다. 필요한 것이 있으면 제 것을 들고 나가 깜냥껏 바꿔먹던 시절에서, 돈이란 놈만 만나면 그것이 사람이든 물건이든 뭐든지 간에 살 수도 있고 팔 수도 있는 그런 시절이 됐다. 그러다보니 세상이 변해갔다. 천 년 만 년 결코 변하지 않을 것 같던 조선이 변해갔다. 아비 씨가 누구 것이고 어미 밭이 누구 것이냐로 나눠지던, 귀하고 천한 신분의 세상이 돈이란 놈이 돌아다니면서부터 변해갔다. 돈 많은 놈이 양반 씨보다 잘나 보였고, 제아무리 왕후장상 씨라고 해도 돈 많은 놈 앞에서는 함부로 혀를 놀리지 못하는 세상으로 변해갔다. 변하는 것은 그것만이 아니었다.

"모두 참터로 모이시오. 대역부도한 사학 무리를 참할 것이요."

포졸이 징을 치며 저잣거리를 헤치고 갔다. 추레한 아이들 한 무리가 포졸 말투를 흉내내며 쫓아갔고, 하릴없는 백성들이 어슬렁거리며 그 뒤를 따라갔다. 그 행렬은 마치 구경거리를 만난 거지떼 같았다. 홍도는 예전 군기시 앞으로 향하던 행렬이 떠올라 흠칫했다. 하지만 홍도도 백성들 무리를 따라갔다.

획, 피 묻은 커다란 월도가 허공을 갈랐다.

픽! 나무토막에 턱을 괴고 모랫바닥에 엎드린 죄인 어깨 위로 월도가 떨어졌다. 붉은 피가 허공으로 솟구쳤다. 하지만 죄인은 죽지 않았다. 목을 쳤어야 할 월도가 어깨 위로 떨어진 것이었다. 망나니는 월도를 내팽개치더니 제 성정에 겨워 모랫바닥을 이리저리 걷어차고 다녔다. 어깻죽지가 떨어져 나간 죄인이 고개를 쳐들고 구경꾼들을 향해 소리를 쳤다.

"보배로운 피!"

"아이고! 행하요, 속히 참하여 주시오!"
"제발 목숨을 끊어주시오! 제발 아프지 않게 속히 죽여주시오!"

만초천 백사장에는 금줄이 쳐 있었고 금줄 너머로는 구경꾼들이 가득했다. 여인과 젊은 사내가 구경꾼들 사이에서 뛰쳐나와 엽전꾸러미를 던지며 소리를 쳤다. 여인과 젊은 사내는 피를 뿌리는 죄인의 식솔인 듯했다. 망나니는 엽전꾸러미를 제 목에 척 걸더니 바닥에 놓였던 다른 월도를 집어 들고는 허공에 휘두르기 시작했다. 망나니는 이미 참수를 당해 모랫바닥을 뒹굴고 있는 몸뚱이들과 머리들 사이를 요리조리 내딛으며 피를 뿌리는 죄인에게로 다가갔다. 이미 거나하게 술에 취한 망나니 몸짓은 저승사자가 추는 춤사위 모양으로 허붕거렸다. 죄인은 피를 뿌리면서도 무릎을 꿇은 채로 하늘을 올려다보며 무언가를 중얼거렸다. 하지만 그 소리는 들리지 않았다. 죄인은 평온해 보였다. 죽음을 두려워하는 얼굴이 아니었다. 연신 허공을 가르던 월도가 죄인 목을 향해 정확히 날아들었다. 아……

머리가 몸뚱이에서 떨어져 대그르르 굴렀다. 머리를 잃어버린 몸뚱이는 이리저리 비틀며 허연 모랫바닥을 새빨갛게 물들였다.

비명과 탄성이 구경꾼들 사이를 헤집고 다녔다. 홍도는 구경꾼들 사이에 있었다. 도대체 무슨 죄를 지었기에 저리도 담담히 칼을 받는단 말인가? 얼음 모양으로 굳어진 홍도 눈길이 구경꾼들 사이에서 멈췄다.

장옷을 걸친 여인이었다. 여인은 하늘을 향해 무언가를 중얼거리더니 오른손을 들어 이마에 한 번, 가슴팍에 한 번, 왼어깨에 한 번, 오른어깨에 한 번씩을 찍었다. 제 몸에 열 십자를 긋는 모양으로 보였다. 그리고 두 손을 모으고 치성을 드렸다. 순간이었다. 어디서 나타났는지 사내 둘이 장옷을 걸친 여인을 뒤에서 낚아채 순식간에 끌고 나갔다. 무슨 일인가? 저들은 누구기에…… 구경꾼들 중에는 벌써 서너 명이 그런 모양새로 끌려나갔다. 끌려가는 사람들은 갓을 쓴 양반도 있었고 장사꾼 차림도 있었다. 그러고 보니 구경꾼들 사이사이에는 눈을 번뜩이며 사방을 살피는 사내들이 여럿 있었다. 사내들은 평복을 했으나 금부나장이나 날랜 포졸들로 보였다. 눈길이 멈췄다. 구경꾼들 사이를 연신 살피던 홍도 눈길이 건너편 한 사내에게 닿아 멈췄다. 벙거지를 쓴 사내는 엇비슷한 구경꾼들 사이에서

유달리 껑충했다.

"세상에……."
홍도는 구경꾼들을 헤치며 벙거지 사내를 향해 다가갔다.

"여러분들은 비웃지 마시오. 저를 비난하지 마시오. 저 모양으로 오히려 하늘의 크신 천주를 흠숭하시오. 그래야 여러분이 영원히 불행을 면할 것이오."
백사장에서는 마지막 남은 죄인이 구경꾼들을 향해 소리를 쳤다. 죄인의 목소리는 또렷했고 결곡했으며 참따랗게 보였다. 형리들이 죄인 몸뚱이를 붙잡고 모랫바닥에 놓인 나무토막에 턱을 고이려던 참이었다.
"나는, 하늘을 보면서 이대로 죽겠소!"
형리들이 물러서자 죄인은 가부좌를 튼 채로 하늘을 올려다보았다.

설마…… 홍도는 빼곡한 구경꾼들 사이를 헤치며 벙거지 사내를 향해 다가갔다. 삼십여 보만 더 가면 저 사내를 눈앞에서 볼 수 있다. 저 사내를…… 가슴이 두방망이질을 해댔다. 홍도는 숨죽이는 구경꾼들 사이를 요리조리 헤치며 유달리 껑충한

벙거지 사내를 향해 저도 모르게 다가갔다.

악! 또다시 비명과 탄성이 구경꾼들 사이에서 피어올랐다. 망나니가 마지막 남은 죄인 목을 친 모양이었다. 앞으로 이십 보만 더 가면 벙거지 사내를, 사내를 볼 수 있다. 아, 벙거지 사내가 하늘을 올려다보더니 장옷을 걸친 여인 모양으로 오른손을 들어 제 몸에 커다랗게 열 십자를 그었다. 홍도는 벙거지 사내 주위를 재빨리 살폈다. 날렵해 보이는 사내 둘이 구경꾼들 사이를 비집고 벙거지 사내를 향해 다가가고 있었다. 하지만 먼저 다가가 위험을 알리기에는 거리가 너무 멀었다.

"피하시오, 피하시오!"

벙거지 사내가 홍도 쪽을 바라보았다. 홍도는 손가락으로 다가가는 두 사내를 가리켰다. 벙거지 사내는 자신을 잡으러 오는 사내들을 확인하더니 순식간에 뒤를 돌아 사라졌다. 벙거지 사내가 사라지자, 날렵해 보이는 사내 둘이 허리춤에서 육모방망이를 꺼내들더니 사방을 향해 소리를 쳤다.

"잡아라!"

곳곳에 숨어 구경꾼들을 살피던 사내들이 육모방망이가 가리키는 곳을 향해 몰려갔다.

김한빈…… 한빈은 벙거지를 벗어 담장 너머로 휙, 던지더니 거친 숨을 몰아쉬었다. 반석방까지 한 식경을 넘게 달렸으니 지칠 만도 했다. 하지만 육모방망이를 든 포졸들은 지치지도 않는 모양이었다. 눈앞으로 두 놈이 달려왔다. 한빈은 얼른 벽으로 붙으며 피하는 시늉을 했다. 이마에서 굵은 땀방울이 뚝뚝, 떨어졌다. 한빈은 서둘러 한성을 빠져나가야겠다고 생각했다.

"멈춰라!"

스쳐지나갈 줄로만 알았던 포졸 두 놈이 한빈을 불러 세웠다. 이놈들을 뒤에다 달고 다시 달리는 건 벅찬 일이다. 어느새 다가온 포졸 한 놈이 뒷덜미를 낚아챘다. 순간 한빈은 몸을 돌려 놈의 앞섶을 잡고는 땅바닥에 메다꽂았다. 우욱, 땅바닥에 처박힌 놈이 허리를 움켜쥐고 죽는 시늉을 했다. 그때 다른 놈이 휘두르는 육모방망이가 머리를 향해 날아들었다. 헉, 머리는 피했지만 방망이가 빗장뼈에 떨어졌다. 컥, 숨이 막혔다. 아마도 빗장뼈가 부러진 것 같았다. 이번에는 육모방망이가 아래쪽에서 추켜올려지며 턱을 노렸다. 한빈은 한껏 허리를 젖혀 육모방망이를 피하며 모두걸이로 놈의 다리를 걷어버렸다. 놈의 발바닥이 허공에 붕 뜨더니 네 활개를 쭉 벌리고 넉장거리를 했다. 한빈은 놈의 명치에 굵은 주먹을 박아 넣었다. 에고, 놈이 숨넘어가는 소리를 지르며 널브러졌다. 죽지는 않을 거요! 지금 그런 걱정할 때가 아니었다. 잡아라! 저편에서 포졸 한 무리가 또다시 몰려오고 있었다. 그때였다.

"이보시오, 여기요!"

저만치 고샅 끝에서 초립을 쓴 사내가, 참터에서 피하라고 알려주던 사내가 손짓을 했다. 한빈은 초립을 쓴 사내를 향해 뒤도 돌아보지 않고 달렸다.

초립을 쓴 사내가 담벼락 아래쪽에 난 구메 안으로 쏙 들어갔다. 한빈도 사내를 따라 몸을 구겨 넣었다.

대추나무가 가득한 어느 집 뒤란이었다.

초립을 쓴 사내는 옆으로 치워두었던 돌덩이를 발로 꽉꽉, 차 들어온 구메를 막았다.

"고맙소이다……."

쉿! 초립을 쓴 사내가 손가락으로 제 입을 막았다. 그때 다다다, 담장 너머에서 포졸들이 몰려가는 소리가 들려왔다. 하마터면 종적을 들킬 뻔한 순간이었다. 한빈은 눈으로 고맙다는 인사를 했다.

한빈과 초립을 쓴 사내는 웅크린 채 쭈그려 앉아 있었다. 포졸들 소리가 아득히 멀어지자 초립을 쓴 사내가 입을 열었다.

"이 구메를 기억하십니까?"

무슨 소린가 싶었다. 구메를 기억하냐니? 수염만 없었더라면 얼핏 여인이라고 하여도 믿을 만큼 고운 사내가 물끄러미 바라보았다. 한빈은 왠지 모르게 얼굴이 붉어졌다. 낯모르는 사내에게 이 무슨 짓거리란 말인가? 한빈은 얼른 성호를 긋고는 입을 열었다.

"전 모르는 일입니다. 결단코 제가 담벼락에 구메를 낸 게 아닙니다."

"그렇지요⋯⋯ 초가는 헐리고 사라졌지만 이 담벼락만은 그대로입니다. 하면, 요 대추나무들은 기억하시겠습니까?"

알 턱이 없었다. 남의 집 뒤란에 심어진 대추나무를 알아 무엇에 쓴단 말인가? 대추알이라도 훔쳤느냐고 묻는 것인가?

"가장 굵은 저놈을 심으셨지요. 씨들이 떨어져 어느새 이리 숲을 이뤘습니다."

설마 귀신은 아니겠지? 대낮에 귀신일 리는 만무하고!

"저를 아십니까?"

그때 집 안쪽에서 늙은 목소리가 들려왔다.

"게, 누구요?"

초립을 쓴 사내가 당황한 듯 입을 열었다.

"피해야겠습니다!"

"이 댁 주인이 아니셨습니까?"

"이 댁 주인이면 요 모양 요 꼴로 웅크리고 있겠습니까? 지금은 아니올시다."

초립을 쓴 사내가 구메를 막은 돌덩이를 발로 퍽퍽, 찼다.

"어쩌시려고?"

"들어왔으니 나가야 할 것 아닙니까?"

초립을 쓴 사내가 열린 구메 밖으로 기어나갔다.

놀이 붉었다.

홍도와 사내는 목멱산 자락에 있었다.

웃옷을 벗은 사내 몸뚱이는 차돌 모양으로 단단해 보였다. 하지만 빗장뼈는 시커멓게 피멍이 든데다가 퉁퉁 부어 있었다. 다행히 부러진 것 같지는 않았다. 강골이었다. 그래도 통증은 제법 심할 듯싶었다. 홍도는 오적골을 돌멩이로 갈아 감초가루랑 섞은 뒤에 되직하니 물에 개었다. 오적골가루는 본래 지혈에 탁월하지만 감초가루와 섞어 먹으면 속 쓰릴 때에 즉효인데다가, 붙이면 통증을 가라앉히는 데도 그만한 것이 없었다. 홍도는 물에 갠 가루를 빗장뼈에 발라 붙이고 건포로 가슴통에서부터 곱게 감아주었다.

"혹여 이후에도 어혈이 가시지 않거든 근방에 지천인 생강나무 가지를 짓이겨 붙여보시지요. 효험이 있을 것입니다."

고개를 끄덕일 뿐 사내는 말이 없었다. 짐짓 부끄러운 기색도 얼핏 있었다. 홍도가 톡, 어깨를 두드려 다 됐다는 뜻을 전하자 사내가 벗어둔 저고리를 서둘러 걸쳤다.

"이 은혜를 어찌 갚아야 할지 모르겠습니다. 참으로 고맙습니다."

"아직도 저를 모르시겠습니까?"

사내가 한동안 홍도를 바라보다가 입을 열었다.

"야소를 따르는 형제님이십니까?"

무슨 소리인지 알 수가 없었다. 홍도는 초립을 벗고 아랫당줄을 당겨 망건을 풀고 윗당줄을 당겨 상투를 풀었다. 출렁하고 긴 머리터럭이 어깨 너머로 넘어갔다. 홍도는 드러난 긴 머리터럭을 손으로 쓰다듬었다. 사내는 홍도가 하는 모양을 멍하니 바라만 보았다. 아, 수염! 홍도는 갓풀로 붙여놓은 수염을 침으로 살살 녹여 뜯어냈다. 여전히 멍하니 바라만 보던 사내가 털썩 주저앉으며 무릎을 꿇었다. 무슨……? 홍도도 얼결에 사내를 따라 무릎을 꿇었다. 사내가 머리를 조아렸다.

"어리석은 이 몸이 총령천신상을 뵌 적이 있나이다. 사내도 아니고 여인도 아니고 둔갑술을 쓰시니 미가륵Michael 대천신이 아니시옵니까? 대천신께서 현신하시다니 광영, 광영이옵니다."

도통 무슨 소리인지 알아들을 수가 없었다. 홍도는 사내 두 손을 덥석 잡았다.

"아버지…… 접니다, 홍도…… 저를 모르시겠습니까?"

사내가 조심스레 홍도 손을 놓으며 입을 열었다.

"하면…… 대천신님이 아니시라면…… 내 딸 성단이가 이리 컸을 리는 만무하고…… 아이고, 언젠가는 이런 날이 올 줄 알았소이다. 한때 포수질을 하며 조선팔도에서 난봉질을 했으니 흘리고 다닌 씨앗이 없다고는 단언할 순 없지만, 자매님만 한 자식놈이 있으려면 내 양물에 터럭이 나기 전부터 오입질을 했다는 소릴 텐데, 그건 아니올시다. 무슨 연유인지는 모르겠으나 저를 시험에 들지는 말게 해주시오."

사내는 괴나리봇짐에서 서책을 한 권 꺼내 건넸다.

『쥬교요지』

"제 목숨을 구해주신 은혜를 어찌 말로써 갚겠습니까? 그 책은 오늘 참터에서 승천하신 아오스딩Augustine 님께서 적으신 글입니다. 제 목숨보다도 소중한 글이니 드릴 게 이것밖에 없군요. 홍도 님이라고 하셨지요? 홍도 님께 천주님의 가호가 있기를 항상 기원하겠습니다."

사내는 서둘러 괴나리봇짐을 들쳐메더니 제 몸에 열 십자를 긋고 두 손을 모았다.

"재촉할 일이 있어 먼저 떠나야겠습니다. 무탈하시오……."

사내가 성큼성큼 멀어져갔다.

아버지였다.

말투도 다르고 걸음걸이도 달랐지만 홍도를 바라보는 눈길만은 분명히 아버지였다. 만리현 집을 알지 못하고 홍도를 알아보지도 못했으니 진자 길자를 쓰시던 아버지는 아닐 터였다. 하면, 기축년 돌아가신 아버지가 사람 형상이 되어 다시 나셨단 말인가? 그래, 새로 나신 게야, 새로…… 홍도는 기뻤다. 홍도는, 새로 나신 아버지가 제 눈앞에 나타난 것이라고 믿었다.

새벽녘, 홍도가 아버지라고 믿어 의심치 않는 사내는 두물머리 인근 갈대숲을 헤맸다. 백여 년 전, 홍도는 갈대숲에서 오 리쯤 떨어진 객주에서 작부노릇을 한 적이 있었으니 두물머리 근방은 손바닥 보듯 훤한 곳이었다. 주위를 살피던 사내가 부서진 나룻배 근처에 이르더니 목소리를 낮추고 누군가를 불렀다.

"아륵숙Alexius 님, 백다록Petrus입니다…… 아륵숙 님…….'

갈대숲 사이에서 양반 복색을 한 젊은 사내 하나가 주위를 살피며 나왔다.

"백다록 님, 어찌 이리 늦으셨습니까?"

두 손을 맞잡던 젊은 사내가 귀신이라도 본 듯 굳어졌다. 사내는 젊은 사내 눈길을 쫓아 뒤를 돌아다보았다. 홍도였다. 다

홍도 307

시 수염을 붙인 홍도가 환한 얼굴로 두 사람을 바라보았다.

"따라오지 말라는 말씀은 없으셨으니, 아버지를 따라왔습니다."

"아버지라니, 무슨 말입니까?"

울상이 된 사내가 하늘을 올려다보았다.

"천주님, 왜 이러십니까? 제게 저런 딸이 있을 리 만무합니다. 한말씀만 해주십시오!"

듣고 있던 젊은 사내가 어이없는 표정으로 물었다.

"저 콧수염, 턱수염 난 사내가 딸이란 말입니까? 아들이 아니고?"

콧수염, 턱수염 난 홍도가 두 사람 앞으로 나와 봇짐부터 풀었다.

"두 분께서 어디로 가시는지는 제 알 바가 아니오나 조선팔도 가는 길목마다 관군들이 기찰을 해댈 테니……."

사내와 젊은 사내는 풀어헤친 봇짐 안을 멍하니 바라만 보았다.

봇짐 안에는 약초 꾸러미에 온갖 비녀에 노리개며 단추에, 입식으로 쓰는 꿩 깃털이며 구슬이며 관자에 풍잠에 동곳이 가득했다. 그리고 주머니 하나를 열자 그 안에서 각양각색에, 성명이 모두 다른 호패 예닐곱 개가 쏟아져 나왔다. 홍도는 수술로 장식된 호패들을 보이며 헤벌쭉 웃었다.

"개당 열 냥은 족히 받아야지요. 하나, 제게 서책도 주시고 하셨으니 두 분께는 닷 냥씩에 드리리다. 본전에 거저 넘기는 것들이니 그리들 하시지요?"

사내와 젊은 사내는 누가 먼저랄 것도 없이 허리춤에서 엽전 소리가 나는 두루주머니를 꺼내며 서로 얼마나 있냐고 물었다. 이런 꽉 막힌 인사들을 봤나? 농과 참도 구별을 못 한단 말인가? 홍도는 배를 잡고 웃어젖혔다. 으하하…….

새벽녘, 안개 자욱한 두물머리에는 홍도 웃음소리만 가득했다.

죄의 사하심을 믿으며

 새로 나신 아버지 함자는 김한빈이었다. 서로 간에는 백다록이라고 호를 불렀다. 젊은 양반 사내는 함자를 알려주지는 않았으나 얼핏 황가라고도 했다가 리가라고도 했다. 연유가 있는 듯한 사내는 서로 간에 아륵숙이라고 불렀다. 두 사람은 천주학쟁이들이었다. 천주학쟁이들은 서로 간에 호를 부른다고 했다. 세례명이라고 했다. 천주학쟁이들의 세례명은 천주학이 시작된 서양 양이들의 휘자라고 했다. 그 휘자의 본래 주인들은 하늘에 올라 천주라는 분 곁에서 성인이 된 분들이라고 했다. 성인의 휘자로 세례명을 짓고, 서로 간에 호를 삼아 부르니 그들 생각과 말과 행동을 따르는 것이라고 했다.

한빈의 고향은 호중(충청도)의 홍주 땅이라고 했다. 한빈은 어려서부터 포수 노릇을 하며 조선팔도를 떠돌다가, 분이라는 고운 내자를 만나 성단이라는 딸 하나를 두고 살았다고 했다. 하나, 돌림병으로 내자를 잃고는 만초천 참터에서 돌아가신 정약종 아오스딩이란 분 댁에 깃들어 청지기 노릇을 했다고 했다.

고향이 강화라고 한 아륵숙은 열여섯 어린 나이에 사마시에 합격해 진사가 됐었다고 했다. 덕분에 선대 임금으로부터 총애를 받았다고 했다. 아륵숙은 손목에 명주비단으로 된 토시를 하고 있었는데 공경하던 선대 임금이 잡은 손목이라 그리한 것이라고 했다. 그리고 아륵숙은 돌아가신 정약종 아오스딩 님의 조카사위이기도 했다.

그러니 따지고 보자면 두 사람은 상전과 하인인 셈이었다. 그럼에도 불구하고 두 사람은 서로 간에 호를 부르며 경칭을 했다. 의아하게 생각하던 홍도에게 아륵숙은, 천주학은 본래 그런 것이라고 했다. 세상은 사내와 여인과 상전과 천것의 구분이 없는 친주(親主)의 나라라고 했다. 홍도는 문득 자치기 오라버니가 하던 말이 떠올랐다. 모두가 하나 되어 함께 먹고 함께 사는 세상, 그 세상이 다가온 것인가? 죽도 할아버지께서 하셨던 말씀들이 비로소 세상에 드러난 것인가?

"세상사람 선비님네 이 아니 우스운가~ 사람나자 한 평생에 무슨 귀신 그리 많노~ 각기 귀신 모셔봐도 허망하다 마귀 미신 ~ 허위허례 마귀 미신 믿지 말고 천주 믿세~"

홍도는 한빈과 아륵숙과 함께 산길을 걸었다.

한빈과 아륵숙은 노랫가락을 불렀다. 십계명가, 천주를 믿는 이가 지켜야 할 열 가지 맹세라고 했다. 사람 목소리에는 그 사람 성품이 깃들어 있다. 아륵숙 목소리는 맑고 청아했다. 듣기에도 좋았다. 아버지, 한빈 목소리는 걸쭉하고 구성졌다. 하지만 노랫가락 솜씨는 형편이 없었다. 혼자만 아래로 쭉 내려가 꺽꺽거리거나 혼자만 위로 삐쳐 올라가 끽끽거렸다. 그때마다 아륵숙은 헛기침을 해댔고, 한빈은 눙치며 목소리를 더욱 높였다. 홍도는 두 사람을 따라, 정확히 말하자면 아륵숙을 따라 노랫가락을 배워 불렀다. 좋았다.

홍도는 하늘천주님이시든, 옥황상제님이시든, 일월성신님이시든, 산천초목을 만들고 사람을 깃들게 하셨으니 서로가 달리 부를지언정 모두가 같은 한 분이라고 믿었다. 좋고도 좋았다.

홍도도 제가 잘 아는 노랫가락을 불렀다. 한 번도 뵌 적은 없지만 하늘의 천주님이 보기 좋으시라고, 옥황의 상제님이 듣기 좋으시라고, 일월의 성신님이 즐겨 좋으시라고 매화타령을 부르며 들썩들썩 어깨춤도 추었다. 김한빈이든 백다록이든 믿어 의심치 않는 아버지와 노랫가락을 부르며 춤을 추고 또 함께 걸으니 홍도는, 기쁘고도 좋았다. 이 길이 북망산을 가는 길이라도 좋을 것만 같았다. 앞으로 노랫가락일랑은 하지 마시오, 아버지. 아버지는 춤만 추시구려, 덩실덩실!

홍도는 달빛에 비친 제 손 그림자로 한빈의 머리와 어깨와 손을 어루만졌다. 비록 그림자일망정 한빈의 손을 잡은 홍도는 따뜻했던 아버지의 손을 잡은 양 좋았다. 아, 버, 지. 한 음절 한 음절마다 아버지라는 말이 참으로 새롭고도 좋았다.

컹컹, 저 멀리 개 짖는 소리가 들려왔다. 개야, 너도 좋으냐? 오냐오냐, 개야, 나도 좋단다! 그래그래, 강아지야, 너도 좋구나! 좋고, 좋고 또 좋았다.

홍도와 한빈 그리고 아륵숙이 산길을 걸어 도착한 곳은 제천 땅 팔송정 도점촌이라는 옹기를 굽는 마을이었다. 마을이 들어 있는 골짜기가 마치 배 밑창을 닮았다 하여 마을 사람들은 그곳을 베론이라고 불렀다.

배론에는 한빈의 고향인 홍주 사람들이 여럿 들어와 옹기를 구우며 살았다. 그중 키가 작달만한 김귀동이란 사내는 어려서부터 한빈과 호형호제하던 벗이었다. 귀동은 한빈을 보자마자 두 손을 덥석 잡으며 한번 보겠나? 했다. 요기도 하지 않았는데, 뭘 보란 말인가?

옹기가마가 있는 산비탈에는 장독, 물독으로 쓸 만한 커다란 옹기들이 줄줄이 쌓여 있었다. 귀동은 옹기들 사이를 요리조리 비집고 땅바닥을 기어 안으로 들어갔다. 홍도와 한빈과 아륵숙도 귀동을 따라 옹기들 사이로 기어들어갔다.

토굴이었다. 사람 하나가 겨우 기어들어갈 만한 입구에는 흙이 무너지지 않게 굵은 돌덩이들을 쌓았고, 그 안은 사내 서너 명이 서거나 누워도 될 만했으며, 천장은 널찍한 돌덩이로 되어 있었다. 돌덩이 한 귀퉁이에는 작은 숨구멍이 있었는데, 그 숨구멍으로 빛이 새어 들어와 한쪽 흙벽을 비쳤다. 어둔 토굴 안을 밝히는 빛은 영락없는 열 십자 모양이었다. 빛을 본 한빈과 아륵숙과 귀동이 제 몸에 크게 열 십자를 긋고 두 손을 모으며 치성을 드렸다. 성호를 긋는 것이라고 했다. 저것이 천주학쟁이들의 의식이었구나……

열 십자 모양으로 빛이 비춰진 벽면에는 난생처음 보는 형상들이 놓여 있었다. 흉측했다. 열 십자로 생긴 나무토막에 조선 사내는 아닌 듯 수염이 부한 양이가 아랫도리만 겨우 가린 채 양팔을 대자로 벌리고 손과 발이 못으로 박혀 매달려 있었다. 자세히 보니 머리에는 가시로 엮은 관을 썼고 오른편 옆구리에는 뭔가에 찔린 상처도 있었다.

십자고상이라고 했다. 야소라고 했다. 세상 모든 이들의 죄를 대신하여 벌을 받는 중이라고 했다. 한빈이, 아륵숙이, 귀동이 믿고 따르는 천주님의 외아들님이라고 했다. 천주님, 옥황상제님의 외아들님이 스스로 벌을 받는 중이라 하니 참으로 난감한 말이었다.

　야소가 나무에 매달려 벌을 받는 곁에는 애통한 여인이 하늘을 바라보며 두 손을 모으고 있었다. 코가 크고 머리터럭이 갈빛인 것으로 봐서는 또한 조선 사람이 아닌 듯싶었다. 마리야, 세상 모든 죄를 없애기 위해 홀로 벌을 받는 야소의 친어머니라고 했다.

　하면, 마리야는 천주님의 본부인이 아닌가? 본부인이 이리도 애타게 비는데 어찌하여 외아들님에게 저리도 엄혹한 벌을 내리신단 말인가? 천주님은, 옥황상제님은, 참으로 매정한 분이란 말인가? 홍도는 문득 두터비 모양을 한 항아 님이 떠올랐다. 항아 님도 벌을 받고 계셨구나…….

　홍도는 두려웠다. 늙시도 죽지도 않은 채 세상을 살아온 제 모습이 떠올랐기 때문이었다. 나 또한, 벌을 받는구나…… 아버지에게, 할머니에게, 죽도 할아버지에게, 정주에게, 공에게, 영소에게, 고우에게, 자치기에게…… 젖 한 번 물려보지 못하고, 이름조차 지어주지 못하고, 자장자장 잘 자라 자장가 한 번 불러주지 못하고 잃어버린 아기에게, 내 아기, 아가야…… 그 밖에 알아내지 못한 수많은 이들에게 지은 죄들 때문에 이리도 벌을 받는 것이구나…….

홍도는 저도 모르게 가만히 마리야의 두 볼을 감쌌다. 아드님께서 저리도 고통을 받으시니 얼마나 아프시겠소. 나도 아프다오. 마리야님…….

그때였다. 한빈이, 아륵숙이, 귀동이 무릎을 꿇으며 두 손을 모았다. 마리야를 바라보며 나지막이 천주여, 하고 외쳤다. 홍도는 무슨 일인가 싶어 마리야를 다시 보았다. 홍도가 두 볼을 감싼 마리야 눈에서 눈물이 흘렀다. 분명히 눈물이었다. 돌덩이 형상을 한 마리야 눈에서 눈물이 흘러내렸다. 홍도는 마리야가 흘리는 눈물을 닦아주었다.

울지 마시오, 마리야님. 아드님을 반드시 뵐 날이 있을 것이오. 나 또한 세상 떠난 아버지를 이리 다시 뵈었다오. 여기 이분이, 백다록 이분이, 내 아버지가 되시는 분이라오…… 고맙고 고마운 내 아버지라오…….

홍도는 저도 모르게 제 몸에 열 십자를 긋고 두 손을 모았다.

이튿날, 홍도는 한빈과 함께 길을 나섰다.

아륵숙은 토굴에서 글을 적는다고 했다. 하얀 명주비단에 핍

박받고 박해받고 죽어가는 조선 천주학쟁이들에 관한 글을 적어, 청나라 북경에 계시는 주교라 불리는 높은 분에게 도움을 청하고자 한다고 했다. 귀동은 수발을 들며 아륵숙을 도울 것이고, 뵌 적은 없지만 요왕John the Apostle과 토마Thomas라는 분들은 아륵숙이 적은 글을 가지고 청나라로 갈 것이라고 했다. 그리고 한빈은, 아륵숙이 세세한 글을 적을 수 있도록 조선팔도를 돌며 천주학쟁이들의 사정을 듣고 보고 수집할 것이라고 했다. 홍도는 거칠 것 없이 한빈을 따라나섰다.

조선이 변해갔다. 공자와 맹자와 주자의 나라이고, 핏줄로 이어져 내려오는 임금의 나라이며, 갓 쓰고 수염을 쓰다듬던 양반의 나라가 여기저기서 부서져 내렸다. 더 이상 굶어 죽지 않고 매 맞아 죽지 않는 나라가, 천것과 상것과 양반의 구별이 없는 나라가, 사내와 계집의 차별이 없는 나라가, 천상의 천주가 다스리는 나라가 혼령 모양으로 조선팔도를 떠돌아다녔다.

변화를 갈망하는 이들이 많아질수록 변화를 두려워하는 자들은 포악해져만 갔다. 천주를 믿는 수많은 이들은 천주를 부르며 죽기를 마다치 않았다. 변화를 두려워하는 자들은 죽기를 마다치 않는 이들을 끝도 없이 죽였다. 그러나 죽고 죽이고 죽일수록, 천주라는 이름은 바람 모양으로 번져나갔고 메아리가 되어 백성들 사이로 스며들어갔다.

"백다록 님······."

홍도는 불안했다.

"백다록 님은 죽는 게 두렵지 않으십니까?"

걸음을 멈춘 한빈이 물끄러미 홍도를 보다가 입을 열었다.

"두렵습니다······ 두렵고 또 무섭습니다. 하지만 천주님께 가는 길이라면 기꺼이 갈 수 있을 것입니다. 아니, 갈 것입니다."

"천주님을 믿는다 하여 복을 받는 것도 아닐진대 어찌하여 죽을 길을 가려고만 하십니까?"

"저는 이미 복을 받았습니다. 천주님을 알고 천주님을 흠숭하며 천주님께 가는 길을 알게 됐는데 이보다 더 복된 것이 또 어디 있겠습니까?"

한빈 얼굴에는 미소가 가득했다. 우두커니 한빈을 바라만 보던 홍도가 마음 깊숙한 곳에 담아두었던 말을 꺼냈다.

"백다록 님······ 저도 백다록 님을 따르고 싶습니다."

"홍도 님은 이미 천주님께 가고 계십니다."

"아닙니다······ 저는 지난날 셀 수도 없는 많은 죄들을 지었습니다. 알고 지은 죄들과 알지도 못한 채 지은 수많은 죄들을 씻지 못했으니 저는, 천주님께 갈 수가 없습니다······ 세례로서 제가 지은 죄들을 씻고 싶습니다. 제게 세례를 주십시오. 백다록 님께 세례를 받고 싶습니다."

한빈은 난감한 표정을 지었다.

"하나…… 저는 사제가 아닙니다. 세례는 사제께서 드리는 것입니다."

홍도는 물러서지 않았다.

"하지만 아각백Jakobus 신부님께서 승천하셨으니 목하 조선 땅에는 사제가 계시질 않지 않습니까? 백다록 님께서는 세례를 받으셨으니 천주님을 아버지라 부르고, 천주님을 아버지라 부르니 천주님의 아드님이 되시는 분이 아니겠습니까? 백다록 님 또한 야소님 모양으로 천주님의 아드님이 되셨으니, 백다록 님께서 사제를 대신한다 하여도 부족함이 없으실 것입니다. 제게 세례를 주십시오. 백다록 님……."

홍도는 간절했다.

"이 일을 어쩐다, 이 일을 어찌한다……."

한빈이 눈길을 서두어 하늘을 우러러보았다.

손을 뻗으면 혹여 닿을까, 소리쳐 부르면 혹여나 들어주실까?

홍도와 한빈은 온 세상이 굽어보이는 산중에 자리를 잡고,

하늘에 계신 천주님께 십이단을 바치며, 살아 있음에 감사를 드리고 세상을 지으심에 흠숭을 올렸다.

수많은 기억과 생각들로 똬리를 틀던 홍도 머릿속이 휑하니 비어갔다. 숨은 가라앉았고 눈길은 허공에만 닿았다. 이리 천주님을 뵈올까? 단애의 끄트머리에 올라 붉은 치마를 쓰고 몸을 날리던 그날같이, 머리에 건포를 두르고 정주에서 나오시는 할머니를 보았다. 노란 므은드레를 훅 하고 부시던 아버지를 보았다. 하얀 말을 타고 고샅길을 오시던 죽도 할아버지도 보았다. 그리고 자치기…… 자치기가 새끼줄로 묶은 고도어자반 두 손을 달랑달랑 들고 환하게 웃었다.

홍도 입가에 반달 모양으로 미소가 번져갔다. 아기였으면 좋겠네…… 내 아기…… 그저 아기 같았다. 이제 천주님이 오실까? 이렇게 천주님을 뵈올까?

물도 마시지 않고 말도 나누지 않고 그렇게 사흘째 되던 날이었다. 어슴푸레한 미명 속에서 한빈이 무릎을 꿇은 홍도에게 나지막이 물었다.

"그대는 천주 성부의 자녀가 되고자 지난날의 죄들을 끊어 버립니까?"

한빈이 사제가 되어 묻고 있었다.

"예…… 끊어버립니다."

홍도가 머리를 조아렸다.

"천지를 조성하신 전능 천주 성부를 믿습니까?"

"예, 믿습니다."

"성신으로 인하여 강잉하사 마리야 동신께로서 나심을 믿으며, 본시오 비라도 벼슬에 있을 때 난을 받으사 십자가에 못 박혀 죽으시고 묻히심을 믿으며, 지옥에 내리사 사흗날에 죽은 자 가운데로조차 다시 살으심을 믿으며, 하늘에 오르사 전능 천주 성부 우편에 좌정하신 성자 우리 주 야소님을 믿습니까?"

"예, 믿습니다."

"성신을 믿으며 거룩하고 공번된 회와 모든 성인의 서로 통공함을 믿으며 죄의 사하심을 믿으며 영원한 삶을 믿습니까?"

"예, 믿습니다."

한빈은 밤새 풀잎에 내려앉아 맺힌 이슬방울들을 두 손으로 모아 홍도 머리 위에 떨어뜨렸다. 이슬방울들이 주르르 홍도 두 볼을 타고 흘렀다. 한빈이 홍도 머리 위에 성호를 그으며 말했다.

"나, 김한빈 백다록은 성부와 성자와 성신의 이름으로 인하여 리홍도 미가륵에게 세례를 행하나이다. 아멘."

한빈은 홍도에게 미가륵이라는 세례명을 주었다. 목멱산 자락에서는 홍도를 보며 대천신 미가륵이라고 오해했지만, 앞으로는 악을 물리치고 천주님의 백성들을 지키는 대천신 미가륵이 되어 영원토록 생각과 말과 행동을 따르라는 뜻이었다.

"영광이 부와 자와 성신께……."

"처음과 같이 또한 이제와 항상 무궁세에 있어지이다. 아멘."

홍도는 이끌리듯이 일어나 한빈을 꼭 안았다.

아버지…… 이백십여 년 전 철없던 홍도는 소의문 홍예 안으로 들어가시는 아버지를 물끄러미 바라만 보았다. 이백십여 년 전 맥없던 홍도는 군기섯다리 앞에서 끌려가시는 아버지를 끝내 놓치고 말았다. 하지만 이제는 결코 바라만 보고 놓치지만은 않으리라. 어디라도 함께할 것이다. 물구덩이라도, 불구덩이라도, 그곳이 지옥 끝이고, 삼라만상이 소멸하는 세상 마지막 자락일지라도 홍도는 아버지를 따라갈 것이라고 다짐하고 또 다짐했다.

한동안 가만히 서 있던 한빈이 홍도를 꼭 안으며 등을 토닥였다. 눈물이 흘렀다. 머리에서 흐르는 이슬방울들과 눈에서 흐르는 눈물방울들이 뒤섞여 홍도 두 볼을 타고 내렸다.

어느새 빨갛게 솟은 해가 홍도를, 한빈을, 환하게 비쳤다.

순교

한빈의 어린 딸 성단은 정약용 요안John the Baptist이란 분 댁에 있었다.

한빈이 청지기 노릇을 하던 정약종 아오스딩 댁과 정약용 요안 댁은 형제지간이었다. 경기도 광주 땅 마현 소내라는 곳에는 압해정가의 한 동기간이었던 약현, 약전, 약종, 약용 그리고 서자인 약횡이 모여 살았었다. 아륵숙 장인이기도 한 맏형 약현은 조상늘 제사를 모셔야 한다며 천주를 따르지 않았고, 의원이었던 오자 약횡도 따르지 않았다. 차자인 약전과 사자인 약용은, 천주학을 받아들이고 조선 땅에 널리 알리는 데 앞장을 섰으나 핍박과 박해가 이어지자 천주를 멀리하겠노라 배교하고 목숨만 건진 채 유배를 떠나 있었다. 그러나 천주를 믿고 따르는 일에 그 누구보다도 열심이었고 단 한순간도 멀리한 적이 없었던 삼자 약종은 식솔을 이끌고 마현을 떠나 한성에서 살다가 신유년 이월 참터에서 승천했고, 약종의 전실 소생인 맏아들 철상도 같은 해 사월에 같은 곳에서 승천했다. 약종의 후실 부인과 어린 아들 하상, 딸 정혜도 천주를 믿고 따르다가 전옥서에서 고초를 당하고 풀려나, 유배를 떠난 약용의 마현 댁에 머물고 있었다. 한빈의 어린 딸 성단은 약종의 식솔과 함께 마현에 있었다.

"아버지!"

성단이 팔랑거리며 뒤란에서 뛰어나왔다. 어미가 죽고 아비 손에 자란 성단은 꽃 모양으로 곱게 생긴 계집아이였다. 한빈이 소맷부리에서 댕기를 꺼내 성단에게 건넸다. 예전 홍도가 묶던 제비부리댕기 모양으로 생긴 붉은 놈이었다. 성단은 댕기를 가슴에 안고는 홍도에게 곱게 절을 했다.

"네가 성단이구나, 영민하게도 생겼네……."

홍도는 성단을 꼭 안아주었다.

사내 복색을 한 홍도와 한빈은 적막하기 그지없던 그 댁에 오랜만에 찾아온 사내들이었다. 정약종 아오스딩 님 식솔과 인사를 나누고, 그 댁 주인인 정약용 요안 님 식솔과도 인사를 나누었다. 그 댁 홍씨 부인은, 손사래를 치며 한사코 사양하는 한빈과 홍도에게 유배 떠난 주인의 사랑채를 내어주었다. 홍도와 한빈은 오랜만에 숟가락을 들고 제대로 된 끼니를 챙겼다.

그날 밤, 홍도는 한빈에게 지나온 이야기를 했다. 슬프고 처참하고 때로는 기뻤으나 결국에는 부끄러워 몸 둘 바를 모르던 지난 이백십여 년간의 이야기였다. 한빈은 고개를 끄덕이고 눈물을 훔치며 한 점 의구심도 없이 오롯이 홍도가 지나온 날들을 묵묵히 들어주었다. 이야기를 끝낸 홍도는 상투를 풀고, 코밑에 턱밑에 붙여놓은 수염도 떼어내고, 일어나 이마 위에 두 손을 얹고, 한빈에게 큰절을 올렸다.

"아버지, 소녀 홍도 절을 받으소서!"

홍도는 만초천 참터에서 우연히 뵌 후로 그동안 한 번도 제대로 부르지 못했던 아버지라는 이름을 정성을 다해 불렀다. 아버지…… 한빈도 일어나 홍도에게 맞절을 했다. 아버지 김한빈 백다록…… 분명코 아버지셨다. 아버지 한빈은 성호를 긋고 홍도 두 손을 꼭 잡았다. 따뜻했다.

"미가륵 님을 처음 뵌 순간 제 심장이 떨리던 까닭이 따로 있었습니다. 제가 미가륵 님의 아비였다니 그저 감읍하고 감읍할 따름입니다."

아버지 한빈이 목에 걸고 있던 나무로 된 십자고상을 풀어 건넸다. 직접 손으로 깎아 만든 것이었다. 손바닥에 쏙 들어오는 작은 십자고상에는 세상 모든 이들의 죄를 홀로 갚고 계시는 야소님 모습이 새겨져 있었다. 홍도는 십자고상 속 야소님 얼굴을 오래도록 바라보았다. 야소님 얼굴 속에는 진자 길자를 쓰시던 아버지 모습이, 여자 립자를 쓰시던 죽도 할아버지 모습이, 그리고 제가 이름을 지어준 자치기 오라버니 모습이 모두 들어 있었다.

홍도는 아버지 한빈 곁에 나란히 누웠다. 덧없고 무료하던 지난 세월들이 한순간에 스러져갔다. 이리 만나려, 이리 뵈오려, 그리도 아프고 고되었구나…… 지나온 시절들이 어제 같고 한 토막 잠인 듯싶었다. 아버지 한빈 곁에는 제 몸으로 낳은 딸 성단과 이백여 년을 살아온 지난날의 딸 홍도가 나란히 누워 있었다.

얼핏 잠이 들었다. 어찌 알았을까? 동이 틀 무렵 홍도는 무언가에 이끌리듯 번쩍 눈을 떴다. 성단은 댕기를 꼭 쥔 채 잠들어 있었다. 하지만 아버지 한빈은 없었다. 홍도는 벌떡 일어나 밖으로 나갔다.

댓돌에 놓여 있어야 할 짚신이 보이질 않았다. 홍도 것도, 성단 것도 그리고 아버지 한빈 것도, 하나도 없었다. 홍도는 그만 주저앉고 말았다. 떠나셨단 말인가? 방 안에 딸들만 내버려두고 홀로, 떠나셨단 말인가? 안 될 말이었다.

잠에서 깬 성단이 댕기를 쥔 채 방문을 열고 나왔다. 홍도는, 성단에게서 어린 홍도를 보았다. 아버지가 들어가신 소의문 홍예를 멍하니 바라만 보고 서 있던 어린 홍도를…… 성단은 아마도 제 아버지가 떠난 사실을 알고 있는 듯했다. 홍도는 두 팔을 벌려 성단에게 오라고 했다.

"성단아…… 천주님께서 너를 지켜주실 것이야."

홍도는 훌쩍이는 성단을 꼭 안았다. 오래도록…….

홍도는 아버지 한빈을 쫓았다.

아륵숙이 머지않아 퇴고를 마치고 명주비단에 글을 옮겨 적을 것이라고 했었다. 하면, 아버지 한빈은 배론으로 향하셨을 것이다. 홍도는 쉬지 않고 배론으로 달렸다.

배론은 박살이 났다. 옹기들은 산산조각이 났고, 토굴은 뭉개져 흔적만 남아 있었다. 아무도 없었다. 귀동과 벗들은 제천 관아로 끌려갔다고 했다. 아버지 한빈과 아륵숙과 요왕과 토마 란 분들은 한성으로 압송되었다고 했다.

홍도는 다시 한성으로 달렸다. 그곳이 어디든지 아버지와 함께할 것이다. 아버지가 매를 맞으면 나도 매를 맞을 것이고, 아버지가 칼을 받는다면 나 또한 칼을 받을 것이다. 두려울 것이 없었다. 홍도는 숨도 쉬지 않고 한성으로 달렸다.

늦었다.

홍도는 한 발 늦고 말았다. 신유년 시월 스무사흗날 해질녘, 홍도는 소의문 밖 만초천 백사장 앞에 서 있었다.

아무도 없었다. 살아서 숨을 쉬는 이는 아무도 없었다. 홍도는 금줄을 넘어 백사장 안으로 들어갔다. 수많은 목숨들이 죽어간 자리였다. 붉은 핏덩이들이 여기저기 뿌려져 있었다. 여러 몸뚱이들이 이리저리 널브러져 있었다. 몸뚱이를 잃어버린 머리들은 갈 곳을 모르고 흩어져 있었다. 홍도는 한눈에 아버지 한빈을 알아보았다.

"아버지……."

홍도는 아버지 한빈의 머리 앞에 털썩 주저앉았다. 두려움도 고통도 모르는 아버지 한빈 머리가 피로 얼룩진 백사장에 덜렁 놓여 있었다. 홍도는 살며시 몸을 누여 아버지 한빈 머리를 두 팔로 감싸 안았다. 이리 가시려고 그리도 서두르셨소? 이리 가시려고 짚신도 숨겨 두시었소? 아버지…… 나도 여기서 죽을 테요…… 나도 여기서 죽어야겠소…… 눈물이 흘렀다. 마음이 아파서 흐르고, 원통해서 흐르고, 안타까워서 흐르고 또 흘렀다.

"네 이놈! 내버려두지 못할까?"

무관과 포졸들이 누워 있는 홍도를 빙 둘러쌌다.

"대역부도한 죄인 몸뚱이를 거두는 것 또한 대역부도한 짓이다, 썩 물렀거라!"

무관이 칼을 뽑아 홍도에게 겨누었다. 홍도가 아버지 한빈 머리를 그러안은 채 몸을 일으켜 앉았다. 무관이 뽑아든 칼이 홍도 눈앞에서 번뜩였다. 홍도는 무관을 노려보았다. 포졸들은 홍도 기세에 눌린 듯 주춤거렸다. 하지만 무관은 포졸들에게 보란 듯 빼어든 칼로 초립을 쳐 벗겨내더니 드러난 홍도 상투를 툭툭 쳤다.

"네놈도 목이 달아나고 싶은 게로구나?"

순간 벼락같은 괴성이 홍도 입에서 뿜어져 나왔다.

"흉악무도한 놈들! 네놈들은 아비도 없느냐! 당장 물러서지 못할까?"

기겁한 무관은 어버버, 말을 더듬있고 포졸들은 저들끼리 뒤엉키며 물러났다.

"한번만 더 쓸데없는 혓바닥을 놀린다면, 네놈들 심장을 잘근잘근 씹어먹을 것이다!"

홍도 눈에서 눈물이 흘렀다. 붉은 피눈물이었다. 붉디붉은 피눈물이 옷섶을 적시고, 하얀 모랫바닥 위로 투두둑 떨어졌다. 겁에 질린 무관과 포졸들은 누가 먼저랄 것도 없이 자빠지고 넘어지며 백사장을 빠져나갔다. 홍도는 하늘을 우러르며 아버지 한빈 머리를 그러안은 채 그 자리에 그렇게 앉아 있었다. 오래도록…….

홍도는, 다시는 스스로 목숨을 끊으려 하지 않았다. 항아 님의 축원으로 늙지도 죽지도 않게 된 것도, 새로 나신 아버지 김한빈 백다록을 만나게 된 것도, 그리고 그 순간 그 자리에서 하늘을 우러러보게 된 것도, 모두 하늘에 계신 천주님 뜻이라고 믿었다.

홍도는 더 이상 사내 모양으로 복색을 하지 않았다. 호패를 지니지도 않았다. 천주님께서 주시고, 진자 길자 아버지께서 낳으시고, 한자 빈자 백다록 아버지를 뵈었던 제 몸으로, 세상을 살기로 마음먹었다. 설령 여인 몸으로 살아가는 것이 어렵고 힘들지라도 힘들고 어렵게, 그렇게 살아가기로 다짐을 했다.

그 후로도 수십 년 동안 죽고 또 죽였다.

정약종 아우구스티노 님 부인인 체칠리아가, 아들인 바오로가, 딸인 엘리사벳이 죽었다. 처음으로 조선인 사제가 되었던 안드레아가, 안나가, 아가타가, 루치아가, 바르바라가 죽어갔다. 로사가, 요한이, 막달레나가, 마르타가, 율리에타가, 카롤로가, 수산나가, 마리아와, 마리아와, 또 다른 마리아가, 이름도 없는 젖내기 아기가, 숨을 거두었다. 베드로와 요셉이 숨을 거두고, 또 다른 요셉과 베드로도 숨을 거두었다. 루드비코와, 골룸바와, 마르코가, 프로타시오와, 데레사와, 세바스티아노와, 이냐시오와, 페르페투아와, 베네딕타와, 스테파노와, 아우구스티노와, 안토니오와, 라우렌시오와, 가타리나와, 루카와, 유스토와, 바르톨로메오와, 시몬과, 토마스가…… 사내가, 부인이, 노파가, 코흘리개가, 아기를 안은 여자가, 숨을 거두었다.

관군들은 구덩이 속에서 서로를 부여안은 남녀노소 머리 위로 시뻘건 숯덩이를 쏟아 부었다. 구덩이 속에서는 머리터럭이 타고 살이 타는 누린내가 피어올랐고, 예수와 마리아를 부르는 소리가 처절한 절규가 되어 천둥소리 모양으로 퍼져 나갔다. 소리가 잦아들고 정적이 흐르자 흙을 덮었다. 관군들은 그 위에서 술판을 벌이며 뛰어놀았다.

짓이겨 죽이고, 깨서 죽이고, 발목을 붙잡고 도리깨질을 해서 죽이고, 굶주린 짐승들에게 뜯어 먹게 해서 죽이고, 산 채로 파묻어 죽이고, 젖내기를 불태워 죽이고, 방죽에 처박아 죽이고, 처자를 발가벗겨 흉악범들에게 찢어 죽이라 시켰다.

홍도 331

제 아비 어미 자식들을 모조리 때려죽인 철천지원수도 그리 죽여서는 안 되는 것이었다. 왜구들도 오랑캐들도 조선 백성을 그리도 잔혹하고 처참하게 죽이지는 않았다. 하지만 법을 알고, 도리를 알고, 공자와 맹자와 주자를 따르는 조선에서는 함께 숨쉬고, 함께 말하며, 함께 굶주리고, 함께 살아온 제 나라 백성들을 파리나 모기 모양으로 몹쓸 벌레들 모양으로 그렇게 죽였다.

하지만 천주를 믿는 이들은 죽기를 두려워하지 않았고, 죽기를 두려워하지 않을수록 천주를 믿고 따르는 이들의 수는 더욱더 늘어만 갔다. 그러면 죽이고 또 죽였다. 죽였다……

홍도는 죽어간 이들의 시신을 수습하고 식솔을 찾아주고 장례를 치렀다. 손톱 밑에는 검붉은 핏덩이가 엉겨붙었고, 몸뚱이에는 흙먼지가 가시질 않았다.

누군가에게는 할아비였고 할미였으며, 누군가에게는 아비였고 어미였으며, 누군가에게는 아들이고 딸이었을, 이름도 모르고 얼굴도 모를지언정, 홍도는 죽어간 이들을 위해 기도를 했다. 그리고 홍도는 죽어간 이들의 살아 있는 식솔을 위해 평화와 용서와 구원이 함께하기를 기원하며 기도를 바쳤다. 그리고 또한 홍도는, 죽이는 자들을 위해 천주님께 간절한 기도를 올렸다.

저들을 용서하소서. 저들은, 저들이 저지르는 죄를 알지 못하나이다. 저들이 스스로 깨우칠 수 있도록 자비를 베푸소서. 마침내는 죽은 이들이 죽이는 자들을 이길 것을 믿사오니, 세상의 죄를 없애시는 천주님, 저들을 불쌍히 여기소서. 불쌍히 여기시고 자비를 베푸소서. 자비를 베푸소서. 평화를 주소서…….

하지만 홍도는 단 한순간도 제 자신을 위해 기도하지 않았다.

그러나 누군가도 홍도를 위해 기도를 했으리라. 홍도가 지쳐 쓰러져 있을 때, 눈물이 비가 되어 흘러내릴 때, 천지간에 외로이 홀로 남겨져 있을 때, 누군가도 알지 못하는 홍도를 위해 십이단을 바치고 기도를 올렸으리라.

예수님께서도 십자가에 매달려, 알지 못하는 수많은 이들의 용서를 구하며 그렇게 천주님께 빌고 빌었으리라. 하오나 천주님이시여, 제 뜻대로 하지 마시고 천주님 뜻대로 하소서. 성부와 성자와 성신으로 인하여 제가 있나이다…….

그 후로도 몇 십 년을 홍도는 묻고 또 묻었고, 울고 또 울었다.

그날 홍도는 호중의 해미현 관아 옥사에 있었다.

남녀의 구별도, 노소의 구별도 없이, 한 무더기로 쟁여놓은 옥사 안에는 앉을 곳도, 더 이상 서 있을 곳도 없었다. 저희를

궁련히 여기소서…… 이제 이들은 모두 죽을 것이다. 이제는 이들 틈에 끼여 참말로 죽을 수 있겠구나…… 홍도는 죽는 순간을 기다리며 성호를 긋고, 성호경을 외우고, 천주경을 외우고, 성모경을 외우고, 종도신경을 읊조렸다.

형리가 옥사 문을 열고 들어왔다. 하지만 옥사 안에 쟁여진 이들은 한치도 흔들림 없이 천주님을 흠숭했다. 형리가 옥문들을 차례로 열더니 가래를 긁어모아 퉤, 뱉고는 소리쳤다.

"이제부터 그대들은 죄인이 아니니 모두 제 갈 곳으로 돌아들 가시오!"

모두들 물끄러미 형리를 쳐다보았다. 눈치를 살피던 형리가 퉤, 다시 가래침을 뱉더니 서둘러 옥사를 나갔다.

천주시여…….

침묵하던 이들은 누가 먼저랄 것도 없이 성호를 그으며 천주님을 불렀다.

아, 홍도는 죽지 않았다. 늙지도 않았다.

그해가 병술년(1886년)이었다.

*

얼마나 무서웠을까?

얼마나 외로웠을까?

얼마나 참담했을까?

동현은, 홍도가 겪었을 순간들이 고스란히 전해져온다. 아니, 분명히 그저 잘 꾸며진 홍도의 이야기일 뿐일 테지만 동현은, 온몸을 죄여오는 고통에 마음이 저리고 슬픔에 온몸이 떨렸다. 홍도가 잠시 이야기를 멈춘 이 순간 동현은 물어야만 한다. 궁금한 것은 궁금한 것일 뿐이니까…….

"김한빈의 세례명이었던 백다록이, 본래 발음대로 하면 뭐였습니까?"

"베드로."

"그렇군요. 그럼 홍도 씨는요? 미가륵은 뭐죠?"

"미카엘."

"홍도 씨는 미카엘이 아니라 미카엘라라고 여성형을 써야 하는 거 아닙니까?"

"당시 아버지께서는 모르고 계셨을 겁니다. 당연히 저도 몰랐습니다. 하지만 지금도 전, 아버지께서 지어주신 그대로 미가륵입니다."

　미카엘…… 하마터면 동현은 제 세례명도 미카엘이라고 말할 뻔한다. 하지만 굳이 지금 세례 받은 사실을 털어놓아 홍도 말을 가로막을 필요는 없다. 지금은 그저, 궁금한 것들뿐이니까!

　"홍도 씨는 언제부터 한자가 아닌 본래 발음대로 세례명을 부르신 겁니까?"

　"모방 신부님과 샤스뎅 신부님이 조선 땅에 오신 후였습니다. 오랫동안 사제가 계시지 않던 조선 땅에 불란서에서 오신 두 분 신부님과 곧이어 오신 엥베르 주교님께서 중국식으로 부르거나 한자를 취음해 우리말로 부르던 성자님 휘자와 성모님 휘자 그리고 여러 세례명과 땅이름을 본디 발음으로 알려주셨습니다. 저도 그분들에게서 미가륵이 본디 미카엘이라는 것을 알았습니다. 미가엘, 미까엘, 미하엘, 미구엘, 마르켈, 마이클, 그 무엇이라고 불리든 간에 제 본명은 백다록 아버지께서 지어주신 미가륵입니다."

　홍도는 거침이 없다. 언제나 거침이 없다.

　"두 분 신부님과 주교님은 기해년 팔월, 새남터에서 승천하셨습니다."

　홍도가 성호를 긋고 침묵한다.

이 여자는 누굴까? 지금은 하늘에 올라 성인 반열에 오른 조선 천주교의 순교자들을 직접 눈으로 보았고 이름도 없이 죽어간 수많은 순교자들의 장례를 직접 치렀으며 참혹한 순교의 현장에서조차 살아남은 여자, 홍도. 뿐만 아니라 조선 최고 실학자 정약용 집에서 하룻밤을 묵었고 그의 가족들과 인사를 나누었다니, 도대체 이 여자 홍도는 정체가 뭐란 말인가? 게다가 이제는 환생이라니!

"홍도 씨는 정말…… 정말, 김한빈 백다록을 아버지라고 믿으셨습니까?"

홍도가 대답 대신 두 손을 목 뒤로 하더니 무언가를 푼다. 목걸이? 홍도가 맨살에 닿아 있었을 목걸이를 꺼내 보여준다. 십자가 위에 예수가 매달린 나무십자고상! 세상에, 김한빈이 홍도에게 주었다던 그 나무십자고상이 지금 홍도 손 위에 놓여 있다. 그렇다면 정말 리진길이 김한빈으로 환생을 했었단 말인가?

아니, 나무십자고상이 환생의 증거가 될 수는 없다. 물론 홍도가 사백서른세 살이라는 증거가 될 수도 없다. 그러나 분명한 것은 홍도 이야기에 신빙성을 더해준다는 것만은 사실이다. 에포케! 어차피 홍도에 대한 모든 판단을 중지하기로 마음먹었던 동현은 지금 그저 홍도를 바라만 본다.

"김한빈 백다록 그분은, 진자 길자를 쓰시던 제 아버지께서 새로 나신 분이셨습니다."

홍도가 나무십자고상을 만지작거린다.

현해환

홍도는 약현마루에 올라 만초천 백사장을 내려다보았다.

아버지 한빈 백다록이 숨을 거두셨던 참터가 내려다보이는 약현마루에, 예전 한백겸 어른이 사시던 약현계 중동 인근에, 십자탑을 세우고 천주를 믿는 이들이 모여 미사를 올리는 붉은 교회당이 지어졌다.

홍도는 설계를 하신 코스트 신부님과 공사를 지휘하시던 두세 신부님 곁을 쫓아다니며 잔심부름을 도맡아 했다. 어엿한 교회당 모습이 들어서고 종루에 달린 종이 울리고 강복식이 있던 날, 홍도는 교우들과 어울려 덩실덩실 춤도 추었다. 기쁘고도 슬프고 또한 좋았다.

조선 땅에서 천주를 믿는다 하여 목숨을 잃는 이는 더 이상 없었다.

　조선은 선비의 나라였다. 조선의 선비들은 제 자신을 사군자라고 불렀다.
　이른 봄날 꽃부터 피우는 매화와 더운 여름날 산중에 향내를 뿜어내는 난초와 소슬한 가을날 서리를 이겨내고 절개를 드러내는 국화와 추운 겨울날 삭풍에도 고고히 부러지지 않는 대나무의 나라가 조선이었다. 하지만 눈 속에서도 피어나는 노란 땅꽃은 무엇이고, 제아무리 밟히고 밟혀도 산중에 만발한 붉고 파란 풀꽃들은 또 무엇이며, 서리는 물론이거니와 삭풍 한설도 농락하며 설령 쓰러질지언정 부러지지는 않는 하얀 억새는 또한 무엇이란 말인가?
　조선은 사군자말고도 헤아릴 수 없이 많은 초목과 억새들이 어울려 살아온 나라였다. 그러나 오직 사군자만을 바라보며 오백 년을 견디고 버텨오던 조선은 결국 부서지고 스러져갔다. 조선의 운명을 눈치챈 임금은 조선이라는 이름을 버리고 대한제국이라는 새 국호를 선포했으며, 더 이상 일국의 왕이 아닌 황제임을 천명하며 즉위식까지 치렀다. 그렇다고 한들 대한제국 백성은 그저 조선 백성일 뿐이었다. 더 이상 굶어 죽지 않고, 매 맞아 죽지 않고, 배불리 먹기만을 바라는 비루하고 너절하고 어리석은 백성들이었다. 이백 년 전에도 그랬고 백 년 전에도 그랬으며 백 년 후에도 이백 년 후에도 그러고만 있을 것 같았다.

조선 산하에 지천으로 피어나는 초목과 억새들은 스스로 제가 주인 될 생각은 하지 못하고 부서지고 스러진 사군자만을 쓰다듬었고 또 누군가가 제 주인이 되어주길 바라고 원하며 제 신세를 한탄만 했다.

홍도는 조선에 있었다.

한동안 한성에만 머물던 홍도가 봇짐을 쌌다. 가끔씩 홍도 모양새를 눈여겨보는 사람들이 있던 까닭도 있었지만 어릴 적 살던 소리실 마당이 문득 보고픈 까닭이 더 컸다.

칠패, 팔패를 지나 배다리 넘어 밥전거리를 지나고 동자기를 건너 천 년 묵은 여우들이 많이 나타난다는 호현을 바라보고 섰을 무렵이었다.

한줄기 바람이 불었다. 하늘에 종이 한 장이 바람에 팔랑거리며 날아다녔다. 홍도는 종이를 바라보았다. 파란 하늘을 바다인 양 저는 물고기인 양 허공을 날던 종이가 팔랑팔랑, 발치에 떨어져 내렸다. 홍도는 종이를 집어 들고 적힌 글자들을 읽었다.

*

"무슨 종이였습니까?"

"미국 하와이 땅으로 일하러 갈 농부들을 모집한다는 고시였습니다."

"그럼, 혹시…… 조선을 떠나시기로 한 겁니까? 자치기는요? 만약 자치기가, 김한빈 백다록처럼 다시 태어나기라도 한다면 어쩌시려고……."

동현은 어이가 없다. 지금 환생을 믿는다는 건가? 정확하게 표현하자면 홍도 이야기를 모두 믿는다는 소린가? 단지 동현은 홍도의 정체에 대한 판단을 중지하기로 한 것이었지 홍도의 정체를 고스란히 믿기로 한 것은 결코 아니었다. 하지만 지금, 동현은 저도 모르게 홍도의 모든 것을 믿고 있다. 제아무리 홍도가 대단한 이야기꾼이라고 하더라도 이건 아니다!

홍도가 동현 속내를 듣기라도 한 듯이 빙긋이 웃는다.

"그랬군요…… 하지만 그때는, 자치기 오라버니 생각을 미처 하지 못했습니다. 그저 조선이 아닌 다른 나라에 가고 싶다는 생각뿐이었습니다. 그곳이 어디든지, 조선만 아니라면 그 어디라도 좋을 것만 같았습니다……."

그랬을 것이다. 떠나고 싶었을 것이다. 그곳이 어디라도, 조선만 아니라면 어디라도 가보고 싶었을 것이다. 홍도에게 시간은 언제나 쓰고도 남았을 테니까…….

"저는 다시 사내 모양을 했습니다. 양반 복색을 하고 수염도 새로 붙였지요. 혹여 여인 혼자는 받아들여주지 않을까 저어했기 때문이었습니다. 보증인이 필요하다 해 궁내부 수민원이란 곳의 관리에게 알아서 잘 해달라는 명목으로 돈을 주고, 집조라는 종이 한 장을 받았습니다."

"집조가 뭐죠?"

"패스포트를 집조라고 했습니다."

"이제 보니까 홍도 씨는 호패 위조에 신분 위조에, 위조의 달인이셨군요."

홍도가 고개를 끄덕이며 미소를 짓는다.

"저는, 서대문에서 모갈을 탔습니다."

"모갈은 뭐였습니까?"

"기차, 아마도 증기기관차 이름이 모갈이었기에 그리 불렀던 것 같습니다."

"그때도 기차가 다녔군요?"

"예, 당시 두 해 전인가 한강에 철교가 놓이고 일본인들이 들어와 장사를 하고 있었습니다. 제 기억으로는 모갈을 타는 사람들은 거의 없었습니다. 워낙 삯이 비쌌던 것 같습니다. 천둥

소리 같은 기적을 울리며 시커먼 연기를 뿜어내는 모갈을, 한 번쯤은 꼭 타보고 싶었습니다. 일 원 오십 전인가를 내고 외국인들이나 왕가 귀족들만 타던 일등석을 탔지요. 귀족이 아니라 하여 승무원에게 뒷돈으로 이십 전인가를 더 주었던 것 같습니다. 더 이상 조선 돈을 쓸 일이 없을 테니 아까울 것이 없었습니다. 일등석에서는 술도 주고 차도 주고 카스텔라 빵도 주었던 것 같습니다. 채 한 시진도 안 되어 종점인 제물포에서 내렸지요. 그리고 포구까지는 주로 일본인들이 타던 인력거를 타고 갔습니다. 당시 제물포에는 조선인들보다도 일본인들이나 청국인들이 더 많았던 것 같습니다. 수중에 있던 돈을 모두 털어 인력거꾼에게 주었습니다. 그리고 포구에서 배를 탔지요. 한 번도 본 적이 없는 쇠로 된 커다란 일본 배였습니다. 먼저 일본으로 간 후에 거기서 일본 배보다도 더 커다란 미국 배로 갈아타고 하와이 땅으로 떠난다고 했습니다. 일본으로 가는 배 이름은 현해환이었습니다……."

*

현해환을 타고 조선을 떠나는 이들은 홍도를 포함해 모두 백

스물한 명이었다.

그들 대부분은 제물포에 있는 내리교회란 곳에서 온 신도들이었다. 조원시라는 미국인 목사의 주선으로 식솔을 모두 거느리고 조선을 떠나는 내리교회 신도들은, 그들끼리 모여 기도를 하고 찬송가도 부르며 새로운 세상에 대한 기대에 부풀어 있었다.

뿌우…… 뱃고동이 천지를 뒤흔들었다.

홍도는 현해환 난간에 기대어 포구를 바라보았다. 고향 땅을 떠나는 내리교회 신도들은, 배웅하는 친지들에게 손을 흔들었고 눈물을 흘렸고 통곡을 했다. 잘 사시오, 잘 가시오…… 포구가 멀어져갔다. 홍도도 손을 흔들었다. 그 누구도 바라보지 않았고 그 누구도 배웅하지는 않았지만 손을 흔들었다. 조선을 향해 손을 흔들었다. 조선의 사람들이, 조선의 땅덩이가 아득하게 멀어져갔다.

홍도는 할머니와 아버지와 죽도 할아버지와 그리고 새로 나신 맥나목 아버지와 젖 한 번 물려보지 못하고 눈 한 번 마주쳐 보지도 못하고 잃어버린 아기와 제 목숨이었던 자치기와 함께 살던, 제가 나고 자라고 삼백여 년을 깃들어 살아온 땅을 그렇게 떠났다. 홍도는, 더 이상 조선의 그 무엇도 눈길에 닿지 않을 때까지 현해환 난간에 기대어 있었다.

"종이에 꽃물을 들이고 마음이 동한 시를 적었으니, 영이가 당나라 시인 설도를 쏙 빼닮지 않았느냐? 설도 자가 홍도니라. 영이도 홍도 모양으로 시를 짓고, 도가의 도인이 되어 세상을 두루 살피는 아름다운 여인이 되면 좋을 것이야."

배시시 입가에 미소가 번졌다. 지금은 비록 콧수염에 턱수염을 달고 상투를 틀었을망정 죽도 할아버지 말씀 모양으로 세상을 두루 살피는 여인이 될 것만 같았다. 아름다운 여인이…….
홍도는 조선을 떠났다.
몹시도 춥던 그날은 양력으로 1902년 12월 22일이었다.

얀

 이틀 밤낮을 쉬지 않고 바다를 건너온 현해환은 사흘째 되던 날 나가사키란 곳에 닿았다.
 일본…… 삼백여 년 전 홍도는 이곳에 왔었다. 그리고 열 해를 살았다. 당시는 영문도 모른 채 끌려왔었지만 이제는 제 발로 찾아서 온 것이었다. 마음이 야릇했다.
 일본은 별천지였다. 조선도 지난 삼백여 년간 조금씩 변해가고는 있었지만 일본은 삼백여 년 전 모습이라고는 도무지 찾아볼 수 없을 만큼 화려하고 눈이 부셨다. 홍도를 비롯한 조선 사람들은 별천지를 두리번거리며 항구 옆에 있는 검역소라는 곳으로 줄을 지어 옮겨갔다. 일본말을 하고 미국말도 할 줄 안다던 조선인 통역관은, 조선에서 온 사람들이 튼튼한지 진단이라는 것을 할 것이고 하와이 땅에 있을지도 모를 풍토병을 예방 코자 접종이란 것도 할 것이라고 일러주었다. 조선에서 온 사람들은 하나같이 말이 없었다. 모두들 낯설고 두려운 까닭이었으리라.

"사내들은 오른편 문으로, 여인들과 아이들은 왼편 문으로 들어가시오."

커다란 방 안에는 일본인 의관 두 명과 서양인 의관 한 명이 서궤를 앞에 두고 차례로 앉아 있었다. 조선인 사내들은 한 줄로 줄줄이 서 진단표를 의관들에게 내밀고 진단이라는 것을 받았다. 홍도도 사내들 마지막쯤에 서서 진단을 받았다.

맨 처음 일본인 의관 앞에서는 손가락을 하나씩 오므렸다가 쫙 펴 보이고, 앉았다 섰다를 반복했다. 그 옆에 있는 일본인 의관은 동그란 면경을 이마에 매달고는 조선인 사내들 입 안을 이리저리 살피고, 촛불이 든 남포란 것을 들고 눈앞에서 왔다 갔다 했다. 진단이란 게 참으로 해괴한 노릇이었다. 그런데 맨 마지막에 앉은 노르스름한 금발머리 서양인 의관이 하는 진단이란 것은 해괴하다 못해 경을 칠 노릇이었다.

허연 낯빛에 코만 커다란 의관은, 사내들 옷고름을 풀어 가슴팍을 훤히 드러내놓게 하더니 손가락을 대고는 톡톡 두드려보기도 하고, 기다란 대롱 모양으로 생긴 막대기를 사내들 젖꼭지에 대더니 다른 한쪽에 제 귀를 대고는 뭔가를 심각하게 듣기도 했다. 정녕 젖꼭지에서도 소리가 난단 말인가? 한데……

아뿔싸, 이 일을 어쩐다!

홍도는 그제야 제 처지가 떠올랐다. 저 서양인 의관 앞에서 옷고름을 풀고 젖을 보여야 한단 말인가? 하면, 사내가 아닌 여인인 것이 들통날 테고 그러면, 그러면 어찌 되는 것이지? 홍도는 뒤에 선 사내들을 앞으로 보내며 궁리를 했다. 옷고름을 풀지 말아야 하나? 풀지 않는다면 이상하게 여길 것이 아닌가? 아프다고 할까? 아프다고 하면 다시 조선으로 돌려보내질 것이 아닌가? 아득해졌다. 그래, 흉이 있어 보여줄 수 없다고 하자. 차마 눈 뜨고 볼 수 없을 만큼 흉하다고! 그래도 보자고 하면…… 하지만 미처 방도를 내기도 전에 홍도는 서양인 의관 앞에 서 있었다. 더 이상 뒤에는 아무도 없었다. 덜렁 홍도만 남아 있었다. 막막했다. 서양인 의관 앞에 서자 홍도는 아무 생각도 나지 않았다.

서양인 의관이 손으로 옷고름 푸는 시늉을 하며 일본말을 했다.

─ 가슴을 보여주세요.

하지만 옷고름을 꼭 움켜쥐었다.

─ 무슨 문제가 있습니까?

홍도는 고개를 저었다. 젖을 보여주는 것이 수치스러운 것은 아니었다. 젖이라면 이백여 년 전 두물머리 주막에서 살꽃을 팔며 수도 없이 보여주었고, 사당패 버나재비를 하며 은근짜 노릇을 한 적도 있었으니 부끄러울 일도 아니었다. 하나, 두려웠다. 여인인 것이 들통날까봐 두려운 것이었다. 어느새 다가온 조선인 통역관이 말을 섞었다.

"염통소리를 듣는 것이니 겁낼 것이 없답니다. 곁에 있어주오리까?"

이런 미칠 노릇이 있나? 곁에 있기는? 네놈이 불룩한 내 젖을 훔쳐보기라도 하겠다는 것이냐?

"아니, 아니, 아니요! 나 혼자서도 충분하니 저리로 가보시오, 저리!"

홍도는 손사래를 치며 통역관을 저리 가라고 밀쳤다. 아무리 부끄럽고 수치스러운 일은 아니라고 할지라도 온 사내들이 두 눈 시퍼렇게 뜨고 있는 곳에서 훌렁훌렁 벗을 수는 없는 일이었다. 서양인 의관이 별일이라는 듯 배시시 웃었다. 그 순간 아름답다는 생각이 드는 건 도대체 무슨 조화란 말인가? 서양 사내가 아름답게 느껴지다니…… 사내는 하얀 이들을 고스란히 드러내며 일본말을 했다.

— 나만 볼 테니까 이제 옷 매듭을 풀어보세요.

서양 사내 목소리는 꿀 모양으로 달달했다. 하나, 달디단 꿀도 상처에 닿으면 쓰라린 법, 홍도는 그 목소리가 쓰라렸다. 얼굴이, 온몸이, 붉게 달아올랐다. 더 이상 지체를 했다가는 온 사내들이 가슴팍에 달린 불룩한 젖을 구경하겠다고 우르르 몰려들 것만 같았다.

홍도는 옷고름을 풀었다. 속옷고름도 풀었다. 젖싸개, 꽁꽁 동여맨 젖싸개를 다른 사내들에게 들켜서는 안 된다! 홍도는 옷섶 안으로 손을 넣어 젖싸개를 허리춤까지 단번에 쑥 내렸다. 느꼈다. 두 덩이 젖이 흔들렸다. 그리고 서양 사내 눈앞에 불룩한 두 덩이 젖이 고스란히 드러났다. 홍도는 얼른 옷섶을 좌우로 펼쳐 다른 사내들의 눈길을 막았다. 오직 눈앞에 있는 서양 사내만이 불룩한 두 덩이 젖을 보도록, 한데 이 또 무슨 조화란 말인가? 자줏빛 젖꽃판이 활짝 피어나고 팥알 같은 젖꼭지가 단단해지고 있었다.

홍도는 서양 사내 눈을 보았다. 파랬다. 파란 눈이 커져 있었다. 하지만 저 눈으로 보기는 보는 것인가? 내 젖이 보이기는 보이는 것인가? 홍도가 입을 열었다. 하늘빛 모양으로 파란 사내 눈을 바라보며 나지막이 속삭였다.

― 제발…… 제발…… 아무 말씀도 하지 말아주십시오.

일본말이었다. 오래전 잊은 줄로만 알았던 일본말이 얼결에 홍도 입에서 흘러나왔다. 불룩한 두 덩이 젖을 보던 서양 사내가 홍도의 까만 눈을 물끄러미 바라보았다. 홍도를, 홍도의 비밀을, 홍도의 모든 비밀을 안다는 눈길이었다.

― 다른 사람들이 보기 전에 그만 가리시지요.

― 고맙습니다. 제발 아무 말씀도 말아주십시오. 부탁입니다.

홍도는 대충 젖싸개를 끌어올리고 옷고름을 서둘러 묶었다. 그러는 동안 서양 사내는 홍도가 내민 진단표 위에 무언가를 한참 동안 적더니 홍도에게 돌려주지 않고는 제 주머니에 넣었다.

― 다 끝났습니다.

서양 사내가 또 배시시 웃었다. 뭐가 끝났단 말인가? 톡톡, 손가락으로 불룩한 젖을 두드려보지도 않았고, 볼록하니 솟은 젖꼭지에 기다란 대롱을 대고 소리를 들어보지도 않았다. 게다가 진단표는 돌려줘야 하는 게 아닌가? 하지만 서양 사내는 아랑곳 없이 조선인 통역관만을 손짓으로 부르고 있었다.

"세상에……."

길고 가느다랗고 하얀, 곱디고운…….

홍도는 서양 사내의 손을 보는 순간 하마터면 주저앉을 뻔했다.

조선을 떠나온 사람들은 진단과 접종을 마치고 모두 현해환으로 돌아갔다. 하지만 모두가 떠난 후에도 홍도는 검역소 안에 홀로 있었다. 한 식경쯤 그러고 있었을까? 조선인 통역관이 들어와 고개를 갸웃거렸다.

"일이 이상하게 되었습니다. 얼추 열댓 명이 진단에서 탈락했습니다만 유생께는 보류를 하겠다고 합니다. 이리로 한번 가보시겠습니까? 밖에 인력거가 기다리고 있습니다."

통역관이 글씨가 적힌 종이를 건네주었다.

"서양인 의관 댁이라고 하더이다."

'オランダ坂오란다자카 三十八番館삼십팔번관 Jan Jansen Corver'

"한데 일본말을 하실 줄 아십니까?"

"잊은 줄 알았는데 나도 모르게 나오더이다."

통역관은 고개만 갸웃거렸다.

그날 밤, 홍도는 인력거를 타고 오란다자카라고 불리는 언덕배기로 향했다.

쌀랑한 겨울날, 인력거꾼이 땀을 비 오듯이 쏟으며 두어 식경쯤 달려 언덕배기 어느 집 앞에 다다랐다. 집 안에서 시녀로 보이는 일본 옷을 입은 중년 여자가 마치 기다리고 있었다는 듯이 뛰어나와 문을 열어주었다. 홍도는 여자를 따라 널찍한 마당을 지나 나무로 지은 집 안으로 들어갔다.

세상에는 이런 집도 있구나…… 분명히 일본 땅인데도 그곳은 일본이 아닌 별세상 같았다. 여자는 잠시만 기다리라는 말을 하고는 자리를 비웠다. 홍도는 높은 천장과 넓은 방 안을 둘러보았다. 벽 한쪽에 자리 잡은 벽돌로 쌓은 커다란 화로에는 타닥타닥, 장작더미가 타고 있었다. 따뜻했다. 그 옆으로는 전나무 같기도 하고 삼나무 같기도 한, 나무 한 그루가 심어져 아니, 세워져 있었다. 나무는 주먹만 한 종들과 빨간 구슬들을 매달고, 맨 꼭대기에는 커다란 별 모양이 하나 걸려 있었다. 그 곁으로는 벽에 그림들이 죽 붙어 있었는데, 사진들이었다. 한성에서도 본 적이 있는 사진이라는 것들 속에는 서양인들이 들어 있었다. 식솔로 보이는 이들도 있고, 둘이 들어 있기도 하고, 홀로 있는 사진도 있었다. 어려 보이기는 했지만 홀로 있는 사진은 서양 사내의 사진이었다. 사진들을 구경하던 홍도는 방 안 한복판 탁자 위에 놓인 귤을 보았다. 미깡! 분명히 귤이었다. 삼백여 년 전 오카야마 성에서 처음 맛을 보았던 귤이 커다란 나무 바구니에 한가득 들어 있었다. 홍도는 걸상에 걸터앉아 귤을 까기 시작했다. 조선에서도 간혹 생각나고는 하던 바로 그 맛이었다. 신 듯하면서도 달고, 달디달면서도 신맛을 잃어버리지 않는, 그보다 더 맛있는 것이 고금천지에 또 있을까 싶은 바로 그 귤이었다. 홍도는 먹고 또 먹었다.

― 너무 많이 먹으면 얼굴이 노랗게 될 겁니다.

컥, 귤 한 조각이 목에 딱 걸렸다. 서양 사내였다. 의관 복색을 벗고 서양 바지저고리 차림으로 나타난 사내가 홍도를 보며 웃고 있었다. 컥, 컥, 귤 조각은 삼켜지지도 올라오지도 않고 목구멍에 콱 걸려 있었다. 숨이 꽉 차오르기 시작했다. 놀란 사내가 홍도에게 달려들더니 등 뒤에서 홍도 허리춤을 감싸 안고는 턱, 턱, 홍도 몸뚱이를 제 몸 쪽으로 잡아당겼다가 놓았다. 부끄러웠다. 낯선 사내에게, 더구나 서양 사내에게 허리를 잡힌 채 이 무슨 꼴이란 말인가? 하지만 숨넘어가는 게 급했다. 크억! 목구멍을 막고 있던 귤 조각이 튀어나왔다. 아, 어디 쥐구멍이라도 있으면 숨고 싶었다. 저 붉은 장작더미에 뛰어올라 화르르 타버렸으면 좋을 성싶었다. 사내가 바닥에 떨어진 귤 조각을 들고는 빙긋이 웃었다.

― 죽을 뻔한 걸 살려드린 것이니 잊지 마십시오!

홍도 355

홍도는 사내가 들고 있던 귤 조각을 얼른 낚아채 소맷자락에 넣었다.

— 고맙습니다.

— 일본말을 하는 조선 여자는 처음 보았습니다. 더구나 귤에 미친 여자는!

— 서양 사내에게 허리를 잡힌 것은 처음입니다. 더구나 일본말을 하는 서양 사내는!

사내가 키득거렸다. 뭐가 그리 우습다고…… 하지만 홍도도 키득키득 웃었다.

얀 얀센 꼬르버…… 얀은 오란다 상이었다. 홀랜드 사람, 네덜란드에서 온 의관이었다. 얀은 일본말을 잘했다. 일본에 온 지 오 년이 지났다고 했다. 하지만 홍도는 그가 누군지, 지난 시절 누구였는지 한눈에 알아보았다.

*

"누구죠? 자치기였습니까? 자치기가 네덜란드 의사가 돼서 다시 태어난 겁니까?"

홍도는 알 듯 말 듯한 미소만 짓는다.

이런 나쁜…… 동현은 궁금해 미칠 것만 같다.

"전 그날 밤, 난생처음 포크와 나이프를 들고 고기를 먹었습니다. 아니네요. 얀이 직접 잘라준 고기를 먹었군요. 소고기며 꿩고기며 물고기들을 커다란 철판 위에 올려놓고 얀이 직접 구워주었습니다."

옛 기억들을 더듬어가는 홍도 얼굴이 행복해 보인다. 동현은 숨소리라도 놓칠까 싶어 홍도에게 귀를 기우린다. 얀은 누구였을까?

*

식사를 하던 얀이 물었다.

— 어째서 아무 말도 묻지 않는 겁니까? 어째서 당신을 여인이라고 말하지 않았는지, 어째서 당신을 이곳으로 오라고 했는지 궁금하시 않나요?

— 어째서 당신은 묻지 않죠? 어째서 내가 사내 모양으로 꾸몄는지, 어째서 이곳까지 오게 되었는지?

— 그렇군요. 처음 본 순간 왠지, 당신을 안다는 느낌이 들었습니다.

─ 아마도 당신 생각이 맞을 겁니다.

얀이 파란 눈을 동그랗게 뜨고 홍도를 바라보았다.

─ 오래 전…… 쓰시마라는 곳에서 당신은, 예쁜 꽃을 찾아 훨훨 나는 꽃나비가 될 거라고 했습니다. 그때 당신 이름은 정주였습니다. 조선 임금 이연의 딸이었던 정주…….

물끄러미 듣고 있던 얀이 일어나더니 갑자기 옷을 벗었다. 홍도는 황망한 얼굴로 얀을 바라보았다. 허물을 벗듯이 옷들을 벗고 드러난 하얀 맨살에는, 노르스름한 털이 수북한 얀의 가슴에는 나비가 한 마리 그려져 있었다.

─ Vlinder, Ik heb een vlinder. 나비가, 내게 나비가 있습니다.

노랗고 빨갛고 파랗고…… 세상 어디에서도 본 적이 없는 꽃나비가 얀의 가슴에 커다랗게 새겨져 있었다. 아…… 홍도는 갓을 벗고 망건을 풀고 동곳을 뽑고 상투를 풀어헤쳤다. 잔에 든 물을 묻혀 수염도 뜯어냈다. 얀은 홍도를 그저 바라만 보았다. 긴 머리터럭을 쓸어내리는 홍도가 조선말을 했다.

"알아보겠소? 홍도입니다, 홍도…….'

꽃나비가 되어 예쁜 꽃을 찾아 훨훨 날아다니겠다던 정주가, 조선 임금의 딸이었던 정주옹주가 서양 사내가 되어 홍도 앞에 서 있었다.

"정주옹주…… 정주, 참말로 정주였구나!"

홍도가 환하게 웃었다. 정주도 아니, 얀도 환하게 웃었다. 세상 누구보다도 더 환하게 웃었다.

그날 밤, 홍도는 지난 삼백여 년간 제게 있었던 일들을 얀에게 들려주었다. 서로 말이 통하지 않을 때는 그림을 그려 보여주었다. 붓 대신 펜이라는 물건을 들고 처음으로 그려본 것은 자치기 채였다. 자치기 알도 그렸다. 그리고 자치기와 있었던 지난 시절들을 이야기해주었다. 얀은 환하게 웃으며 자치기를 연발했다.

얀은 다정하고 다감한 사람이었다. 얀은 아버지 한빈 백다록이 그랬듯이 단 한순간도 홍도를 믿어 의심하지 않았다.

얀이 울었다. 쓰시마에서 정주와 다시 만나던 순간이었다. 그리고 허망한 여관 회랑에서 목을 맨 정주를 발견하던 순간을 이야기할 적에, 얀은 흐느꼈다. 서럽게 흐느꼈다. 홍도는 흐느끼는 얀을 꼭 안아주었다. 순간이었다. 얀이 홍도 두 볼을 감싸너니 입술을 맞췄다. 흠칫 놀란 홍도가 얀의 가슴을 밀쳤다. 그러나 하늘 모양으로 파랗고 바다 모양으로 깊은 얀의 눈동자를 보는 순간, 홍도는 그만 얀을 꼭 끌어안고 말았다. 얀이 길고 가느다랗고 하얀 손으로 잘록한 홍도 허리를 감싸 안았다. 홍도는 다가오는 발그레한 얀의 입술을 붉은 제 입술로 받았다. 가

홍도

숨이 들썽거렸다.

*

"이튿날도, 그 이튿날도…… 그날 이후로 얀은 일을 작파하고 저랑 이레 밤낮을 꼬박 오란다자카에 있는 집 안에서만 보냈습니다……."

하…… 뭐 이런 경우가 다 있단 말인가? 동현은 한숨이 저절로 새어나온다.

홍도는 나지막한 목소리로 이야기를 이어간다. 그렇다고 부끄러워 보이지는 않는다. 맞다. 부끄러운 일은 아니다. 마음이 통한 남자와 여자가 정…… 정을 통했다는데, 더 이상 다그쳐 묻는다면 그건 질투다. 그래도, 동현은 물어야만 한다.

"얀이 정주옹주였다면, 여자잖습니까?"

"그렇게 생각할 수도 있겠군요. 하지만 얀은 분명, 사나운 사내였습니다."

이 여자…… 차라리 얼렁뚱땅 넘어가도 좋으련만 홍도는 미주알고주알 얀과 있었던 그날 밤 일들을 한동안 이야기한다. 그러나 분명한 것은, 홍도가 하는 이야기는 예전 동현을 갈기 갈기 찢어놓았던 유정처럼 제 마음 편하자고 속내를 털어놓는 이야기는 결코 아니다. 그래서 질투는 나지만 홍도가 밉지는 않다. 그래도…… 짜증은, 난다.

"얀과 함께, 정주와 함께 지샌 밤은, 예수 그리스도께서 태어나신 그 밤이었습니다."

홍도가 웃는다. 정주옹주와 정을 통했던…… 아무튼 홍도가 배시시 웃고 있다.

*

홍도는 드레스를 입었다. 깃털 모양으로 보드랍고 잉도보다도 붉은 도톰한 공단으로 지어진 드레스였다. 불룩한 젖이 고스란히 드러나는 가슴팍에는 하늘하늘한 하얀 레이스가 달려 있었고, 긴 머리터럭을 한 덩이로 틀어올려 향내가 고운 장미라는 빨간 꽃이 수놓인 까만 모자도 썼다. 그리고 구두라고 불리는 가죽으로 된, 굽이 있는 신을 신었다. 얀은 드레스를 입은 홍도를 보며 한동안 아무 말도 하지 못했다. 그리고 한쪽 무릎을 꿇고 홍도 손등에 입을 맞추었다. 홍도는 좋았다.

꿈결 같고 비단결 같은 이레 밤낮이 지나고 해가 바뀌었다.

정월 초이튿날(1903년), 현해환을 타고 조선을 떠나온 이들은 갤릭이라는 현해환보다도 더 커다란 배를 타고 하와이로 떠나갔다. 홍도는 항구로 나가 그들을 향해 손을 흔들었다. 잘 가시오! 무탈하시오! 잘 사시오! 아무도 내다보지 않고 아무도 듣는 이는 없었지만 홍도는 배가 아득히 멀어져 눈길에서 사라질 때까지 항구에 서 있었다.

— 홍도, 우리도 함께 갈래요?

곁에서 말없이 지켜만 보던 얀이 물었다.

— 어디를?

얀이 홍도를 꼭 안았다.

그날 홍도와 얀은 혼인을 했다. 비록 연지곤지를 찍고 사모관대를 하지는 않았지만, 펜을 들고 종이에 이름을 적고 서로 입을 맞추고 지아비와 지어미가 되기로 맹세를 했다. 홍도는 좋고 또 좋았다. 그리고 사흘째 되던 날, 홍도와 얀은 배를 타고 일본을 떠났다.

수없이 뿌려진 모래알 모양으로 많은 섬들을 지나 태평양이라는 바다로 나갔다.

얀은 끊임없이 새로운 곳을 찾아다녔다. 처음에는 한 곳에 오랫동안 머물 수 없는 홍도를 위해서라고 했지만, 얀은 가없는 바다에 떠 있는 섬들을 수도 없이 머물고 또 돌아다녔다. 진정 꽃나비라도 될 것인 양 이 섬 저 섬을 날아다니는 것만 같았다. 홍도는 좋았다. 얀과 함께라면 그곳이 세상 그 어디라도 그냥 좋았다.

조선이 망했다고 했다.

사람이 나고 자라고 또 병들어 죽어가는 것 모양으로 나라도 그랬다. 조선은 그 생명을 다하고 죽어갔다. 나라는 죽어도 사람은 살았다. 끝없이 나고 자라고 살아갔다. 사람이 만든 것들은 소멸했지만 사람이 만들지 않은 것들은 소멸하지 않았다. 그것을 깨닫는 순간 홍도는 조선을 잊었다.

조선을 차지한 일본이 하와이 진주만을 습격하던 해였다. 홍도와 얀은 태평양을 건너 파나마 운하를 지나 카리브라고 불리는 바다로 들어갔다. 세상에는 큰 전쟁들이 벌어지고 끝나고 했지만 홍도와 얀은 전쟁을 모르고 세상을 살았다.

어릴 적 소리실 천변 노란 므은드레만큼이나 많은 섬들을 날아다니던 홍도와 얀은, 네덜란드 사람들이 많이 살던 아루바라는 섬에서 오랫동안 머물렀다.

얀이 늙었다. 금실 같던 노르스름하던 머리터럭은 하얗게 셌고, 길고 긴 하얀 손은 주름이 지고 거칠어져갔다. 하지만 홍도는 늙지 않았다. 까만 머리터럭은 여전히 까맸고 불룩한 젖가슴은 여전히 보드랍고 탐스러웠다. 어찌 할꼬? 하나, 어찌 할 수 없는 일이라면 두려워 할 일도 아니라고 생각했다. 그냥 받아들이는 것도 세상을 사는 이치라고 믿었다.

1969년 7월 20일 밤 11시, 홍도는 그 순간을 영원히 기억한다.

닐 암스트롱이라는 미국 사람이 달에 첫 발을 내리던 그날, 홍도와 얀은 나란히 침대에 누워 텔레비전을 보았다. 텔레비전 화면에는 헬멧을 쓰고 커다란 짐을 진 사내가 하릴없이 껑충껑충 뛰어다녔다.

― 거짓말쟁이들, 저긴 항아 님이 살던 곳이 아니지…….

홍도는 오랫동안 잊고 지내던 항아 님을 떠올렸다. 저 달에 계셨다고 했는데, 항아 님은 어찌 되셨을까? 항아 님은 바깥어른이신 후예 님을 찾으셨을까? 아니구나, 항아 님은 길고 긴 목숨을 내게 내주셨으니 이미 이 세상 분이 아니겠구나…… 한데 저 곳이 정녕 달일까?

물끄러미 홍도를 바라보던 얀이 힘겹게 손을 들어 홍도 볼을 어루만졌다.

― 홍도는, 처음 만나던 날 그대로인데…… 난, 이렇게 늙어 버렸어…… 홍도…… 나중에, 먼 훗날 언제라도 날 다시 보게 된다면…… 내가 누구든지 간에 먼저 아는 척을 해줄래? 내가 알아보지 못하더라도, 꼭…….

― 꼭, 꼭, 그럴 거야…….

홍도는 주름진 얀의 얼굴에 제 얼굴을 기댔다. 깊게 파인 굵은 주름 속에는 홍도와 함께했던 수많은 추억들이 깃들어 있으리라. 홍도는 얀과 지내온 추억들을 하나씩 하나씩 어루만졌다.

― 연모하오…… 쪼글쪼글한 얼굴도, 하얀 머리터럭도 모두 모두 연모한다오…….

얀이 눈을 감고 배시시 웃었다. 볼록한 홍도 젖가슴을 처음 보고난 후 웃던, 배시시 웃던 그 미소가 번져나갔다.

"홍도, 리홍도 미가륵…… 이녁을 만나 참으로 홍복이었소……."

얀이 조선말을 했다. 홍도가 가르쳐순, 홍도도 잊고 지내던 조선말을 했다.

"나도 홍복이라오. 얀…… 고맙고 또 고맙소, 얀 얀센 꼬르버……."

홍도는 생각했다. 항아 님께서 내게 숨을 불어넣으며 축원을 했듯이 나도 얀에게 숨을 불어넣으며 축원을 한다면 얀이, 지금 이대로 영원히 살 수 있지 않을까? 설령 내 목숨이 사라진다고 해도, 이제는 아쉬울 것이 없으니…… 홍도는 얀에게 제 목숨을 넘겨주고 싶었다. 두려울 것이 없었다. 거칠 것도 없었고 아쉬울 것 또한 없었다.

홍도는 얀의 입술에 제 입술을 맞췄다. 그리고 항아 님이 그랬듯이 제 혀로 얀의 입술을 열었다. 스르르 입술이 열렸다. 후, 홍도는 제 숨을 불어넣었다. 얀의 가슴이 부풀어 올랐다. 홍도는 축원을 했다. 오래도록 사시오, 얀…… 오래도록, 더 이상 늙지도 말고 죽지도 말고 오래도록 사시오…… 홍도가 입을 뗐다. 무슨 일인가 하고 얀이 살며시 눈을 떴다. 그리고 후, 길게 숨을 토해냈다.

— 이제 자야겠어…….

얀이 다시 눈을 감았다. 사시오, 오래오래 사시오…… 하지만 얀은 조용히 숨을 멈췄다. 얀은, 마치 잠든 것 모양으로 편안해 보였다. 그리고 그대로 멈췄다. 홍도는 얀을 꼭 안았다. 오래도록, 오래, 도록…….

— 잘 자요, 얀…… 영원히 기억할게요. 영영…….

눈물이 흘렀다. 꽃나비가 되어 홍도 앞에 나타났던 얀이 다시 꽃나비가 되어 날아갔다. 새로 났던 정주가, 안이 되어, 다시 꽃나비가 되어, 훨훨 카리브해 너머로 날아갔다.

그날 알았다. 홍도는 오롯이 제 혼자만 들어 있는 목숨이 아니었다. 항아 님께서 하신 축원으로 제 몸은 늙지도 죽지도 않게 되었지만 제 목숨은 제 목숨만이 아니라는 것을, 제 목숨 속에는 복중에 품었던 아기 목숨이 또 그 아기의 아기가 살아갔어야 할 목숨들이 끝없이 이어지고 있다는 것을, 홍도는 깨달았다. 그래서였을까? 홍도는 아기를 갖지 못했다.

홍도는, 늙지도 않았고 죽지도 않았다.

믿는다

 창 너머, 파란 하늘 아래로 하얀 구름이 잔디처럼 깔려 있다. 잠시 후 비행기가 인천공항에 도착한다는 안내방송이 나온다. 초조하다. 하얀 구름을 지나면 활주로가 나타날 것이고 그리고 나면 홍도와 헤어지게 될지도 모른다. 동현은 헤어지고 싶지 않다. 아직 홍도가 하던 이야기들은 끝나지 않았고, 홍도의 정체도 확실해지지 않았다. 그러므로 이대로 끝나서는 절대로 안 된다. 동현이 자근자근 입술을 깨물며 홍도를 바라본다.

 "이듬해 저는, 얀이 태어난 암스테르담으로 갔습니다. 그리고 어릴 적 스케이트를 타고 놀았다던 암스텔 강이 보이는 성당 묘지에 얀의 유골을 묻었습니다…… 그 뒤로 전, 유럽에 있는 많은 도시들을 돌아다니며 지냈지요."

"그럼, 지금 홍도 씨는 어느 나라 분이십니까?"

"대한제국 국적은 사용할 수가 없을 테고, 네덜란드 국적은 미수가 넘었고, 그 뒤로 머물던 프랑스 국적은 아직 괜찮을 것 같습니다. 서양인들은 동양인 나이를 쉽게 알아보지 못하거든요. 참, 이탈리아 국적도 있었군요. 그리고 이 비행기는 핀란드 사람으로 탔습니다. 하지만 언제나 제 이름은 리홍도 미가륵이었고 지금도 그렇습니다."

거침이 없다. 처음 보았던 순간이나 지금이나 홍도는 항상 거침이 없다.

"그 나라 말들을 다 할 줄 아십니까?"

"듣고 말하는 데는 큰 문제가 없습니다. 아마도 저는, 말을 잘 배우는 사람인 것 같습니다."

홍도는, 스스로 사백여 년 전부터 살아온 사람이라고 했다. 당시에 쓰던 조선말이든 조선을 떠나온 백여 년 전에 쓰던 조선말이든 홍도가 아는 조선말은 지금 쓰는 한국말하고는 분명히 다르다. 달라도 아주 많이 다를 것이다. 서로 의사소통이 가능하기나 한 걸까? 물론 가끔씩 더 이상 쓰지 않는, 알아들을 수 없는 단어들을 사용하기도 했지만, 홍도는 동현과 의사소통을 하는 데 전혀 문제가 없었다.

홍도 369

"홍도 씨는 요즘 쓰는 한국말도 참, 잘하시네요……."

동현은 홍도를 떠본다. 정말, 아직도, 사백서른세 살이세요?

"1981년인가 2년쯤에 잠시 베네치아에서 산 적이 있었습니다. 그때 영화제를 구경하다가 조선에서 만든, 한국에서 만든 영화를 봤습니다. 제복은 잘 기억나지 않지만 치마저고리를 입고 한국말을 하는 사람들이 나왔습니다. 무섭고 슬픈 어떤 무녀 이야기였는데 한국말을 한다는 것만으로도 참으로 반가웠습니다."

베네치아, 베니스에서 본 영화? 처음 본 영화라면?

"피막! 제목이 피막입니다. 이두용 감독이라는 분 작품인데 여주인공이 유지인 씨라고 우리 아버지 이상형이었답니다. 진짜 팬이신데, 유지인 씨는 요즘도 텔레비전에 많이 나옵니다."

"그렇군요. 분명히 사람은 한국 사람이고 말도 한국말인 듯한데 세월이 흘러서인지 무슨 말인지 도무지 알아듣기가 힘들었습니다. 그 뒤로 한동안 한국말을 잊고 지내다가 요 이삼 년 사이에 한국 영화들을 많이 봤습니다. 딱히 까닭이 있었던 것은 아닙니다. 그저 자주 띄었기 때문이었습니다. 책도 보고 노래도 들었지요. 유럽에도 한국 사람들이 많으니까 한국말을 다시 익히는 것은 그리 어렵지 않았습니다. 새로 나온 말들도 배우고 괴상망측한 욕들도 배웠지요. 사람이 하는 말이란 게 사람과 닮아, 새로 나고 변하고 저절로 사라지기도 하는 법입니다. 처음에는 뭐 저런 말이 다 있나 싶을 때도 있었지만 개의치 않았습니다. 예전에도 그랬고 다른 나라 말들도 그랬지요. 당시에는 이상하고 요상한 말들도 세월이 지나면 아무런 의심도 없이 누구나 쓰는 그런 말들이 되고는 했거든요. 사람이 변하면 말들도 변하고, 말들이 변하면 세상이 변하는 것은 동서고금을 막론하고 세상 이치인 듯합니다."

빈틈이 없다. 홍도는 여전히 빈틈이 없다. 모두 사실일지도 모른다.

금발머리 여승무원이 웃으며 다가와, 테이블을 접고 안전벨트를 매달라고 한다. 홍도가 환하게 웃으며 알겠다고 한다. 웃는 홍도는, 불그스름한 입술 너머로 하얀 이를 고스란히 드러내고 웃는 홍도는 여전히 참…… 아, 름, 답, 다.

"그런데…… 왜 이제야 한국에 오시게 되셨습니까?"

"그리웠겠지요…… 조선이 망하고 일본의 식민지가 되었다가 다시 나라가 세워졌다는 소식을 들었습니다. 저들끼리 갈라져 전쟁을 했다는 소식도 보았지요. 제가 나고 살던 곳이었으니 눈길이 가는 것은 당연했습니다. 하지만 조선 땅이 그리운 것은 아니었습니다. 조선 사람이 그리운 것도 아니었습니다. 그저 조선에 살았던 지난날의 제 모습이, 자치기 오라버니와 함께했던 그 시절들이 그리웠습니다…… 얀이 세상을 떠난 후 자치기 오라버니도 새로 태어났을지 모른다는 기대를 한 적이 있었습니다. 한참 동안을 지나는 사람들마다 눈만 보고 다녔지요. 눈을 보면 금방 알아볼 수 있을 것 같았거든요. 그러다가 한국에 가면 혹시 오라버니를 다시 만날 수 있지 않을까 생각했습니다. 그리고 그저 그 순간이 지금 찾아왔을 뿐입니다. 시간은 누구에게나 공평하다지만 제게 시간은 항상 차고도 넘치거든요……."

이쯤 되면 홍도가 한 이야기들을 모두 믿어야 하지 않을까? 하지만 무슨 수로, 늙지도 죽지도 않고 사백삼십삼 년을 살아왔다는 이야기를 믿으란 말인가?

"마지막으로 한 가지만 더……."
"마지막으로 한 가지만 더 물으시면 제 이야기들을 모두 믿을 수 있을까요?"

홍도는 이미 동현 속내를 모두 읽고 있는 것 같다. 하지만 동현은 다시 묻는다.

"홍도 씨는, 도대체 어떻게 그 많은 날짜들과 이름들과 지명들을 모두 기억하고 계시는 겁니까? 저는 지난주에 누구랑 어디서 뭘 했는지도 잘 기억 못 하는데……."

"기억은, 기억이란 게 항상 제멋대로입니다. 사람은 제 자신이 기억하고 싶은 것들만을 기억하기 마련이지요. 그러다보니 제가 기억한다고 모두 사실인 것만은 아닐 겁니다. 하지만 제 기억 속에 남아 있으니 분명히 터무니없는 것들만도 또한 아닐 것입니다. 오늘 이야기한 것들은 제가 살아온 나날들에 비하면 얼마 되지 않는 동안의 이야기들입니다. 어떻게 기억하느냐고 묻는다면, 저도 잘 모릅니다. 하나 분명한 것은, 저도 지난주에 누구랑 어디서 무엇을 했는지는 잘 기억하지 못합니다. 동현……."

왜, 부르지? 동현이 긴장한다. 한참을 망설이던 홍도가 입을 연다.

"저는 어쩌면 생겨나와 절 낳으신 어머니를 잃고, 산 모양으로 크신 아버지를 잃고, 옥 모양으로 곱디고운 할머니를 잃고, 구름 모양으로 오시던 죽도 할아버지를 잃고, 복중에 품었던 내 아기를 잃고, 목숨 같은…… 제 목숨이던 자치기를 잃었을까요? 저는 어찌하여 항아 님을 뵙고 늙지도 죽지도 않고 영영 살게 되었을까요? 살고 싶어도 살지 못하는 고통만큼이나 죽고 싶어도 죽지 못하는 고통 또한 참으로 처량하더군요. 동현……

세상에 나 같은 이가 또 있을까요? 나 같은 이가 또 있다면 그이는 어찌 세상을 살고 있을까요?"

홍도가 바라본다. 분명히 대답을 듣고자 물은 것은 아닐 것이다. 설령 대답을 듣고자 물은 것이라 하더라도 동현은, 답이 없다.

"하지만 이제는 익숙해졌습니다. 사람이 산다는 것은 아마도 모든 세상에 익숙해지는 것인가 봅니다. 익숙해지다 보니 백다록 아버지를 만나고, 얀 얀센 꼬르버를 만나고 지금 여기 이곳까지 오게 되었습니다. 이제와 돌이켜보면 저는 참으로 홍복입니다."

이 여자, 이제 모든 이야기를 마무르려는 것인가? 살지 못하는 고통만큼이나 죽지 못하는 고통 또한 처량하더군요…… 이것이 결론인가? 지금 여기 이곳에 있는 것이 홍복입니다…… 이것이 지난 여덟 시간 동안의 소회이고 나에 대한 표현인가? 동현은, 이제 무엇을 어떻게 정리해야 할지 생각이 서질 않는다. 분명히 이야기를 듣고 싶다고 한 것은 동현이었다. 그리고 지금 홍도가 마무리한다. 이제 동현 또한 마무리를 해야 한다. 그러나 어디부터 믿어야 하고 어디까지 믿지 말아야 할지 아무 생각도 떠오르질 않는다.

"동현…… 생각이란 하면 할수록 자꾸만 구차해지는 법입니다. 까닭을 찾고 방법을 찾다가 정작 소중한 것들을 놓치기 마련이지요. 그냥 두세요. 그냥 느끼는 대로 놔두다 보면 저절로 믿게 될 테니까요."

맞는 말이다. 믿는다는 것은 그 어떤 조건도 필요로 하지 않는다. 하지만 지금, 도대체 무슨 수로, 홍도라는 여자를 믿으란 말인가? 동현은 저도 모르게 깊은 한숨을 내쉬고 만다.

창 너머로 저만치 인천공항 활주로가 눈길에 닿는다.
"인천이네요. 조선을 떠나던 제물포가 인천에 속하는 곳입니다. 떠났던 곳으로 다시 돌아오신 셈이군요."
창밖을 바라보던 홍도가 동현에게 눈길을 옮긴다.
"손을 잡아줄래요?"
왜? 동현이 홍도를 바라본다.
"많은 것들이 익숙해졌지만 비행기가 뜨고 내리는 순간만큼은 도무지 익숙해지지가 않는군요."
홍도가 손을 내민다. 동현이 홍도 손을 잡는다. 꼭 잡는다. 손을 맞잡은 남자와 여자 사이에는 말하지 않아도 내밀한 속내들이 솟아난다. 손바닥으로 전해오는 홍도가 따뜻하다.

동현이 묻는다.

예문관 검열 리진길의 외동딸이고, 기축년 조선을 뒤흔들어 버린 정여립이 이름을 지었으며, 임진왜란 때 조선 임금의 딸과 함께 일본으로 끌려가 원수의 딸 이름인 정주로 살다가, 다시 조선으로 돌아와 연모하던 자치기와 운우의 정을 나누고, 두터비 형상을 한 항아를 만나 영원히 늙지도 죽지도 않게 되었으며, 덧없고 무료하던 세월을 지나, 새로 태어난 아버지 김한빈 백다록을 만나고, 또한 새로 태어난 얀 얀센 꼬르버와 함께 세상을 날아다니다가, 이제 백 년도 훨씬 지나 떠났던 곳으로 다시 돌아온 홍도, 리, 홍도…… 당신은 누구십니까?

홍도가 대답한다.

나는 홍도, 리홍도 미가륵입니다.

동현이 홍도를 바라본다.

그제야 알았다. 동현은 홍도를 믿고 있었다. 믿는다. 그게 전부다. 오직 믿을 뿐이다.

텅, 비행기가 인천공항 활주로에 막 바퀴를 내린다.

이제 무슨 말이 필요하랴

홍도가 천천히 입국장 게이트를 빠져나온다.

사백여 년 전에도 그랬듯이 조선에서는, 한국에서는 자치기 오라버니 냄새가 난다. 홍도는 버릇 모양으로 지나는 사람들을 살피며 공항 로비로 나온다. 다섯, 넷, 셋, 둘…… 둘, 둘…… 아직도 멀었나? 하나…… 마치 카운트다운을 듣기라도 한 듯이 헐레벌떡 뛰어온 동현이 홍도 앞을 가로막는다.

"기다리실 줄 알았는데, 어떻게 이렇게 빨리! 아, 짐이 없으시구나! 전 아직 짐이 나오지 않아서, 다시 들어가서 짐 찾아야 하는데…… 잠깐만요 이거 귤!"

동현이 양쪽 주머니에서 한 손에 하나씩 귤을 꺼내 들고는 내민다.

"어디서 나셨습니까?"

"저기, 어떤 아주머니가 막 먹으려던 걸······."

"뺏었습니까?"

"아, 아뇨! 돈은 줬는데, 지갑에서 그냥 막 꺼내줬는데······ 너무 많이 준 것 같습니다."

역시나, 동현은 동현이다. 홍도가 귤을 받아들고 환하게 웃는다. 동현이 초조한 듯 묻는다.

"이제 어디로 가시죠? 숙소는요?"

"서울 시청 인근에 호텔을 정했습니다. 지도를 보니 그 인근이 예전 군기시가 있던 자리더군요. 아버지가 마지막으로 가시던······."

"예, 그럴 겁니다. 리진길 아버지를 기다리던 소의문은 서소문이라고 이름이 바뀌었는데 지금은 그 근처를 부르는 이름만 있고 문은 없어졌습니다. 한성 반석방 만리현! 지금도 있습니다. 호텔에서 멀지 않은 곳인데 만리동 고개라고, 지하철을 타도 되고, 택시기사들은 다 알 겁니다. 그리고 김한빈 백다록 님께서 돌아가신 만초천 참터는 아마도 지금 서소문 형무소 자릴 겁니다. 지금은 공원이 됐고······ 전주, 전주에도 꼭 가보세요. 전주 덕진구에 있는 전주방송이랑 전주교통방송이라는 곳에

가면, 그 앞으로 난 길을 정여립로라고 합니다. 조선시대에는 그 이름만 입에 담아도 대역 죄인이었는데 지금은 정여립의 이름을 딴 길이 생겼으니까요. 사실 볼거리도 없고 곧 공사를 해서 길을 넓힐 거라고도 하던데, 아무튼 죽도 할아버지 이름을 딴 길이니까 꼭 한번 가보세요."

"예, 꼭 가보겠습니다."

"그럼 전 이만, 바빠서…… 짐을 찾아야 하거든요!"

동현이 뒤돌아 후다닥 뛰어간다. 사내들이란, 철들면 죽는다고 했다! 사람들 사이를 헤치며 뛰어가던 동현이 빙그르르 돌더니 홍도를 향해 다시 뛰어온다. 어이쿠, 저런! 앞으로 고꾸라진다. 아무튼 저놈의…… 헉헉, 다가온 동현이 거친 숨을 몰아쉬며 입을 연다.

"우리는, 이대로, 가면, 안 될 것 같습니다. 그러니까…… 제 쥬련을 안 주셨잖아요."

"쥬련?"

"홍도 씨가 손수건을 쥬련이라고, 아까 눈물 흘릴 때 제가 드린 쥬련……."

아, 홍도가 주머니에서 손수건을 꺼내 건넨다. 손수건을 돌려받은 동현이 망설인다.

"사실은 마지막으로, 진짜 마지막으로 한 가지만 더 물어보고 싶습니다."

"정말로 마지막이 될지는 모르겠지만 물어보세요."

망설이던 동현이 입을 뗀다.

"오늘…… 비행기 안에서 했던 이야기를 그동안 몇 사람에게나 하셨습니까?"

홍도가 물끄러미 보다가 입을 연다.

"모두 셋이군요. 김한빈 백다록 님에게, 얀 얀센 꼬르버에게, 그리고 동현 당신에게……."

동현이 다그쳐 묻는다.

"왜 저에게 지나온 날들을 이야기하신 겁니까? 처음 보는 저에게……."

말이란 때로는 하느니보다 하지 않느니 더 많은 속내들을 말하는 법이다. 홍도는 동현을 바라보며 미소만 짓는다. 동현도 알았을까? 까맣고 반짝이는 그 눈 속에 그렁그렁 눈물이 맺힌다. 동현이 슬쩍 눈길을 피한다. 눈물을 보이고 싶지 않은 까닭이리라. 어찌 이리도 영락없을꼬?

"그렇다면…… 제가, 생각하는, 것이…… 맞습니까?"

동현이 슬쩍 눈물을 감추며 묻는다.

"아마도, 알고 계실 겁니다."

"그럼 홍도 씨는, 언제 아셨습니까?"

"처음, 죽도 할아버지를 아느냐고 묻던 순간, 알았습니다."

"제가…… 정여립을 아니, 죽도 스승님을 알게 된 것이, 결코 우연은 아니었군요……."

사람 사는 세상에 저절로 우연인 것이 어디 있겠는가? 홍도가 파랗고 하얀 짧은 재킷 안주머니에 들어 있던 것을 꺼내 동현에게 건넨다. 동현이 홍도가 건넨 것을 받아들고는 물끄러미 본다. 자치기 알…… '自治己'라고 새겨진 자치기 알, 본래 나무 빛깔을 잃어버리고 거무튀튀해졌지만 손때가 묻어 오히려 반짝이는 자치기 알이, 동현 손 안에 들어 있다.

"언제나 가지고 있으라 하던, 자치기 오라버니가 새긴, 동현, 바로 당신 겁니다."

벌겋게 물들어 가던 동현 눈에서 잘도 감추었던 눈물이 주르륵 흐른다.

"홍도, 리홍도 미가륵…… 저였군요, 자치기가……."

이제 무슨 말이 필요하랴. 그대가 알고, 내가 아는데…….

환한 미소로 바라만 보던 홍도가 동현을 끌어안는다.

주르륵 눈물이 흐르는 동현도 홍도를 안는다. 꼭…….

북적이는 공항 한복판, 사백여 년을 지나 홍도와 동현이 그렇게 서 있다. 오래도록······.

*

세상은 변했습니다. 어찌 보면 변해야 하는 것이 세상인 듯도 싶습니다. 산도 강도 바다도 초목도 그곳에 깃들어 사는 뭇 짐승들도 모두들 변해왔으니 사람인들 어찌 변하지 않겠습니까? 말도 변하고 생각도 변하고 모양새도 변하고 참으로 많이도 변한 것이 사람입니다. 하지만 변하는 세상에서도 오롯이 이어지는 것이 있으니 그것이 인연이더군요. 산하고도, 강하고도, 바다하고도, 초목에 뭇짐승들하고도, 하물며 물건들하고도 이어지는 것이 인연입니다. 하니, 사람과 사람이 이어지는 인연은 말해 무엇하겠습니까?

돌이켜보면 깔축없이 변하는 세상이 바람 모양으로 돌고 도는 것인지, 그리워하며 기다리다 보면 언젠가는 꼭 찾아오는 것이 인연인 것인지, 아니면 둘 다 맞는 것인지, 사백 년도 훨씬 지났지만 아직도 잘 알지는 못합니다. 하지만 변화무쌍한 세상에도 아버지가 계셨고, 정주가 있었고, 자치기가 있었으니······ 이제는 무엇이 어찌 될까요?

소리실 마당가 흐벅진 수수꽃다리 아래, 이리 구르고 저리 뒹굴며 늠름하게 뛰놀던 낮도깨비 자치기를 처음 보았던 그 순간 모양으로…… 세상에는 영영 그리워하는 자치기가 있습니다. 그리고 이제, 무엇이 어찌 될지는 아무도 모를 일입니다. 참으로…….

2013년 제3회 '혼불문학상' 심사평

역사와 반복

아무리 생각해도 이것은 『혼불』의 진정성과 특이성 덕분이라고 할 수밖에 없을 듯하다. 아니 『혼불』의 완벽함 때문이라고 표현하는 것이 더 정확한지도 모르겠다. 일찍이 벤야민은 '중요한 작품은 장르를 세우거나 아니면 지양하는 작품이며, 완벽한 작품들에서 그 둘은 합쳐진다'고 한 적이 있거니와, 『혼불』은 벤야민적 의미의 완벽한 작품이라 할 수 있는 몇 안 되는 작품 중의 하나이다. 그런 『혼불』의 정신을 잇는 문학상이기 때문일 것이다. 참을 수 없을 정도로 아무런 색채가 없는 수많은 문학상이 범람하는 이 시대에 유독 '혼불문학상'만이 그 색채와

특성, 그 진정성이 점점 더 진해져가는 것은. 이례적인 일이라 할 만하며 또한 주목할 만한 일이기도 하다.

까다롭고 엄격한 예심을 견뎌내고 제3회 혼불문학상의 최종 무대에까지 올라온 작품은 모두 다섯 편이었다. 다섯 편 모두 독특한 개성을 지니고 있었을 뿐만 아니라 『혼불』이라는 거대한 뿌리에 각자의 방식대로 뿌리를 대고 있었다. 논의를 시작하면서 두 편이 먼저 걸러졌다. 이현주씨의 『조선의 마지막 호랑이 사냥꾼』은 이색적인 소재가 눈길을 끌었다. 조선을 상징하는 호랑이, 그중에서도 백두를 절멸시켜 '조선의 숨통'을 끊으려는 일본제국의 야만과 그것을 지켜내려는 조선의 마지막 호랑이 사냥꾼 사이의 쟁투라는 이야기를 통해 한국의 근대전환기를 형상화하는 대목은 별로 색다르다 할 것이 없었다. 하지만 이 큰 이야기에, 자연은 오로지 인간을 위한 물질일 뿐이라는 근대적 인간 본위의 사고와 자연이라는 큰 우주 속의 한 부분으로 인간을 위치시키는 전근대적 주술적 믿음 사이의 갈등을 기묘하게 병존시키면서 소설 전체는 한결 역동적이고 이채로워졌다. 그러나 그럼에도 불구하고 『조선의 마지막 호랑이 사냥꾼』은 밀도 있는 소설이 되지는 못했다. 우선 사건이나 에피소드 들이 너무 많았다. 뿐만 아니라 그것이 충분히 유기적으로 누벼지지도 않았다. 그러다 보니 어떤 부분은 단연 이채로우나 어떤 부분은 지나치게 상식적인 묘사가 반복되는 등 소설 전체가 불안정해지고 말았다. 반면 조유빈씨의 『걸작을 품다』는 상대적으로 사건과 사건, 부분과 전체의 유기적 조화 혹은 소설 내적 통일성이 돋보이는 팩션이었다. 『걸작을 품다』는 한국인에게 더할나위없이 친숙한 '홍길동'을 단지 소설 속의 인물이 아닌 역사상의 인물로 다시 불러내고, 이렇게 새롭게 태어난 홍길동을 두 명의 실존 인물 허균과 박지원이 좇게 하는 특이한 역사적 상상력이 단연 이채로웠다. 또 이렇게 역사의 연속성에 묻혀 좀처럼 계보화하기 힘든 혁신적인 인물들을 중심으로 역사를 재구성함으로써 기존의 대문자 역사를 자연스럽게 내파해내는 솜씨도 남달라 보였다. 하지만 소설 전체가 허균이 홍길동을 좇고 박지원은 허균을 좇고 하는 과정에 지나치게 집중한 나머지 홍길동, 허균, 박지원 등이 왜 오늘날 '현재적 의미로 충만한 (단 하나의) 과거'이어야 하는지에 대한 역사철학적 근거가 충분히 설득력 있게 제시되지 못했다. 여기에 더해 허균에 관한 에피소드와 박지원에 관한 에피소드가 지나치게 병렬적이고 반복적이어서 극적 효과를 현저하게 떨어뜨린 점도 아쉬웠다.

본심의 무대에 오른 다섯 편 중 심사위원들이 당선가능성을 염두에 두고 진지하게 검토한 소설은 모두 세 편이었다. 이

중 박주원씨의 『안반』은 입말의 힘이 놀라운 소설이었다. 특히 '욕' 속에 담긴 민중들의 애환과 희망, 그리고 활력을 최대치까지 끌어올린 점은 단연 이채로웠다. '욕'을 예술의 경지까지 끌어올린 소설이라고나 할까. 여기에 차마 발설하지 못하고 속앓이를 하거나 다만 자기 스스로에게만 말하거나 그것도 아니면 말해도 어느 누구도 들어주지 않는 존재들의 한숨과 울먹거림에 예민한 촉수를 들이대는 작품 전체의 따뜻한 시선은 '욕'과 기묘하고도 아름다운 조화를 만들어내기에 충분했다. 하지만 이 신성하고 빛나는 디테일들을 하나로 묶어주는, 그래서 이전과는 전혀 다른 세계상 혹은 보편성을 창출할 수 있게 해주는 이야기 혹은 플롯이 분명하지 않았다. 흥미진진하고 애잔하고 가슴 벅차고 한 에피소드들은 많았으나 그것을 엮어가는 사건은 거의 발생하지 않으며, 사건이 일어난다 하더라도 사건과 사건 사이의 관계성이 미약했다. 인물과 인물 사이, 그리고 사건과 사건 사이의 큰 틈을 '입은 거나 마음은 따뜻한' 주인공의 오지랖으로 어느 정도 메우고는 있고 그것이 읽는 이의 마음을 훈훈하게 하기는 하나 그것은 잘 짜여진 소설이 주는 깊은 감동에 미치지 못했다. 또한 이 오지랖이 넓은 욕쟁이 할머니는 아주 자주 '여자 팔자 남자 만나기에 달렸다'라는 식의 아주 오래된 농담을 반복하는 '남근 달린 여성'이 되어 버리는바, 이 과

도한 남근주의적 시각은 작품의 밀도를 떨어뜨리는 또 하나의 요인이었다.

『안반』이 하수상한 세월을 살아낸 연륜에서 우러난 입말이 장처인 소설이라면 안덕훈씨의 『이타적 유전자의 탄생』은 상대적으로 젊고 발랄한 감각이 도드라진 소설이었다. 『이타적 유전자의 탄생』은 천명관의 『고령화가족』으로 위세를 떨친 바 있는 이른바 '콩가루가족' 이야기다. 전형적인 루저이자 룸펜인 두 삼촌, 철딱서니 없는 엄마, 거친 막말로 집안을 평정하는 집안의 심판관 할머니, 그리고 '만인이 만인과 경쟁하는 세상'에서 경쟁력 쌓기와는 담을 쌓고 성장하는 작중화자 사이에서 연일 벌어지는 해프닝들이 단연 흥미로웠다. 그 해프닝들이 단순한 '우발적인 사건'에 그치지 않고 우리의 사회적 관계를 응축한 웃음거리들에 근접해 있기 때문이다. 그러나 이러한 자기비하자(eiron)들을 다룬 작품의 묘미는 루저들이 한순간에 가치 있는 존재로 전화되는 의미론적 반전에 있을 터인데, 『이타적 유전자의 탄생』 역시 종내 이 하릴없는 루저와 룸펜, 푼수들을 순식간에 이 이기주의 사회를 이겨낼 '이타적인 존재'들로 전도시켜낸다. 이처럼 『이타적 유전자의 탄생』은 '콩가루가족'들의 찌질한 행동과 그것의 의미론적 반전을 통해 자기만을 배려하는 이 계산 만능의 시대를 넘어설 윤리로 '타자의 윤리학'

을 자연스럽게 심어놓거니와, 이것만 놓고 보면 이 소설은 결코 재능이 만만치 않은 유쾌, 통쾌, 상쾌한 소설이다. 그러나 이렇게 흥미롭고 문제적인 소설임에도 불구하고 『이타적 유전자의 탄생』이 당선작의 영예를 안을 수 없었던 것은 기시감 때문이다. 『이타적 유전자의 탄생』은 어떤 면에서는 『죽을 만큼 아프진 않아』(황현진), 『나의 토익만점 수기』(심재천)를 연상시키기도 하고, 또 다른 면에서는 『고령화가족』을 떠올리게도 한다. 특히 그중에서도, 혹시 『고령화가족』을 오마주하기 위해 씌어진 작품이 아닌가 할 정도로 『고령화가족』과 구조적 친연성을 보였다. 못내 아쉬웠다.

제3회 '혼불문학상' 수상작의 영예를 안은 김대현씨의 『홍도』는 언뜻 보기에 빈틈이 많은 소설로 읽혔다. '정여립 사건'을 다루고 있으면서도 실제 정여립이 꿈꾼 세상과 그것이 받아들여지지 않아 결국 정여립이 '너무 일찍 태어난 혁명가'가 될 수밖에 없었던 당시의 현실적 조건에 대한 천착이 부족한 듯 보였고, 두 주인공이 비행기에서 만나 정여립 사건을 화두로 삼는 첫 장면은 지나치게 우연적이어서 소설의 첫 장면으로는 강렬한 인상은커녕 신뢰를 떨어뜨리는 것으로 다가왔으며, 정여립 사건 이후 죽지 못하는 여자 '홍도'가 중요한 역사적 시기에 환생한 아비나 연인을 다시 만난다는 설정은 지나치게 작위적인 데다가 그것을 상쇄할 어떤 소설적 장치도 끌어들이지 못해 결국 작품의 후반부 전체가 후일담처럼 읽히는 아쉬움을 떨칠 수 없었다. 하지만 꼼꼼히 읽다 보니 이런 흠집들은 말하고자 하는 내용을 효과적으로 보여주기 위한 필연적인 장치로 새롭게 다가왔다. 우선 죽지 못하는 여자 홍도가 환생한 아비나 연인을 거듭거듭 만나는 장면들은 홍도의 사랑과 이별, 희망과 절망의 반복을 통해 반복되는 역사 혹은 역사의 반복성을 규명하는 데 꼭 필요한 필수불가결한 내적 형식처럼 보였다. 이러한 작위성이 개입되어야만 기존의 대문자 역사에 의해 가려졌던 '현재적 의미로 충만한 과거'인 '정여립 사건'으로 뛰어들 수 있고, 또한 그래야만 비록 그것이 작품의 후반부를 후일담처럼 보이게 한다 하더라도 '정여립 사건'을 중심으로 새로운 역사상을 구축하는 것을 가능하게 할 수 있을 듯했다. 또한 그러한 역사적 사건 사이의 비약이 있을 때만 기존의 역사의 연속성에 기반한 대문자 역사를 충분히 뒤흔들어 한국 역사 전체의 보다 혁신적인 계보가 발명될 수 있을 듯 다가왔다. 눈에 띄는 작위성을 흠집으로 보건 필연적인 설정으로 보건 간에, 『홍도』는 무엇보다 다른 응모작들을 압도하는 흡입력을 갖추고 있었다. 아마도 이는 홍도라는 캐릭터가 발산해내는 매혹과 문제성에 기인할 것이고, 홍도를 아주 자연스럽게 홍도가 빛날 수 있는 역사적 순간에 가져다 놓을 수 있는 작가 특유의 역사에 대한 폭넓은 이해와 역사에 대한 심오한 장악력에 그 뿌리가 있을 터이다. '홍도'라는 한 매력적인 캐릭터 덕에 우리는 이제까지의 역사와 달리 타자의 윤리학과 정치학이 팽팽하게 살아 있는 또 다른 역사상을 가지게 되었는바, 이것만으로도 『홍도』의 문제성은 단연 압도적이라 할 만하다.

  제3회 혼불문학상 심사도 이렇게 『혼불』의 '혼불' 정신을 충실히 계승한 소설을 뽑는 것으로 끝났다. 즐거운 일이고 고마운 일이다.

  수상자에게 축하를 보내며, 모든 응모자들의 다음 작품을 기대해본다.

심사위원 : 박범신(위원장)
류보선, 이병천, 정유정, 최재봉, 하성란
(대표집필 · 류보선)

소설『홍도』는 힘있게 읽힌다. 조선 중반으로부터 현대에 이르기까지 곡절 많은 역사의 갈림길을 휘몰이장단으로 몰아가는 서사가 생생하고 장대할 뿐 아니라, 오랜 시간을 통과해온 두 인물의 정한 많은 사랑도 눈물겹다. 민족구성원인 우리 모두가 누대에 걸쳐 헤치고 나온 가시밭길의 신선한 재현이 아닐 수 없다. _박범신(심사위원장, 소설가)

이 허무맹랑한 얘기가 제발 사실이기를, 하는 심정으로 책장을 넘길 만큼 소설『홍도』는 절실해서 좋다. "절실하니께 살아야제, 어쩌겠는가…" 하고 말하는 작중 인물의 독백처럼 이 소설의 도처에 보이는 절실함 하나쯤 얻어 가시기를 권해드린다. 절실함으로 모든 것을 견뎌냈다고 한다. 그게 홍도처럼 늙지 않고 죽지도 않으면서 무려 사백여 년을 버틸 수 있는 묘약이 된다. _이병천(소설가)

"내 네 년을 오독오독 씹어먹을 테다." 역모 누명을 쓴 아비의 저승길을 조롱한 한 창기의 다리를 물어뜯으며 어린 홍도가 던진 독기어린 대사는 전율 같은 예감을 불렀다. 이 당돌하고 당찬 여자아이는 사백 년 시간을 달빛처럼 건너와서 세상을 제 치마폭으로 휘감아버릴 것이라고. 그러니『홍도』를 밤에 품지 마시라. 무엇에 홀린 기분으로 꿈과 같은 아침을 맞고 싶지 않다면. 소름끼치는 추동력과 흡입력이 이 작가의 필살기이다!

_정유정(소설가)

남녀 주인공들 성격만큼이나 호방하고 활달한 상상력으로 작가는 광활한 시공간을 자유롭게 주유한다. 퓨전사극 풍 터치에 윤회 전생하는 사랑 이야기라는 소재가 자칫 식상한 느낌을 줄 수도 있지만, 개인의 소소한 삶과 커다란 사회적 사건들을 적절히 배합하는 균형감각이 돋보인다.

_최재봉(한겨레신문 기자)

사백여 년을 죽지 않고 살아 한눈에 자신의 연인을 알아보는 홍도라는 인물에 숨을 불어넣은 것은 근대까지 아우르는 작가의 꼼꼼한 역사 재현의 솜씨도 솜씨이지만, 무엇보다 소설의 밑바닥에 흐르고 있는 작가의 신념이었다. 이런 사랑이 이 현실에서도 분명히 실재한다고 믿는 작가의 우직한 진심이었다. 결국 작가의 그 진심이 통했다. _하성란(소설가)

작가의 말

먼동이 아슴푸레하게 터올 무렵 자전거를 달려 소설을 쓰러 다녔다.

그동안 해오던 일을 멈추고 소설을 쓰겠다고 마음먹었을 때 나는, 소설작법 책부터 갖다놓고 읽었다. 글을 쓴다는 것은 다독 다작 다상량이라고 했다. 달리 꼼수가 없고 왕도가 없다는 뜻이었다. 날것으로 후르르 삼켜버릴 방법이 없다는데, 막막했다. 어차피 할 수 있는 것이 이뿐이라면 피하거나 돌아갈 방법은 없었다.

좋았다. 재밌었다. 체질이라고 생각했다. 새벽녘부터 해질녘까지 다독 나삭 다상량 하며 하루하루를 쌓아나갔다. 더구나 새벽녘 아무도 다니지 않는 길을 자전거로 달리는 재미는 쏠쏠했다. 모두 다섯 번의 횡단보도를 건너고 이마에 땀방울이 송골송골 맺힐 때쯤이면 도착하는 글방에서 나는, 하루 종일 소설을 썼다. 날이 갈수록 써내려가는 쪽수가 늘어갔고 더불어

자전거 페달 밟는 솜씨도 늘어갔다.

한 모퉁이, 두 모퉁이를 지나고 세 번째 모퉁이에서는 좌우를 살폈다. 그리고 이제 앞만 보고 쭉 달리면 되는 순간이었다.

헉, 자전거 바퀴가 미끄러지면서 허공으로 솟구쳐 올랐다. 핸들에서 손을 놓쳤고 안장에서 엉덩이가 떨어졌다. 달리던 자전거에서 분리된 몸뚱이는 내 의지와는 상관없이 허공을 날고 있었다.

팔다리가 부러지더라도 머리는 부서지면 안 된다. 소설을 써야 하니까! 나뒹굴더라도 아스팔트가 아닌 인도 쪽으로, 제발, 달려오는 자동차와 맞닥뜨리기는 정말 싫었다. 소설을 써야 하니까! 제발, 제발요!

참 길고 긴 순간이었다. 나는 인도로 떨어졌고 땅바닥에 내동댕이쳐졌다. 죽지는 않을 것 같았다. 소설을 쓰는 데도 전혀 문제가 없을 것 같았다. 그런데 허공을 날던 순간보다도 내동댕이쳐지고 난 순간 나는, 더 많은 걱정을 해야만 했다.

가장 먼저 빌어먹을 자전거? 멀쩡했다. 튼튼한 놈이었다. 두 번째로 지나는 사람이 있나? 아무도 없었다. 다행히 새벽에 안타까운 구경거리가 되지는 않았다. 세 번째로 얼마나 다친 건가? 피가 뚝뚝 흐르거나 뼈가 우지끈 부러지는 참담한 상황은 아니었다. 내가 알게 모르게 강골이구나! 게다가 얼굴이 멀쩡했다. 뒹굴 때 머리를 치켜들던 순간이 얼핏 떠올랐다. 엽렵하기도 하지! 그런데 흙투성이에 찢어진 옷가지며 까지고 벗겨진 사고의 흔적들은 어쩌란 말인가? 분명히 숨기는 데는 한계가 보였다.

이렁저렁 하던 일에 지쳐갈 즈음 소설을 써보라고 용기를 주었다. 언제나 처음처럼 지켜보아주었다. 단 한순간도 믿어 의심치 않았다. 그 사람에게, 소중한 그 사람에게 도대체 이 사태를 뭐라고 설명한단 말인가?

헬멧을 써라. 팔꿈치에 무릎에 보호장구를 하자. 아니, 다 때려치우고 자전거를 부숴버리자! 됐다, 걸어 다녀라! 그래, 새벽에는 위험하니까 훤한 낮에 다니자! 눈 똑바로 뜨고, 걸어 다닐 때는 딴생각하지 말고, 똑똑하게 단단하게 그렇게 다녀라!

아, 예상은 한 치도 어긋나지 않았다. 다만 자전거가 부서지지는 않았다. 다시 말하지만 튼튼한 놈이었다.

자전거에서 분리되어 허공을 날던 그날, 나는 그동안 썼던 소설을 모두 날려버렸다. 내 스스로 결정한 일이었다. 그때 나는 정여립에 관한 소설을 쓰고 있었다. 조선 최고의 사상가이며 정치가였던 정여립. 그러나 망해버린, 망해도 쫄딱 망해버린 비참한 혁명가 정여립을 멋진 픽션으로 되살려보고 싶었다. 이 시대가 원하는 진정한 사상가이며 정치가이며 로맨티스트로 만들고 싶었다. 그런데 나는 정여립을 잘 몰랐다. 『홍도』속 남자 주인공인 '동현'의 말처럼 눙치고 얼버무려 얼렁뚱땅 써내려가기에는 내 자존심이 허락하지 않았다. 나는 끼적여놓은 파일을 날리고 한동안 아무것도 하지 않았다.

나는 '홍도'를 보았다. 한동안 내 머릿속에는 정여립만이 들어 있었으니 '홍도'와 정여립을 연결시키는 것은 어려운 일이 아니었다. 지금 내 앞에 있는 '홍도'가 정여립이 살던 시절에도 살았다면, 그때부터 살아서 지금까지도 살고 있다면, 이야기가 한 줄로 주르륵 꿰어졌다.

홍도, 홍도는 내게 용기를 주었고 지켜보아주었고 믿어 의심치 않는 소중한 사람이었다. 헬멧을 쓰라던, 자전거를 부숴버리겠다던, 똑똑하게 단단하게 그렇게 다니라던 그 사람이었.

그날 이후 나는, 해가 훤하게 뜬 아침에 뚜벅뚜벅 걸어 소설을 쓰러 다녔다.

세상을 살다보면 전혀 예상하지도 않았는데 마치 짜맞추기라도 한 듯이 딱딱 아귀가 맞아떨어지는 일이 있다. '혼불문학상'이 그랬다. 공모 마감 날짜에 맞춰 난생처음 마무른 소설을 응모하고 당선 소식을 들었다. 기뻤다. 내가 기쁜 것보다도 '홍도'가 기뻐할 생각을 하니 더욱더 행복했다. 그러나 곧 초조해졌다. 사람들이 내 소설의 책장을 넘기는 소리가 들려왔기 때문이었다. 다음 장도 넘겨줄까? 긴장됐다. 머릿속에는 다음 작품에 대한 구상이 가득한데 다시 한 번 주르륵 펼쳐낼 수 있을까? 나는 지금, 기쁘고도 초조하고 행복하고도 긴장된다. 그래서 나는, 누가 뭐래도 멋진 순간이다.

『혼불』을 쓰신 최명희 선생님께 고개를 숙입니다. 『혼불』의 문학정신을 기리기 위해 '혼불문학상'을 만든 전주문화방송의 여러분께 감사합니다. 『홍도』를 당선작으로 뽑아주신 박범신, 류보선, 이병천, 정유정, 최재봉, 하성란 선생님들께 다시 한 번 감사합니다. 항상 지켜봐주신 부모님 고맙습니다. 언제나 응원하던 두 동생 고맙다. 그리고 내 '홍도', 당신이 있어서 내가 여기 있습니다. 고맙습니다. 감사합니다.

2013년 9월

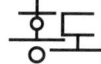

초판 1쇄 발행 2013년 9월 30일
초판 7쇄 발행 2022년 2월 18일

지은이 김대현
펴낸이 김선식

경영총괄 김은영
콘텐츠사업6팀장 이호빈 **콘텐츠사업6팀** 임경섭, 박수연, 한나래, 정다움
마케팅본부장 권장규 **마케팅3팀** 이미진, 배한진
미디어홍보본부장 정명찬 **홍보팀** 안지혜, 김민정, 이소영, 박재연, 오수미
뉴미디어팀 허지호, 박지수, 임유나, 송희진, 홍수경
저작권팀 한승빈, 김재원 **편집관리팀** 조세현, 백설희
경영관리본부 하미선, 박상민, 윤이경, 김소영, 안혜선, 김재경, 최완규, 이우철, 김혜진, 이지우, 오지영

펴낸곳 다산북스 **출판등록** 2005년 12월 23일 제313-2005-00277호
주소 경기도 파주시 회동길 490 다산북스 파주사옥
전화 02-704-1724 **팩스** 02-703-2219
이메일 dasanbooks@dasanbooks.com
홈페이지 www.dasan.group
블로그 blog.naver.com/dasan_books

ISBN 979-11-306-0039-0 03810

- 책값은 뒤표지에 있습니다.
- 파본은 구입하신 서점에서 교환해드립니다.
- 이 책은 저작권법에 의하여 보호를 받는 저작물이므로 무단 전재와 복제를 금합니다.
- 이 도서의 국립중앙도서관 출판시도서목록(CIP)은 서지정보유통지원시스템 홈페이지(http://seoji.nl.go.kr)와 국가자료공동목록시스템(http://www.nl.go.kr/kolisnet)에서 이용하실 수 있습니다. (CIP제어번호 : CIP2013018576)

> 다산북스(DASANBOOKS)는 독자 여러분의 책에 관한 아이디어와 원고 투고를 기쁜 마음으로 기다리고 있습니다.
> 책 출간을 원하는 아이디어가 있으신 분은 다산콘텐츠그룹 홈페이지 '원고투고'란으로 간단한 개요와 취지, 연락처 등을 보내주세요. 머뭇거리지 말고 문을 두드리세요.